NEW ROMANCE

TRILOGIE
QUANTUM

SAISON 1

M.S. FORCE

VIRTUOUS

Traduit de l'anglais (États-Unis) par Alexandra Moreau

◆ BLANCHE
Hugo Roman

1
Natalie

L'HIVER NEW-YORKAIS est une sale période. Un déplaisant couvercle gris pèse sur la ville de novembre à la fin mars. Durant mon premier hiver ici, j'ai tout subi, des flaques de neige fondue jusqu'au délicieux parfum des oignons frits d'un vendeur de rue qui se mélange avec la mystérieuse vapeur montant des bouches d'égout pour créer une odeur défiant toute description.

Je l'adore, cet hiver glacial et puant. Pendant que les autres se terrent chez eux, je me lance dans les rues avec ma chienne Flocon en laisse. Son nom entier est Flocon de Chocolat, mais ne me jugez pas. J'avais neuf ans quand je l'ai baptisée en l'honneur de ma nourriture préférée de l'époque, et quatorze ans plus tard, c'est encore mon amie la plus fidèle et l'unique lien avec mon ancienne vie que j'ai emporté dans la nouvelle. Elle va partout avec moi, sauf en cours.

J'ai essayé de l'y emmener, une fois, mais j'ai été arrêtée à la porte par une inébranlable Mme Heffernan, qui m'a dit que l'école n'est pas un endroit pour les animaux. J'ai eu beau jurer qu'elle resterait sous mon bureau et ne gênerait personne, la réponse est restée non. Elle m'a cité règlements et codes sanitaires en me postillonnant copieusement dessus. J'ai dû prendre ma demi-journée pour la ramener à la maison et je jure que Mme Heffernan continue de vérifier chaque jour que Flocon n'est pas sous mon bureau pendant je surveille la récréation ou la sortie.

Puisque je ne peux pas emmener mon bébé de dix kilos en cours avec moi, j'ai engagé quelqu'un pour la sortir durant la journée. Tout se passe bien, sauf le jour où Flocon a mordu l'un des caniches. Le dogsitter était furieux, mais je suis sûre que la pauvre Flocon ne faisait que se défendre. Elle était absolument indignée et fâchée par toute cette histoire. Je lui ai dit qu'elle devait bien se tenir, sinon le dogsitter nous laisserait tomber et elle resterait cloîtrée toute la journée.

Flocon se comporte admirablement bien depuis.

Aujourd'hui, je récompense cette bonne conduite par une longue promenade à travers le Village. En ce début de janvier, un vent glacial et mordant soulève des tourbillons de neige. C'est le genre de froid âpre qui empêche de sortir même les plus endurcis, et Flocon et moi avons Bleecker Street presque pour nous toutes seules.

Comme la ville est encore un peu nouvelle pour la fille du Nebraska que je suis, tout me fascine. J'adore l'architecture et la pagaille qui y règne, autant que les taxis et les vélos qui zigzaguent dans les rues même par les journées les plus froides. J'adore les élégantes qui se concoctent des tenues que je n'irais jamais imaginer moi-même, les beaux gosses, la diversité, les dreadlocks, les tatouages, la musique, le théâtre, les piercings et la cuisine. Je déteste la pauvreté, les sans-abri qui dorment dehors, la crasse et les graffitis, mais au final, j'adore plus de choses que je n'en déteste. Ma colocataire s'est moquée de moi pendant des semaines après mon arrivée parce que je donnais de l'argent à tous les pauvres gens que je croisais. Elle m'a expliqué que je serais fauchée avant Noël si je continuais sur ma lancée. J'ai donc cessé, mais j'ai le cœur brisé chaque fois que je passe devant un démuni, car j'aimerais pouvoir aider tout le monde. Mais surtout, j'apprécie de me sentir en sécurité ici. Si vous êtes du genre à craindre que la ville soit dangereuse, vous penserez sans doute que c'est de la folie. Mais quand vous avez survécu à ce que j'ai connu, la sécurité est un concept relatif. Moi, je me dis que pour chaque personne qui peut vous importuner dans la rue, il y a une centaine de bonnes âmes qui accourront à votre secours. C'est ce qui me réconforte.

Je lèche les vitrines d'un bout à l'autre de Bleecker, m'attardant devant la boutique de Marc Jacobs avant que le froid me force à reprendre mon chemin. Comme une institutrice ne peut rien faire d'autre que rêver d'y faire ses emplettes, cela ne sert à rien d'y entrer, sans compter qu'ils feraient toute une histoire en voyant débarquer Flocon.

Aujourd'hui, s'arrêter n'est pas envisageable. J'ai le visage tellement frigorifié qu'il est tout engourdi et que je commence à avoir une migraine de crème glacée sans le plaisir d'en avoir mangé une. Je songe à retourner dans le douillet appartement que je partage avec une de mes collègues quand de l'agitation dans le square du bout de la rue attire mon attention.

– Allons voir ce qui se passe, Flocon.

Ma chienne tire sur sa laisse, attirée par quelque chose qu'elle a flairé ou aperçu. J'ai appris à la laisser fouiner à sa guise sous peine de devoir la voir bouder le reste de la journée. Elle est étonnamment costaude pour une petite chienne aussi âgée, et je suis réduite à courir derrière pour pouvoir la suivre.

Je ne sais pas trop comment décrire ce qui se passe alors. Je sais seulement que nous étions en train de trottiner quand j'ai glissé sur une plaque de verglas et hésité brièvement entre m'étaler et retrouver l'équilibre. Le temps que je me reprenne, Flocon profite de cet instant de faiblesse pour prendre la poudre d'escampette. Sa laisse m'échappe des mains et elle s'élance comme une fusée vers la grille du parc en galopant sur ses petites pattes avec l'énergie d'un jeune chien.

Je me précipite à mon tour en l'appelant à grands cris, la voyant déjà finir sous les roues d'un taxi. Elle disparaît au coin de la rue pendant une horrible seconde, le temps que j'arrive au square et l'aperçoive à nouveau. Je ne la quitte pas du regard tellement je suis terrifiée qu'elle arrive de l'autre côté et se jette dans la circulation.

– Flocon ! Arrête ! *Arrête !*

Je cours tellement que j'ai les poumons en feu. Le froid me fait pleurer autant que la terreur de voir ma petite chienne sans défense finir renversée si je ne la rattrape pas au plus vite.

– Flocon !

Je me cogne contre quelque chose et je tombe à la renverse. Vous voyez l'effet que ça fait quand vous avez le souffle coupé pendant toute une minute ? Eh bien, c'est comme cela que je me retrouve, les quatre fers en l'air au milieu du square, les yeux fixés sur le ciel rempli de nuages noirs, incapable de respirer.

Je me demande même si je ne suis pas morte. Ai-je été emboutie par un bus, un taxi, un vélo ou un autre véhicule ?

Suis-je entre la vie et la mort ? Un attroupement se forme et d'innombrables paires d'yeux me fixent. J'entends des voix fâchées. On se pousse et on se bouscule autour de moi.

Un visage apparaît au-dessus de moi. Un séduisant visage d'homme. Il a l'air inquiet – et familier. Est-ce que je l'ai déjà vu dans le coin ? Quelqu'un hurle dans le lointain et je me dis que c'est peut-être moi.

Puis Flocon arrive et me lèche le visage, obéissante et inquiète. C'est comme ça que je comprends que je ne suis pas morte – et elle non plus. Voyant qu'elle n'a rien, je suis envahie par un immense soulagement, je me détends et je peux enfin inspirer l'air dont j'ai tant besoin. La bouffée glacée qui s'engouffre dans mes poumons me tire de mon hébétude et je vois un doux regard brun, un visage aimable et des sourcils froncés d'inquiétude.

– Tais-toi, Hayden ! dit l'aimable visage.

Il a de beaux yeux, vraiment, et des cheveux noirs semés de fils argentés. J'ai envie de lever les mains pour dégager son front et voir s'ils sont aussi doux qu'ils en ont l'air. Le dessin de ses lèvres est parfait, c'est le genre de bouche que l'on a envie d'embrasser et il a un visage saisissant, fascinant, habité, pour ainsi dire.

– Tu ne vois pas qu'elle est blessée ?

Cette voix. Elle a quelque chose de familier. J'ai envie de lui demander d'où nous nous connaissons, mais je semble incapable de parler.

– Elle a bousillé mon plan !

– Je t'ai dit de la fermer !

– Ferme-la toi-même ! On voit bien que ce n'est pas ton plan qu'elle a bousillé !

Sans me quitter du regard, l'homme pose la main sur mon épaule.

– Vous vous sentez capable de vous redresser ?

J'essaie, parce qu'il me l'a demandé si gentiment et que Flocon et moi avons manifestement causé bien du dérangement à tous ces gens.

Ses bras robustes m'enveloppent et m'aident à m'asseoir. Il est si près que je sens son eau de toilette. Un parfum qui doit coûter cher – cette idée me donne presque le fou rire. Sauf que ma poitrine me fait mal et que Flocon fait tout un cinéma en jappant et en essayant d'empêcher mon sauveur de me toucher.

Vous avais-je dit qu'elle était un peu du genre possessif à mon égard ?

Mon chevalier blanc sursaute brusquement :

– Bon sang, ce fichu cabot m'a mordu !

Il se secoue pour essayer de faire lâcher prise à Flocon, dont le petit corps tressaute au bout de son bras. Son geste lui donne encore plus envie de tenir bon. Il pousse un hurlement inhumain. L'autre type, celui qui me criait dessus, se précipite à son secours.

– Ne lui faites pas de mal !

Ma voix est revenue alors qu'ils s'apprêtent à faire valser la pauvre Flocon à l'autre bout du square tant ils s'efforcent de la déloger.

– Faites-la lâcher prise !

Je me mets debout comme je peux, les genoux en coton, tout étourdie de m'être relevée trop vite.

Heureusement, en me voyant saine et sauve, Flocon libère sa victime pour venir me retrouver.

– Merde, mais tu saignes, dit le dénommé Hayden. Il est en sang !

Toute une troupe de gens se précipitent sur le gentil monsieur pour s'occuper de ses blessures.

– Il faut l'emmener aux urgences ? demande Hayden. (Il est à tomber : grand, épaules larges, cheveux noirs et yeux bleu glacier. Et il est furibard.) Dites-moi qu'il n'a pas besoin d'aller aux urgences, parce que si nous perdons toute la journée…

– Hayden ! (Le blessé écarte tout le monde d'un geste et se tamponne la main avec de la gaze.) Mais ferme-la donc ! Va faire un tour pour te calmer.

– Facile à dire pour toi, Flynn. Ce n'est pas toi qui es obligé de finir ce truc à temps et dans les limites du budget.

– Vas-y !

Hayden part à grandes enjambées en aboyant des ordres au passage.

Je finis par regarder autour de moi et j'aperçois des caméras, des échelles, des pieds d'éclairage, des câbles qui serpentent sur le sol, une tente plantée d'un côté et des tas de gens qui grouillent partout avec l'air de ne pas trop savoir quoi faire.

– Excusez-moi. Je n'avais pas vu qu'il y avait tout ce monde. Flocon m'a échappé et j'ai couru après elle.

J'ose lui jeter un regard et c'est là que je comprends brusquement. Ma chienne a mordu *Flynn Godfrey*. Le célèbre Flynn Godfrey. Flynn Godfrey, enfin !

– Vous êtes… Oh, mon Dieu, je suis désolée. Je ne sais pas quelle mouche l'a piquée. Nous étions en train de nous promener et voilà qu'elle mord Flynn Godfrey.

Une étincelle amusée pétille dans ses séduisants yeux bruns.

– Ce n'est pas drôle !

Je n'en reviens pas : il rit.

– Si, un peu.

– Absolument pas ! beugle Hayden de l'autre bout du square.

– Tais-toi, Hayden ! réplique Flynn sans me quitter du regard.

– Vous vous sentez bien ? Je suis désolée. Jamais elle n'a mordu personne. Elle a quatorze ans et elle est pire maintenant que quand elle était petite. Et je suis là à jacasser toute seule. Et vous êtes Flynn Godfrey.

Je recule, avec l'envie de disparaître totalement avant de mourir de honte devant la plus grande star de cinéma du monde.

– Attendez.

Je m'immobilise : comment voulez-vous faire autrement quand Flynn Godfrey donne un ordre ?

– Vous vous sentez bien ? demande-t-il, ayant apparemment oublié sa blessure.

Son ensorcelante beauté me clouant le bec, je me contente de hocher la tête.

– Vous êtes sûre ?

Je m'efforce d'articuler malgré la sensation bizarre qui serre ma gorge et ma poitrine :

– Oui. Et vous ?

– C'est une égratignure. Pas de quoi s'inquiéter.

– Eh bien, euh… C'était un plaisir de faire votre connaissance. Je suis une grande fan. Peut-être la plus grande. Mais je ne suis pas une psychopathe qui vous espionne. (Voilà que je recommence à jacasser dans le vide devant la plus grande star de la planète.) Je vais me taire. Excusez-moi encore d'avoir interrompu votre tournage. (Je désigne Hayden du menton.) Transmettez-lui aussi mes excuses.

Le réalisateur est toujours en train de brailler et de tempêter et j'ai brusquement envie de ficher le camp parce qu'il a l'air tellement furibard qu'il fait peur.

J'empoigne fermement Flocon et je bats précipitamment en retraite, manquant de trébucher au passage sur un câble. Et c'est là que je vois les immenses pancartes sur les grilles : FERMÉ AUJOURD'HUI POUR TOURNAGE. Bravo.

Me rendant douloureusement compte que tout le monde me regarde – y compris Flynn Godfrey, la plus grande star de tout l'univers – je file aussi vite que je peux malgré mes jambes flageolantes.

Derrière moi, j'entends des éclats de voix d'hommes. Puis la sienne.

– Hé, attendez ! Ne partez pas.

C'est à moi qu'il parle ? Effrayée de m'arrêter pour vérifier, je presse l'allure. Flocon se débat dans mes bras, pressée de descendre pour galoper elle aussi.

– Pas question, ma petite. Tu es officiellement punie.

Elle geint et continue de se débattre.

– Et ne te mets pas en tête de me mordre, c'est bien compris ?

– Attendez !

C'est *lui*, lui qui m'appelle, *moi*. Alors que tout mon être me crie de courir, de m'enfuir à toutes jambes, quelque chose me force à m'arrêter et me retourner. Beaucoup plus tard, je repenserai à cette décision comme l'un de ces moments charnières qui bouleversent votre vie sans que vous vous en rendiez compte sur l'instant, mais dont vous comprenez l'importance beaucoup plus tard.

Bref…

Il court derrière moi. Voilà que Flynn Godfrey me suit.

Les rares passants sur Bleecker s'arrêtent pour le regarder. Même dans ce froid polaire, le spectacle de la plus grande star du monde immobilise les gens. Son haleine se condense en petits nuages alors qu'il me rejoint et me désarme avec son regard pénétrant.

– Ne me dites pas que vous avez décidé de faire un procès à cette pauvre Flocon, dis-je, préférant l'humour à la panique. Elle est sans ressources et ses biens se limitent à un panier, quelques jouets en caoutchouc et une laisse très chère – et apparemment inefficace.

Ses lèvres frémissent légèrement, mais ses yeux… il pose sur moi ses yeux noirs et déterminés.

– Vous ne m'avez pas dit comment vous vous appelez.

– Pourquoi voulez-vous connaître mon nom ? Vous allez vraiment me faire un procès, c'est ça ? Avant que vous dépensiez des fortunes en avocats, je dois vous dire que la fortune de Flocon est nettement supérieure à la mienne.

– Je ne vais pas vous faire de procès, glousse-t-il. Mais je ne dirais pas non à un café. Si vous avez le temps – et que vous me dites comment vous vous appelez.

– Vous… vous voulez prendre un café ? Avec moi.

– Si vous avez le temps et si vous me dites votre prénom.

Je reste sans voix, et les gens qui me connaissent vous diront que cela n'arrive… eh bien, jamais. On me surnomme le moulin à paroles à l'école parce que j'adore bavarder avec mes collègues au déjeuner, alors que la plupart préféraient avoir un petit moment de tranquillité.

– Vous en avez un, n'est-ce pas ?

– Oui, euh… Natalie.

– Natalie. C'est joli. Et vous avez aussi un nom de famille ?

– Bryant.

Parfois, cela me fait encore tout drôle de prononcer mon nouveau nom, mais l'ancien… L'ancien appartient à mon ancienne vie, et il n'a pas sa place dans ma parfaite nouvelle vie qui vient de devenir nettement plus parfaite.

– Natalie Bryant. Et Flocon.

Il lève la main pour caresser la chienne, mais se ravise en l'entendant grogner.

– Flocon de Chocolat.

– Pardon ?

– C'est son nom complet. Flocon est le diminutif.

Je ne sais pas pourquoi je lui dis ça, mais quand il rit – à gorge déployée – j'ai de drôles de papillons dans le ventre. Je fais rire Flynn Godfrey. Et alors qu'il essuie une larme au coin de son œil, je me rends compte que cela me plaît énormément de faire rire Flynn Godfrey.

Eh bien, cette journée ne s'avère-t-elle pas tout ce qu'il y a de plus intéressante ?

2

FLYNN

ELLE EST BELLE, avec la candeur et l'aisance des gens vraiment beaux qui l'ignorent. Ses cheveux s'échappent, en une cascade de boucles brunes, d'un bonnet qui a l'air tricoté main. Avec le froid et la gêne de notre rencontre, ses joues ont pris des couleurs et sa bouche voluptueuse est rouge comme une fraise mûre.

Je ne pouvais pas la laisser partir sans connaître au moins son nom.

Hayden a failli faire une crise cardiaque quand je lui ai dit que j'avais besoin d'une demi-heure.

– On se les gèle tous ici, Flynn. Tu vas nous faire attendre une demi-heure pendant que tu cours les jupons ?

Ce n'est que parce que nous sommes les meilleurs amis du monde – la plupart du temps – que je me suis retenu de flanquer un coup de poing en pleine face à mon réalisateur et associé. Cela fait des semaines que nous nous hérissons mutuellement le poil alors que nous voyons enfin le bout de ce tournage interminable avec ces derniers plans dans Greenwich Village.

Ce n'est pas une demi-heure qui va changer grand-chose à notre budget, et tout le monde peut rester au chaud dans la confortable caravane d'Hayden qui est à côté. À condition que ce sale égoïste accepte de la partager avec l'équipe. Et sinon, j'ai laissé la clé de la mienne à l'un des techniciens, avec la consigne d'inviter tous les autres à venir y faire une pause.

La chienne dénommée Flocon de Chocolat grogne alors que je dévore du regard son éblouissante maîtresse, Natalie Bryant.

– Alors, ce café ? C'est oui ?

Elle parcourt le quartier de ses grands yeux bruns pensifs.

– Nous pouvons aller chez Gorman's. On me laissera entrer avec Flocon.

Je n'ai jamais entendu parler de cet endroit, mais cela m'est égal du moment que je peux passer encore quelques minutes avec elle.

– Après vous, alors.

C'est dans un silence gêné que nous gagnons le café voisin dont Natalie et Flocon sont manifestement des habituées. La patronne, une femme imposante nommée Cleo, se précipite pour caresser Flocon, qui gigote de plaisir quand elle lui gratouille le menton.

– Comment ça se passe à l'école ? demande-t-elle à Natalie tout en lui servant ce qui a l'air d'un expresso allongé de lait écrémé.

En tout cas, c'est ce que je devine, car Natalie n'a rien commandé.

Le regard de Natalie oscille entre Cleo et moi et je sens son impatience alors qu'elle continue sa conversation avec la patronne, qui ne m'a soit pas remarqué, soit pas reconnu. Pour l'instant.

– Bien, répond-elle. Je ne pouvais pas rêver meilleure classe pour ma première année. Je les adore tous et même les parents sont géniaux.

– Tu as de la chance. Ma fille est institutrice dans le nord de Manhattan et elle a tout le contraire cette année. Une bande de sales mômes, et les parents sont pires.

– Beurk. Elle ne doit pas s'amuser.

– Flocon veut un biscuit ?

– Non, elle a été vilaine ce matin. Pas de friandise aujourd'hui.

Flocon proteste d'un gémissement.

– Cela fera trois dollars vingt-cinq, ma chérie.

– Laissez, dis-je en m'avançant avant que Natalie puisse sortir son portefeuille.

C'est moi qui l'ai invitée, je vais payer.

Cleo ouvre de grands yeux et reste bouche bée.

– Vous. Vous êtes. Vous êtes…

– Flynn Godfrey. Ravi de faire votre connaissance.

Elle pousse un cri. Perçant. Tellement que Flocon se met à aboyer frénétiquement en se débattant dans les bras de Natalie.

Le vacarme attire tout le personnel au comptoir, ainsi que quelques clients. Le temps de signer des autographes, embrasser la joue tremblante de Cleo pendant qu'un de ses employés prend des photos, de commander un café qu'elle refuse de me laisser payer, j'ai utilisé une bonne portion de mes précieuses trente minutes.

Je désigne une table dans un coin :

– On va s'asseoir une minute ?

Elle contemple les regards rivés sur nous et cela me fait de la peine de voir sa gêne.

– Euh, bien sûr, juste un peu.

Malgré la chienne qui gigote et le café, elle s'installe sans peine dans le fauteuil que j'écarte pour elle.

C'est ce que je déteste vraiment dans la célébrité. J'ai rencontré une femme que je trouve intéressante, mais je ne peux pas aller boire un café avec elle sans provoquer un attroupement. À vrai dire, je ne sors plus en public sans gardes du corps, mais j'ai décidé de prendre le risque pour pouvoir bavarder avec Natalie. Elle doit probablement se dire que je m'intéresse nettement plus à moi-même qu'à elle.

C'est un numéro d'équilibriste : comment pourrais-je refuser à Cleo et ses employés quelques autographes et deux trois photos sans passer pour une ordure ? Et, d'un autre côté, comment puis-je leur faire plaisir sans passer pour égocentrique aux yeux de Natalie ?

– Désolé pour ce cirque, dis-je en désignant le comptoir d'où Cleo ne nous quitte pas des yeux.

– Cela doit vous arriver tout le temps, non ?

Je préfère éviter de m'appesantir sur moi-même. Je connais le sujet par cœur et elle m'intéresse bien plus.

– Alors, vous êtes institutrice ?

Elle a l'air surprise de la question.

– En effet. Cours moyen, École Emerson, l'une des meilleures écoles privées de la ville.

– Impressionnant.

– Mais oui, c'est ça ! dit-elle avec un rire qui me noue le ventre de désir.

Elle est éblouissante. Un visage naturel, plein de vie, d'exubérance et de passion.

– Très impressionnant, même. Je vous admire vraiment. Je deviendrais fou si je devais passer sept heures par jour avec des gosses de sept ans.

– Ceux-là en ont huit et ce sont des journées de six heures.

– Je prends note. (Et je suis captivé, ce que je me garde bien de lui dire. Elle est jeune, me dis-je en prenant une gorgée de café. Beaucoup trop jeune et innocente pour moi, et pourtant… je suis captivé.) Vous êtes d'ici ?

– Non, du Nebraska. J'ai posé ma candidature à un programme qui offre des postes à New York aux enseignants pour leur première année. On nous aide à trouver un logement et des colocataires et à nous installer, en échange d'un engagement de deux ans. Et on nous aide aussi à trouver une bourse d'études.

– Vous êtes loin de chez vous.

– Et j'adore ça.

Jeune, sans expérience, campagnarde, tellement loin du genre de femme que je recherche habituellement… Il faut que je file d'ici et retourne travailler avant qu'Hayden m'égorge, mais je ne peux m'y résoudre. Pas tant que la jeune et éblouissante Natalie est assise en face de moi, l'air vaguement ébranlée de prendre un café en ma compagnie. C'est aussi quelque chose que je déteste dans la célébrité. En cet instant, je voudrais n'être rien de plus qu'un homme qui prend un café avec une femme splendide, mais je suis toujours FLYNN GODFREY, STAR DE CINÉMA. Comme si les mots « star de cinéma » faisaient partie de mon nom, comme Junior, Senior ou un chiffre romain.

Elle me regarde avec dans les yeux une lueur amusée que je trouve follement séduisante.

– Je vous demanderais bien ce que vous faites dans la vie, mais je le sais déjà. Star de cinéma. Et d'où vous êtes, mais je le sais aussi. Beverly Hills. Et votre âge, mais je sais que vous avez trente-deux ans…

Je la corrige, charmée par sa tirade :

– Trente-trois ! Je m'étonne que vous ne sachiez pas que mon anniversaire est le jour de Noël.

– Je sais que l'acteur superstar Max Godfrey a épousé la chanteuse superstar Estelle Godfrey et que leur fils, *né le jour de Noël*, fait partie de l'aristocratie hollywoodienne. Je pourrais vous demander si vous avez des frères et sœurs, mais je sais qu'elles sont trois, toutes vos aînées. Alors de quoi d'autre pourrions-nous parler ?

La question posée, elle pose le menton sur ses deux mains en coupe et me fait un petit sourire effronté qui m'achève.

Je suis à terre. Enchanté. Et en retard.

– Nous pourrions parler de dîner, dis-je avant d'avoir pris deux secondes pour réfléchir à ce que je fais.

Je ne peux pas la laisser partir sans savoir que je la reverrai. *Il faut* que je la revoie.

– Dîner ?

– Vous savez ce qu'est le troisième – et souvent dernier – repas de la journée, je suppose ?

– J'en ai entendu parler, mais je n'en ai jamais partagé un avec la plus grande star du monde.

Je grimace car, en cet instant, je déteste absolument d'être la plus grande star du monde, surtout si cela va me coûter la possibilité de passer encore du temps avec cette femme merveilleuse.

– C'est quelque chose qui vous rebute totalement ?

– Cela ne me rebute pas en soi, mais vous voudrez bien admettre que pour une institutrice qui vient d'arriver à New York, la matinée a été un peu irréelle.

– Je vois comment elle a été de votre point de vue, mais du mien, elle a été plutôt rafraîchissante. J'espérais que la soirée pourrait l'être aussi.

– Je ne coucherai pas avec vous.

J'en reste le bec cloué, ce qui n'arrive presque jamais. Je ne me rappelle pas quand quelqu'un m'a surpris autant.

Le feu qui lui monte aux joues ne fait que souligner sa beauté. J'ai envie de poser mes lèvres sur cette chaleur, et mon entrejambe s'anime à cette pensée qui germe dans mon esprit embrouillé.

– Excusez-moi. J'ai été grossière. Vous ne m'avez pas demandé de coucher avec vous.

Son trouble me fait sourire :

– Non, en effet ! Pas encore, en tout cas. Je pensais que nous pouvions d'abord dîner et voir pour la suite.

– Du moment que « la suite » n'implique pas un lit, je peux envisager de dîner avec vous.

Je suis plus soulagé que je ne devrais de savoir que je vais la revoir.

– Je vous promets qu'il ne sera pas question de lit.

– Ni de canapés ni de banquette arrière ou d'aucune autre surface horizontale.

– Vous oubliez les cages d'escalier, les murs et les stalles d'écurie. J'ai accompli mes plus beaux exploits verticalement.

Elle ouvre de grands yeux et ses lèvres s'arrondissent si délicieusement que je la désire encore plus sauvagement.

– Vous avez une certaine expérience en la matière.

– Il s'agit plus d'imagination que d'expérience.

– Euh… je vais y aller et vous laisser retourner travailler.

Je me mordrais les doigts d'avoir dépassé les bornes et de l'avoir mise mal à l'aise au point qu'elle veuille me laisser.

– Pardonnez-moi d'avoir été aussi direct. Je ne faisais que vous taquiner. Vous avez ma parole, je me comporterai en parfait gentleman en votre présence et je serai extrêmement honoré que vous acceptiez de dîner avec moi ce soir.

– Vous… vous seriez honoré ?

– Je viens de vous le dire.

– Pourquoi ? (Elle a l'air sincèrement intriguée.) Vous pouvez sortir avec n'importe quelle femme dans le monde. Pourquoi moi ? Ma chienne vous a mordu jusqu'au sang. Ce serait plus logique d'être furieux contre moi que de m'inviter à dîner.

Ne se rend-elle pas compte qu'elle est adorable ?

– Pourquoi pas vous ? Je vous l'ai dit, ce n'est qu'une égratignure. J'ai déjà pardonné à Flocon.

En entendant son nom, la chienne retrousse les babines.

– C'est gentil de votre part, je ne lui ai pas encore pardonné, moi.

– Pourrais-je avoir votre adresse ? (Je sors mon téléphone de ma poche pour pouvoir écrire sa réponse hésitante.) Et votre numéro, que je puisse vous appeler si j'ai du retard ?

Comme je ne reconnais pas le préfixe, je me dis que c'est un numéro du Nebraska.

– C'est noté, dis-je en me levant à contrecœur. Je vous envoie un texto pour que vous ayez le mien si vous avez besoin de me joindre. (Si seulement je n'avais pas à travailler par cette journée glaciale. Je préférerais passer plus de temps avec elle.) Désolé de partir aussi vite.

– Merci pour le café.

Je ne réponds pas qu'elle devrait plutôt remercier Cleo, qui n'a pas voulu que je paie quoi que ce soit.

– Je passe vous prendre à 19 heures ?

Elle fait une moue pensive de ses lèvres sensuelles et je suis soulagé de porter un manteau qui dissimule l'érection qu'elle provoque.

– D'accord. Comment dois-je m'habiller ?

Je réfléchis un instant.

– En robe. Noire, peut-être. Vous êtes une New-Yorkaise, à présent. Je suppose que vous en avez une.

– En effet, acquiesce-t-elle avec un petit sourire timide.

– Parfait. À plus tard. Flocon, j'ai été ravi de te connaître. Prends bien soin de ta maîtresse et tiens-toi bien en rentrant.

Flocon retrousse de nouveau les babines sur ses petites dents très aiguisées et grogne.

– Je suis vraiment désolée. Je ne sais pas pourquoi elle se comporte comme cela. Ça ne lui ressemble pas.

– Ne vous inquiétez pas pour ça, dis-je avec un clin d'œil. Au moins, elle ne m'a pas demandé d'autographe, elle.

Elle se met à rire et je la laisse, tout content de moi et attendant la soirée avec beaucoup trop d'impatience pour retourner au trot retrouver le square et un Hayden furibard, tout en lui envoyant le texto promis.

Hayden est en train d'arpenter le plateau comme un lion en cage.

– Qu'est-ce que tu fichais, Flynn ? C'est bon, tu en as terminé avec tes petites affaires perso ? On peut reprendre le boulot ?

– Ouaip.

J'ignore les deux premières questions.

– C'est quoi, cette histoire avec cette fille ?

– Rien du tout.

Cela ne le regarde pas, mais malheureusement, il me connaît trop bien et sait quand je mens effrontément.

– Mec… enfin ? C'est un *bébé*. Tu n'as pas le droit d'entraîner une gentille gamine dans ton univers.

Le plus triste, c'est qu'il a tout à fait raison. Il n'y a pas de place pour une gentille fille comme Natalie dans mon monde. Pas la moindre. Mais je suis tout de même fasciné et je compte les heures qui me séparent de notre rendez-vous.

3
NATALIE

FLYNN *Godfrey m'a invitée à dîner.* Je ne cesse de tourner et retourner ces mots dans ma tête en rentrant chez moi. J'ai posé Flocon, j'ai mal aux bras de l'avoir portée si longtemps. Elle trottine d'un air guilleret, probablement parce qu'elle croit qu'elle a réussi à faire fuir Flynn.

En même temps, je me rends compte que me préparer pour cette soirée va me prendre toute la journée. Le temps que j'arrive à mon petit immeuble de trois étages où j'habite avec ma coloc, Leah, je regrette déjà d'avoir accepté.

Flocon et moi montons d'une traite la dizaine de marches du porche et l'escalier qui mène à notre appartement au deuxième. Une fois entrée, il me faut cinq bonnes minutes pour enlever toutes les couches de vêtements dont je me suis emmitouflée pour cette promenade. Pendant ce temps, Flocon fait la sarabande dans mes jambes pour réclamer sa gamelle.

Je lui donne à manger et je reste dans la cuisine un instant, assommée et étourdie, en revivant mentalement ma matinée. Je sors mon téléphone et relis plusieurs fois son texto : *Ravi d'avoir fait votre connaissance, Natalie. J'ai hâte de vous revoir tout à l'heure. Flynn.*

Leah arrive avec une énorme corbeille de linge en pestant contre l'odeur fétide de la buanderie qui a l'air d'empirer chaque jour. C'est une grande fille mince comme une liane avec de longs cheveux bruns et des yeux bleus. Je l'envie de pouvoir manger tout ce qui lui chante. Et elle m'envie mes courbes. En dehors de quelques divergences fondamentales dans notre philosophie, nous nous entendons bien.

– Dis-moi la vérité, s'exclame-t-elle en laissant tomber la corbeille et en se précipitant sur moi. Est-ce que je pue autant que la buanderie ?

Je me baisse pour flairer ses cheveux, mais je sens seulement le shampooing de marque auquel elle m'a rendue accro, même si nous n'avons ni l'une ni l'autre les moyens de nous le payer.

– Tu sens bon.

– Tu te rappelles cet épisode de *Seinfeld* où il va chercher sa voiture chez le garagiste et elle sent la sueur ? Et ensuite, lui aussi se met à sentir la sueur, et Elaine aussi, parce qu'elle est montée dans la voiture ?

Comme je n'avais pas le droit de regarder la télé étant jeune et que j'étais trop occupée à essayer de garder la tête hors de l'eau à l'université, je me suis goinfrée de télévision depuis mon installation à New York. L'obsession de Leah pour les rediffusions de *Seinfeld* m'a gagnée.

– J'adore cet épisode.

– Eh bien, on va être pareilles si on ne trouve pas quelle saloperie empeste la buanderie. Personne ne va plus vouloir nous approcher.

Elle jure comme un charretier quand elle est à la maison, pour se défouler, dit-elle, d'avoir passé toute une semaine à bien se tenir en classe devant les gamins. Elle m'encourage à dire des gros mots aussi, mais les rares fois où j'ai essayé nous ont donné le fou rire à toutes les deux. D'après elle, si nous cohabitons assez longtemps, elle finira par déteindre sur moi.

– Et ta promenade ? demande-t-elle depuis le canapé où elle s'est installée pour plier une montagne de linge propre.

– C'était… Tu ne vas pas croire ce qui m'est arrivé.

Je débite mon histoire dans une avalanche de mots et de gestes. Quand j'arrive au bout, Leah est en train de me dévisager comme si je lui racontais que j'ai croisé des extraterrestres dans le square.

– Tu me racontes un gros pipeau. Tu te fiches de moi.

– Pas du tout. Je te jure que c'est vrai.

– Tu t'es cognée à Flynn Godfrey dans le square, Flocon l'a mordu, tu as pris un café avec lui et tu veux me faire croire qu'il t'a invitée à dîner ?

– Oui.

– Tu me racontes des conneries.

Je commence à m'impatienter :

– Leah, *pourquoi* j'irais inventer tout ça ?

– Tu as vraiment rencontré Flynn Godfrey.

– Oui, je l'ai vraiment rencontré.

– *Putain de merde !* s'exclame-t-elle en quittant le canapé pour venir m'empoigner. Raconte-moi tout. Sans oublier le moindre détail.

Je recommence mon histoire, plus lentement cette fois, avec tous les détails que je peux me rappeler – c'est-à-dire tous, évidemment – et elle n'en perd pas une miette.

– Et il vient ici ? Ce soir ?

– À 19 heures, je lui montre le texto qu'il m'a envoyé.

– Je me fais porter pâle au boulot.

Elle fait des extra dans le bar du coin de la rue où elle gagne à peu près autant en un samedi qu'en une semaine à l'école.

– Pas question. Tu ne peux pas te le permettre.

Je donne des cours particuliers presque tous les soirs après les cours pour joindre les deux bouts. Comme Leah ne supporte pas de passer une minute de plus avec les gosses en dehors de son emploi du temps, elle travaille dans un bar le week-end.

– Pas question que je manque l'occasion de rencontrer Flynn Godfrey.

– Je l'amènerai au bar pour te le présenter avant qu'on aille dîner.

– Où il t'emmène ?

– Je n'en sais rien. Il ne m'a pas dit.

– Je crois que fais de l'hyperventilation, dit-elle en s'éventant frénétiquement d'une main. Tu crois que je vais faire un malaise ?

– Je ne pense pas !

Elle m'a l'air tout à fait capable encore de faire des phrases.

– Tu vas vraiment dîner avec Flynn Godfrey ?

– Vraiment.

– Il faut que tu te le fasses.

– Pas question. Je le lui ai déjà dit.

– Natalie, gémit-elle bruyamment. Franchement. Tu vas sortir avec le mec le plus sexy du monde. Si tu ne couches pas avec lui, c'est moi qui vais le faire.

– Tu connais mon opinion sur le sujet.

J'ai fait ce que je sais désormais être une erreur monumentale quand j'ai dit à ma nouvelle amie et coloc que je ne coucherais avec aucun homme sans être mariée avec lui. Je ne lui ai pas dit – pas plus qu'à quiconque –

la raison d'un tel vœu. Elle est tout à fait justifiée, mais c'est moi et moi seule que cela regarde. Ce qu'elle n'a pas besoin de savoir, c'est qu'en disant aux hommes que je me réserve pour le mariage, je m'épargne les tracas du sexe, et c'est précisément ce que je recherche. Elle n'a pas arrêté de se moquer de moi, à tel point que j'ai fini par lui dire d'arrêter, sinon je ne lui dirais plus jamais rien.

Elle a cessé, mais elle n'a pas oublié.

– C'est fini, la vertu inflexible, Nat. C'est le moment de te lâcher et de vivre quelque chose que tu te rappelleras jusqu'à la fin de tes jours.

– Ça ne se fera pas. Je sais que tu trouves mes convictions ridicules, mais elles sont importantes pour moi.

– Elles ne sont pas ridicules, soupire Leah. Elles sont admirables. (Je lève les yeux au ciel parce que je n'en crois pas un mot.) Elles le sont effectivement, et je ne me moque pas de toi. Je jure que non. C'est juste… qu'elles sont peut-être légèrement irréalistes. C'est tout.

– Peut-être, mais je ne vais pas changer d'avis ni de valeurs simplement parce qu'un acteur célèbre m'invite. Si je change dans l'espace d'une nuit, qu'est-ce que je serai devenue demain ?

Leah me prend par les épaules et me regarde droit dans les yeux.

– Tu seras toujours la même. Tu seras toujours toi, sauf que tu te seras fait sauter par Flynn Godfrey.

Elle est si sincère et suppliante que j'éclate de rire, ce qu'elle n'apprécie pas.

– Retiens bien ce que je te dis. Tu y repenseras dans dix ans, quand tu te seras fait dépuceler et que tu seras coincée avec le seul et unique mec avec qui tu coucheras de toute ta vie, et tu te diras : «J'aurais dû écouter Leah et baiser avec

Flynn Godfrey quand j'en ai eu l'occasion. » (Je me bouche les oreilles en faisant mine de ne rien entendre.) Je note la date pour pouvoir te rappeler cette conversation dans dix ans.

– J'ai hâte d'y arriver, mais pour le moment, il faut que je décide quoi mettre. Tu vas m'aider ou quoi ?

– Vas-tu accepter, s'il te plaît, de porter de la lingerie, au cas où ?

– Absolument pas.

– Pfff, soupire-t-elle. Tu es idiote, mais je vais quand même t'aider.

À 16 heures, l'interphone sonne : c'est une livraison que Leah descend chercher. Elle revient avec une sublime orchidée violette dans un pot en céramique tout aussi magnifique. Elle me tend la carte.

– Comme s'il pouvait y avoir un doute, c'est pour toi.

Je me sens idiote en prenant l'enveloppe d'une main tremblante.

Ravi de vous avoir rencontrées ce matin, vous et Flocon. J'attends notre dîner avec impatience. FG.

– Qu'est-ce que ça dit ? trépigne Leah en essayant de regarder par-dessus mon épaule. (Je lui donne la carte.) Oh, mon Dieu ! Ce que c'est romantique !

J'avoue, c'est aimable à lui de m'envoyer cette splendide plante – dont je ne sais absolument pas comment m'occuper – mais romantique ? Je n'irais pas jusque-là.

– Tu ne trouves pas ?

L'enthousiasme de Leah commence à me porter sur les nerfs. Ce n'est qu'un dîner. Je ne vois vraiment pas pourquoi elle en fait toute une histoire.

– Mais si.

C'est plus facile de lui répondre ça que d'expliquer une fois de plus à Leah que je ne suis pas faite comme les femmes de notre âge. J'ai arrêté d'être comme les autres à mes quinze ans. L'époque où quelqu'un en qui j'avais confiance m'a volé ma jeunesse et mon innocence. Mais je veux pas penser à ça aujourd'hui. Si je m'y laisse aller, je ne vais jamais pouvoir rassembler mon sang-froid pour l'arrivée de Flynn. Ne pas y penser, c'est devenu pour moi une forme d'art et j'ai appris à mes dépens ce qui arrive quand je laisse les ténèbres s'insinuer dans ma nouvelle vie.

Il est 18 heures 30 et je ne ressemble à rien. J'ai passé tout l'après-midi avec Leah à me pomponner et me préparer et je déteste ma coiffure, mon maquillage est atroce et je suis presque en retard.

Elle est en train de vaporiser tellement de saloperies sur mes cheveux que je ne me reconnais pas. Ma coiffure ressemble à une photo qu'elle a dégotée dans *Vogue* en décrétant que ce serait ce qui lui plairait. Comme si elle pouvait savoir ce qui lui plaît !

Je ne sais pas qui j'essaie d'être, mais ce n'est pas moi et je refuse de continuer.

– Leah. Arrête.

– Comment ça, que j'arrête ? On n'a pas fini.

– Si. (J'arrache la serviette de mes épaules et je me retourne dans notre petite salle de bains encombrée.) j'ai l'air d'une folle. Ça ne va pas du tout.

– Mais qu'est-ce que tu fais ? Natalie ! Il va être là dans une demi-heure !

C'est juste le temps qu'il me faut pour m'arranger à ma façon.

– Laisse-moi la salle de bains, Leah.

Elle obéit en levant les bras au ciel, et je fonce plus vite que jamais sous la douche pour enlever toutes ces saletés de mes cheveux et de mon visage. Je me sèche les cheveux en un temps record, mais je ne perds pas mon temps à les lisser comme je ferais habituellement pour une grande occasion. Un rien de mascara, un peu de gloss, et c'est réglé.

Je sors de la salle de bains au moment où Leah s'apprête à partir travailler. Elle me jette un regard et secoue la tête, clairement consternée.

– N'oublie pas de l'amener au bar.

– Non.

– Amuse-toi, Nat, et ne joue pas les prudes. Laisse-toi aller un peu, pour une fois.

– Je peux m'amuser sans pour autant finir à poil.

– Ne dis pas non sans avoir essayé, ma chérie. Je file.

J'ai envie de lui dire que vertueuse et prude, ce n'est pas la même chose, mais elle est partie avant que j'en aie eu le temps. Je ne suis pas une prude. Je ne juge pas les choix que font les autres. Je ne demande à personne d'adopter mes convictions, pas plus que je n'essaie de les imposer aux autres. Par exemple, je n'ai jamais dit à Leah qu'elle ne devrait pas coucher avec tous les types avec qui elle sort, parce que ce serait me comporter en prude et la juger.

Pourtant, elle trouve tout à fait normal de me dire que je dois me lâcher et coucher avec quelqu'un que je ne connais même pas. Cela fait deux poids, deux mesures, et je pourrais argumenter toute la journée, seulement il ne me reste plus que dix minutes avant l'arrivée de Flynn. Je n'en reviens pas de me dire cela sans m'émouvoir : *Flynn va arriver*.

Dans ma chambre, j'enfile la seule robe noire que je possède, avec des collants et des bottines à talons aiguilles. J'espère que je n'aurai pas à regretter ce choix de chaussures, mais j'espère aussi que nous ne resterons pas trop longtemps dehors, car la température est descendue nettement au-dessous de zéro. Avec l'impression d'être prise de court et pas du tout prête pour un rendez-vous de cette importance, je jette l'essentiel dans un petit sac à main, enfile quelques bracelets en argent et m'orne les oreilles de faux diamants.

Un petit coup d'œil dans le miroir, et même si je sais que je ne pourrai jamais rivaliser avec la perfection nonchalante des femmes que je croise dans la rue, au moins, je me ressemble – pour le meilleur et pour le pire. L'interphone sonne et je me lève d'un bond, faisant sursauter Flocon qui se met à aboyer frénétiquement.

– Arrête, dis-je en me baissant pour lui caresser la tête et lui faire un petit baiser. Je reviens tout à l'heure. Sois sage et je te donnerai une petite friandise.

En entendant le mot « friandise », elle s'assied et me regarde d'un air interrogateur.

– Oh, bon, d'accord. (Je serai sûrement une mère épouvantable pour mes futurs enfants et ce sera la faute de Flocon. Totalement subjuguée par l'air douloureux d'une chienne de dix kilos, je lui donne deux biscuits avant de prendre mon sac et mon manteau.) Je descends tout de suite, dis-je dans l'interphone avant de couper sans lui laisser le temps de répondre.

Mes mains tremblent de nouveau et je m'en veux d'être aussi nerveuse. Ce n'est qu'un homme. Qui mange et qui respire comme les autres, comme disait mon grand-père. Dans l'escalier, je trébuche et évite de justesse la catastrophe en me rattrapant à la balustrade. Du coup, je me fais mal au bras, ce qui se rajoute aux douleurs causées par ma chute de ce matin dans le square.

Ramenée à la réalité d'avoir frôlé le drame, je m'arrête et respire un bon coup. *Ce n'est qu'un homme. Qui mange et respire comme tout le monde. On inspire par le nez, on expire par la bouche.* J'en profite pour boutonner mon manteau en laine rouge et enfiler mes gants. Et en me cramponnant pour garder mon calme, je descends le reste de l'escalier et j'ouvre la porte à Flynn Godfrey en personne. Il est vêtu d'un manteau noir déboutonné, ce qui me permet de voir une chemise blanche impeccablement repassée qu'il porte sans cravate. Je fixe un bref instant le triangle de peau qui apparaît dans l'encolure.

Au même moment, je me rends compte que je m'attendais à ce qu'il ait un chauffeur. Les stars ne conduisent pas elles-mêmes en ville, non ? Apparemment, lui si.

Il me contemple fixement un long moment – suffisamment pour que je me demande si j'ai oublié d'essuyer le dentifrice sur mes lèvres ou pire…

– Vous… vous êtes éblouissante.

C'est là que je m'aperçois qu'il me regarde pour les bonnes raisons et que mon cœur se met à tellement galoper dans ma poitrine que j'en suis tout étourdie. Il me tend le bras, et comme je suis vouée aux chutes aujourd'hui, je le prends avec gratitude.

Alors que nous descendons l'escalier, je remarque la voiture noire étincelante aux vitres teintées garée devant, avec les warnings qui clignotent. J'ai les mains toutes moites. Heureusement que je porte des gants et que l'air glacé vient fouetter mes joues en feu.

Flynn m'ouvre la portière et attend que je m'installe. Alors que je me glisse sur le siège en cuir chauffé et hume l'eau de toilette la plus affriolante qui soit, je me rends compte que personne ne sait où je me rends ce soir. Leah sait avec qui je suis, mais pas où je vais. Elle travaille au bar jusqu'à 2 heures du matin et elle ne rentrera à la maison qu'après 3 heures – enfin, à condition qu'elle n'ait pas trouvé mieux à faire, auquel cas elle ne rentrera pas du tout. Ces pensées me font un peu paniquer alors qu'il monte derrière le volant et claque sa portière.

– Vous êtes charmante, dit-il.

– Merci. (Je le regarde, ne croyant pas encore tout à fait que je suis assise dans une voiture de sport hors de prix à côté de Flynn Godfrey.) Je peux vous demander une faveur ?

– Bien sûr.

– Ma colocataire a été très déçue de devoir partir travailler avant que vous veniez me prendre. Je voulais savoir si cela vous ennuierait…

– Où travaille-t-elle ?

Je lui indique où se trouve le bar et il réfléchit avant de poser son regard magnétique sur moi, l'air ennuyé.

– J'espère que vous pourrez comprendre… je ne peux pas aller là-bas sans causer une émeute. Peut-être que vous pourriez lui demander de venir nous retrouver dehors ?

– Bien sûr. Elle pourra le faire.

– Et maintenant ? demande-t-il en me scrutant si intensément que je me sens troublée et comme déshabillée.

– Je… Je me demandais si c'était possible de lui dire où nous allons ce soir.

– Vous avez peur de moi ? demande-t-il en haussant un sourcil charbonneux.

Plutôt terrifiée, mais je ne peux pas lui dire cela.

– Non, mais je ne vous connais que de ce matin et je serais plus à mon aise si quelqu'un qui tient à moi savait où je suis.

– Je comprends.

Il a beau dire, mais je ne peux pas m'empêcher de me demander s'il comprend vraiment ce que c'est d'être une jeune femme, nouvelle dans la grande ville, et d'en éviter tous les dangers. Si je parlais encore à mes parents, ils auraient essayé de me dissuader de venir vivre ici. Ils avaient peur de tout, surtout de ce qu'ils ne connaissaient ou ne comprenaient pas. Mais cela fait huit ans que je ne leur parle plus, et ils n'ont pas eu leur mot à dire quand j'ai pris cette grande décision. Dès que j'ai reçu la lettre m'annonçant que j'étais acceptée dans le programme, j'ai su que rien ne pourrait m'empêcher de venir vivre ici et réaliser mes rêves.

J'enlève mes gants et j'envoie un texto à Leah pour lui demander de sortir nous retrouver sur le trottoir. Quelques minutes plus tard nous nous arrêtons devant le bar, elle nous attend déjà, sans manteau, dans le froid.

Flynn baisse la vitre côté passager et se penche au-dessus de moi. Bien qu'il ne me touche même pas, j'ai conscience de sa proximité.

En le voyant, Leah porte la main à sa bouche.

Je lui suis reconnaissante de ne pas se mettre à hurler.

Elle est en train de répéter : « C'est pas vrai, c'est pas vrai, *c'est pas vrai* ! »

– Leah, je suppose ? dit Flynn avec cette intonation brusque et sexy qui a fait de lui une superstar.

La main toujours sur la bouche, Leah acquiesce.

– Elle est toujours aussi bavarde ? me demande-t-il.

– Donnez-lui une seconde pour se remettre, et elle ne va plus se taire !

Puis je lance en riant à ma coloc :

– Satisfaite ?

– Pour l'instant.

– Natalie aimerait que vous sachiez où nous allons ce soir. Je vais utiliser son téléphone pour vous envoyer l'adresse par texto, d'accord ?

– Euh, oui, dit-elle d'une toute petite voix. C'est bon.

– Si je ne reviens pas, tu es censée *agir*…

– Je crois qu'elle a peur que je l'enlève et que je ne la ramène jamais chez elle. Je dois vous avouer que la pensée m'a traversé l'esprit, mais que je vais réserver l'enlèvement pour le deuxième rendez-vous.

Leah se pâme, s'évente le visage et fait un tour complet sur elle-même. Puis elle se penche dans la voiture et pointe l'index vers moi.

– Tu te rappelles ce qu'on a dit ?

Je suis tellement pétrifiée qu'elle aille le dire à haute voix que je refuse de hocher la tête, de peur de l'y encourager.

– Rien de tel que le moment présent, ma chérie. M. Godfrey, c'était un véritable plaisir de vous rencontrer. Si vous enlevez ma coloc, je n'appellerai pas la police.

– Leah ! Bien sûr que si !

– Détends-toi. Amuse-toi. Lâche-toi un peu.

Elle agite les sourcils et réussit à me rendre furieuse. J'espère qu'avec le regard que je lui lance, elle aura compris que je vais l'étrangler dans son sommeil.

– Nous pouvons partir, maintenant, dis-je à Flynn.

– Mais cela commençait tout juste à devenir intéressant.

– Va travailler, Leah.

– Va faire des folies, Natalie.

– C'était un plaisir de vous connaître, Leah, glousse Flynn.

– Pareil. Merci d'être passé. Revenez quand il vous sera possible d'entrer, comme ça, je pourrai impressionner mes collègues en leur montrant qu'on est amis.

– J'en serai ravi.

Après un petit signe de la main, elle se réfugie à l'intérieur, sans aucun doute pour raconter à tout le monde avec qui sort sa colocataire.

– Elle est à mourir de rire, dit-il, ce qui lui vaut un regard noir de ma part. Mais enfin, c'est vrai, quoi.

– Si vous le dites.

– Je peux emprunter votre téléphone pour lui envoyer le texto comme promis ?

Je sélectionne Leah dans la liste de contacts et lui tends le téléphone prêt pour envoyer un SMS.

Il tape un bref message et me le rend.

– J'ai le droit de savoir où nous allons ?

– Quand nous y serons.

Je n'aime pas sa réponse. Brusquement, tout cela ne me plaît plus. Sa réponse vague à une question légitime ajoutée à l'insouciance de Leah m'ont mise de mauvaise humeur. Je voudrais être à la maison avec Flocon et un plateau-repas, à regarder un film à la télé comme tous les samedis soir. Qu'est-ce que je fais dans cette voiture avec Flynn Godfrey ?

– Je voudrais rentrer chez moi, s'il vous plaît.

4
Flynn

C'est la deuxième fois qu'elle me stupéfie. Je me tourne vers elle. Elle fixe la rue droit devant elle et refuse de me regarder.

– Pardon ?

– J'ai dit que je voulais rentrer chez moi.

– Pourquoi ?

– Parce que je ne sais pas pourquoi je suis là et que je n'ai plus envie de rester.

– Vous êtes là parce que j'ai apprécié votre compagnie ce matin et que j'aimerais mieux vous connaître. Et que j'espérais plus ou moins qu'il en serait de même pour vous.

Elle finit par se tourner et je me rends compte qu'elle est encore plus éblouissante quand elle est en colère.

– Pourquoi moi ?

Je me rends compte qu'il faut que je choisisse soigneusement mes mots. La moindre chance que j'ai avec elle dépend de ce que je vais dire.

– J'ai trouvé que vous étiez rafraîchissante. Savez-vous à quel point c'est rare pour moi de rencontrer quelqu'un qui ne se met pas dans tous ses états en ma présence ?

– C'était mon cas. Un petit peu.

– Un petit peu. Mais vous étiez… normale. J'ai apprécié cela. *J'apprécie* cela. J'ai envie de passer plus de temps avec vous. Vous êtes belle, charmante, sans affectation, vous adorez votre travail et votre nouvelle ville, et puis… vous me plaisez. (Je balaie la vague d'émotion inattendue qui monte dans ma poitrine et menace de me serrer la gorge.) Les conversations normales avec des gens normaux me manquent. Vous savez depuis combien de temps je n'ai pas croisé quelqu'un de normal ?

– J'apprécie que vous me trouviez normale, et je sens bien que c'est un compliment pour vous.

– Le plus beau des compliments.

– Mais…

– Mais quoi ?

– Je ne sais pas comment vous dire cela sans vous blesser, et je ne le voudrais surtout pas.

Elle est adorable et je la désire si désespérément que je n'en reviens pas.

– Ne vous inquiétez pas, je peux encaisser. Crachez.

– Je sais des choses sur vous.

Cela me fait peur ; une autre émotion qui me prend au dépourvu.

– Lesquelles ? (Je remarque que ses mains tremblent tandis qu'elle les porte à sa gorge.) Je sais ce que vous pensez des femmes, des relations, du mariage et de l'engagement.

– Vous savez ce qu'on en a raconté dans les médias.

– Oui, et ce n'est pas particulièrement flatteur pour les femmes. Tout à l'heure, je n'ai pas pris le temps de réfléchir à ce que j'en pense. Maintenant, c'est fait, et je ne vois pas l'intérêt de passer du temps avec vous alors que cela ne peut déboucher sur rien.

– Il faut que vous sachiez que la majeure partie de ce que racontent les médias, c'est des foutaises.

– La majeure partie, mais pas la totalité.

– Non, je vous le concède.

– Quand on dit que votre premier mariage vous a tellement échaudé que vous avez juré de ne plus vous remarier, c'est vrai ?

La question est comme un coup de poing dans le ventre et je me retiens pour ne pas me dérober sous son regard aigu.

– C'est possible que ce soit vrai, oui.

– Dans ce cas, il n'y a vraiment aucun intérêt à ce que nous passions du temps ensemble, parce que si vous êtes comme la plupart des hommes, ce que je soupçonne, vous vous livrez au rituel du rendez-vous amoureux avec un seul objectif en tête : mettre dans votre lit la dernière fille dont vous vous êtes entiché. Comme je n'ai pas couché ni ne coucherai jamais avec quelqu'un qui n'est pas mon mari, et que vous n'avez pas l'intention de vous remarier, je dirais que nous sommes dans une impasse.

– Attendez, vous n'avez pas… Cela veut dire…

– Vous m'avez très bien entendue.

Pour la troisième fois, elle me coupe le souffle.

– Eh bien…

– Laissons tomber tout cela, vous voulez bien ? Cela vous ennuierait de me ramener chez moi ?

– Je…

Brusquement, je suis pris de panique à l'idée qu'elle m'échappe avant que j'aie eu l'occasion de la connaître. Je me rends compte que je suis très, très embêté, quand je m'aperçois brusquement que ce n'est pas important qu'elle ne veuille pas coucher avec moi. Ce que je veux d'elle, ce dont j'ai *besoin* va bien au-delà du sexe.

– Je vous en prie, dis-je d'une voix réduite à un murmure. Accordez-moi cette soirée. Si ensuite, vous ne voulez plus jamais me revoir, je respecterai votre désir.

Je lui prends la main et la porte à mes lèvres pour effleurer à peine ses doigts d'un baiser.

Elle a un petit sursaut qui me fait comprendre que je ne lui suis pas tout à fait insensible. Du tout. Mais comme toujours, je ne sais pas si elle réagit vis-à-vis de moi ou au fait qu'une star de cinéma lui a baisé la main. J'aimerais qu'elle me donne la possibilité de le découvrir.

– S'il vous plaît.

Elle me considère longuement et j'ai l'étrange sensation que ma vie tout entière, comme la possibilité de connaître le bonheur, dépendent de ce qu'elle va me répondre. Je n'ai jamais éprouvé cela jusqu'à ce soir et j'en suis sur le cul.

– D'accord, dit-elle à mi-voix.

Et c'est comme si elle me faisait un cadeau sans prix.

C'est peut-être le cas, d'ailleurs. Elle m'a offert le plaisir de sa compagnie, ce qui représente soudain tout pour moi.

Je reprends la route vers notre destination et nous roulons en silence vers le nord. D'elle ou moi, je ne sais pas lequel s'inquiète le plus de la tournure que va prendre la soirée.

NATALIE

Je suis effrayée par l'attirance que j'éprouve pour lui. Je ne l'ai jamais autant été par personne et je ne sais pas si c'est par l'homme ou la célébrité que je suis attirée. N'importe quelle femme normale ne serait-elle pas tout émoustillée et affolée d'être assise à côté d'un être comme Flynn Godfrey ? Ou bien ce que j'éprouve n'a-t-il rien à voir avec celui que le monde entier admire et tout avec celui qu'il pourrait être pour moi ? Comment le savoir ?

Nous continuons de rouler et les numéros des rues augmentent au fur et à mesure. La circulation nous ralentit dans le quartier des théâtres, où les vives lumières de Broadway m'éblouissent. Je n'ai pas passé beaucoup de temps par ici, ne m'étant pas aventurée au-delà de Times Square ou des boutiques des grandes marques de la Cinquième Avenue. Je suis allée là où vont les touristes. Et lui, il m'emmène dans un tout autre endroit.

– Avez-vous déjà vu un spectacle sur Broadway ? demande-t-il.

– Pas encore. Les billets sont un peu chers.

– Oui, sans doute.

L'ironie du sort, c'est qu'il doit avoir des places gratuites. Ce sont ceux qui ont les moyens qui ne sont pas obligés de payer.

– Quel spectacle voudriez-vous voir ? demande-t-il.

– Soit *Book of Mormon* soit *Wicked.*

– Les deux sont extraordinaires.

– Évidemment, vous avez déjà dû tout voir.

– Pas tout, mais j'essaie d'aller à un ou deux quand je suis à New York. J'adore le spectacle vivant.

– Vous avez déjà joué au théâtre ?

– Il y a très longtemps. Quand j'étais un tout jeune débutant. C'est quelque chose que j'aimerais refaire un jour.

Quelques minutes plus tard, nous pénétrons dans un parking souterrain et je suis de nouveau sur les nerfs. J'ai l'impression qu'on m'a emmenée dans les entrailles de Manhattan et que l'on n'entendra plus jamais parler de moi. Je m'en ouvre à Flynn, qui trouve que c'est à mourir de rire.

– Vous avez une sacrée imagination, Natalie Bryant.

Mon nom sonne normalement dans sa bouche. Il me ressemble – il ressemble à la nouvelle personne que je suis. Elle me plaît. Elle est courageuse, téméraire, intrépide. Enfin, jusqu'au moment où la plus grande star de cinéma du monde décrète qu'il veut passer du temps en sa compagnie. Et là, elle devient nerveuse, inquiète, rongée de la même angoisse qui a presque fait d'elle une infirme naguère.

Je ne veux plus être cette fille-là. Je me suis donné un mal de chien pour échapper à ces entraves, pour parvenir à sortir de ce passé et rejoindre un futur débordant de promesses. Pas question qu'une simple soirée avec un homme énigmatique anéantisse tous ces progrès péniblement accomplis.

– Je vous entends penser, dit-il tandis que la voiture s'enfonce de plus en plus profondément dans le parking.

– Comment pouvez-vous entendre quelqu'un penser ?

– Vos pensées sont si bruyantes qu'elles filtrent dans le silence.

– D'accord. Vous m'avez eue. À quoi je pense, alors ?

– Je vous ai eue ? Pas déjà, quand même.

Je lève les yeux au ciel devant ses sous-entendus. Il n'en manque vraiment pas une de ce côté-là. Un maître en la matière, pour ainsi dire. Je ne suis malheureusement pas dans mon élément, et il le sait aussi bien que moi.

Il se gare et coupe le moteur.

– Vous vous dites que vous n'avez jamais rien fait d'aussi dingue, impulsif et ridiculement risqué de toute votre vie et… (Il incline la tête pour me dévisager de ce regard déterminé et entendu qui m'est déjà devenu familier dans le peu de temps que nous avons passé ensemble.) Vous vous dites que vous préféreriez être chez vous à partager un plat chinois tout prêt avec Flocon plutôt que de perdre votre temps avec un homme qui veut quelque chose qui ne vous intéresse pas.

Je suis abasourdie, mise en pièces et à nu, et cela me rappelle à quel point je suis brisée. Je n'ai aucune raison de m'intéresser à lui ou de me demander ce qu'il en serait si je l'avais connu en étant une femme intacte et en mesure de lui donner ce qu'il désire.

– Alors, je chauffe ?

– Vous brûlez, même.

Il fait une petite moue qui est naturellement adorable venant de lui.

– Je n'ai jamais été aussi jaloux d'une boule de fourrure de dix kilos de toute ma vie. Je parie qu'elle a même le droit de dormir blottie tout contre vous, n'est-ce pas ?

– Évidemment que oui.

– Et le panier qui lui appartient et dont vous m'avez parlé ce matin ?

– C'est juste pour la galerie. Pour que personne ne sache que nous dormons ensemble.

La moue se transforme en un sourire si intense que ma petite culotte me paraît devenue trop étroite. J'éprouve des démangeaisons à des endroits tout nouveaux pour moi. C'est le sourire qui lui a permis de décrocher à deux reprises la couverture de *People* et le titre d'Homme le Plus Sexy du Monde. Le sourire qui illumine les films et pousse les femmes à faire des folies, comme escalader les grilles de sa propriété et lui envoyer des photos d'elles que seuls leurs époux devraient voir. Oui, comme j'ai lu tout ce qui a été imprimé sur lui, je jouis injustement d'un avantage.

Je sais tout de lui. Il ne sait rien de moi, et si j'ai mon mot à dire, il en sera ainsi pour toujours.

Flynn

Je veux tout connaître d'elle – savoir si elle a besoin d'un café le matin pour se mettre en route, quelle est sa chanson préférée, sa couleur favorite, ce qu'elle porte pour dormir. La possibilité qu'elle préfère ne rien porter du tout, je ne peux l'envisager pour l'instant, alors même que je m'efforce de l'empêcher de prendre ses jambes à son cou. On dirait une pouliche ombrageuse à qui on fait porter pour la première fois une selle et qui est en permanence prête à se dérober. Je la connais depuis moins de douze heures et je comprends déjà que si je la laisse partir, si je la laisse s'échapper, son souvenir me hantera à jamais.

– Qu'est-ce que c'est comme voiture ? Elle est belle.

Oui, elle est belle et elle vaut plus d'un million et demi de dollars, ce que je ne vais pas lui dire.

– C'est une Bugatti Veyron.

– Jamais entendu parler.

– Les voitures sont l'un de mes vices.

Je désigne le SUV Range Rover blanc et la moto Ducati rouge, mon moyen de transport préféré en ville. J'ai décidé tout à l'heure que la Range Rover était trop ordinaire pour une soirée importante et que la Ducati la terroriserait immanquablement. Je la réserve pour le deuxième rendez-vous, si j'ai cette chance.

Cette perspective me fait réfléchir tandis que je fais le tour de la voiture pour lui ouvrir sa portière. Ce n'est pas souvent que je m'inquiète de décrocher un deuxième rendez-vous. Je n'ai pas l'habitude de me fatiguer avec les femmes. Cela fait une éternité que je n'ai pas eu à me donner du mal pour obtenir un deuxième rendez-vous comme je vais devoir le faire avec Natalie.

Elle prend la main que je lui tends pour descendre et le contact de sa peau sur la mienne me décoche une décharge électrique dans tout le corps. En la voyant relever la tête, avec de grands yeux et la bouche entrouverte, je devine qu'elle a éprouvé la même sensation.

Je regarde ses jambes fuselées et j'ai la bouche sèche.

Elle retient sa jupe d'une main, je comprends que mon regard a été un peu insistant et je me force à fixer son visage plutôt que le reste. Je referme la portière et verrouille la voiture par habitude, pas parce que je crains qu'on la vole dans un parking où je suis seul à avoir accès. Sans lui lâcher la main, je l'emmène vers l'ascenseur et je considère que c'est une petite victoire qu'elle ne se dérobe pas.

Une fois montés, je glisse dans la fente la carte magnétique qui va nous entraîner jusqu'au dernier étage. Elle ne dit pas un mot durant le court trajet, mais elle ne perd pas une miette de la cabine luxueusement aménagée tout en évitant de croiser mon regard. Je ne sais pas pourquoi, mais je trouve son attitude envers moi aussi amusante et charmante que rafraîchissante. Les femmes ont tendance à perdre la tête en ma présence. Elles ne peuvent s'empêcher de babiller. De remplir le moindre silence de leur bavardage, comme si elles craignaient que je perde tout intérêt pour elles si elles cessaient d'être distrayantes et charmeuses.

Natalie ne fait que souligner le silence et je me surprends à essayer de trouver quelque chose à dire pour attirer son attention et l'intéresser à *moi*. Je n'ai pas honte de dire que je suis totalement dépassé par cette femme, et cela ne fait que renforcer mon désir de la connaître.

Avant que j'aie le temps d'être charmant ou spirituel, l'ascenseur sonne et nous arrivons à mon penthouse. La porte s'ouvre et je précède Natalie dans l'entrée.

– Puis-je prendre votre manteau ?

– Bien sûr. Merci.

Je lâche sa main pour l'aider à l'enlever.

– Je peux ? demande-t-elle en désignant les pièces devant elle.

– Bien entendu. Faites comme chez vous.

Elle s'aventure dans le salon et gagne les grandes baies du sol au plafond qui donnent sur Central Park et la Cinquième Avenue.

– La vue est incroyable. On voit même la patinoire et le hangar à bateaux.

– C'est la vue qui m'a fait acheter l'appartement.

Elle se retourne et contemple le reste de l'appartement, qui se compose d'un vaste salon, d'une cuisine que j'utilise rarement, d'un bureau où je passe la majeure partie de mon temps quand je suis à New York et d'une chambre avec salle de bains.

– Vous voulez voir le reste ?

– Avec plaisir.

Je l'emmène dans mon bureau, où elle passe quelques minutes à regarder les photos de la famille et des amis qui ornent le mur au-dessus de la table couverte de piles de scénarios qui menacent de s'écrouler sur mon ordinateur portable. Il faut que je range un de ces jours, moi.

Une fois qu'elle a tout détaillé, nous traversons le couloir vers la chambre, et elle me surprend en y entrant pour mieux voir mon immense lit et les photos de mes nièces et neveux sur la table de chevet.

– La salle de bains est là-bas.

Quand elle ouvre la porte pour jeter un œil, je suis soulagé d'avoir pris le temps dans l'après-midi de faire le lit et ramasser les serviettes.

– J'adore votre baignoire, dit-elle en venant me rejoindre dans la chambre. Si j'en avais une comme la vôtre, je prendrais des bains moussants tous les soirs.

En l'imaginant entourée de bulles dans ma baignoire, je déglutis et me force à penser à tout autre chose que son corps nu, et du coup, j'évite une réaction prévisible qui nous aurait gênés elle comme moi.

– Venez en prendre un dès que cela vous chante.

– Mais bien sûr ! rit-elle. Je vais passer juste pour prendre un bain.

– Ma baignoire est toute à vous.

– Prenez garde à ne pas faire des promesses que vous n'avez aucune intention de tenir.

Je suis curieusement vexé qu'elle soit aussi certaine que je ne suis pas sincère. Je vais à ma commode prendre une carte magnétique que je lui tends.

– Dès que vous en aurez envie.

– Je plaisantais, dit-elle en rougissant.

– Pas moi.

Rien de ce qui la concerne n'est une plaisanterie pour moi. J'ai vécu assez longtemps, connu suffisamment de femmes et couché avec plus d'entre elles que je n'aurais probablement dû, pour savoir quand la situation est différente et unique en son genre. Natalie l'est.

Elle essaie de me rendre la clé.

– Vous ne devriez pas confier une clé de chez vous à quelqu'un que vous connaissez à peine. Vous n'avez pas auprès de vous des spécialistes de la sécurité qui vous l'ont expliqué ?

Sa réponse indignée me fait rire, ce qui semble l'agacer.

– Vous voulez dire que je ne peux pas vous faire confiance ?

– Je vous dis que vous ne devriez pas être aussi désinvolte pour votre sécurité. Qu'est-ce qui vous dit que je ne suis pas une fan démente qui vous épie et vous suit partout ?

Je fais mine d'être inquiet :

– C'est le cas ?

J'ignore pourquoi, mais je suis certain que je peux confier à cette femme tout ce que je possède.

– Non, mais vous n'avez aucun moyen de savoir si je dis la vérité.

– Vous croyez à l'instinct ? À l'intuition ?

– Oui, je pense. Un peu.

– Mon instinct me dit que je peux vous confier cette clé. Mon intuition me dit que je ne regretterais pas de vous prêter ma baignoire, puisque je ne l'utilise jamais et que c'est un scandale de gâcher quelque chose qui peut vous apporter du plaisir.

Une fois de plus, elle rougit, cette fois au mot « plaisir ».

– Vous ne l'utilisez jamais ? C'est vrai ?

– J'ai honte de devoir vous avouer que je ne m'en suis jamais servi.

– Et depuis combien de temps avez-vous cet appartement ?

– Cela fera dix ans en mars, dis-je après avoir dû faire le calcul.

– C'est tragique.

– Qu'est-ce que vous voulez, je suis plutôt douche.

Tout à coup, elle paraît se rendre compte que nous avons une conversation quelque peu intime alors même que nous sommes dans ma chambre.

– Il y a une cuisine, chez vous ?

– Par ici.

J'allume dans la cuisine et un sourire se peint sur son visage.

– Waouh. Maintenant, c'est votre cuisine que j'envie.

– Vous avez la clé. Utilisez-la quand vous voulez. C'est une autre pièce à laquelle je n'accorde pas beaucoup d'attention, en dehors du frigo où il y a toujours de la bière bien fraîche.

– Quel mec vous faites !

– J'avoue. Et concernant mon incapacité à cuisiner, j'ai pensé à demander à une femme de ma connaissance qui cuisine pour notre équipe de production quand nous sommes à New York de venir nous préparer quelque chose ce soir, mais je me suis dit que ce serait trop prétentieux.

J'ouvre un tiroir et en sors une poignée de menus de repas à livrer que j'étale sur le comptoir devant elle.

Elle porte deux doigts à ses lèvres comme pour réprimer un rire. Je feins l'indignation :

– Vous vous moquez de moi ?

– Juste un tout petit peu, répond-elle.

– Ce n'est pas très gentil à vous. Voilà que je me mets à nu et que j'avoue mes défauts et vous vous moquez de moi. (Je secoue la tête, ravi de la voir éclater de rire, et je sens que j'ai gagné quelque chose de précieux. Mon ventre gargouille brusquement, ce qui la fait rire de plus belle.) Oui, je meurs de faim, alors si cela ne vous ennuie pas de me dire ce que vous voudriez manger, je pourrai appeler.

Elle fait une moue craquante et examine les menus avec la même concentration qu'elle apporte sûrement à tout. C'est un peu troublant de devoir admettre que j'aimerais énormément bénéficier d'autant d'attention de sa part.

– Celui-ci, dit-elle en me tendant le menu d'un restaurant italien qui livre à domicile.

– Mon préféré. Qu'est-ce qui vous ferait plaisir ?

– Une piccata de poulet et une salade Caesar, s'il vous plaît.

Je la dévisage un instant.

– Vous n'allez pas me croire, mais c'est ce que je commande toujours.

– Vous avez raison, je ne vous crois pas.

Secouant la tête avec amusement, je sors le téléphone de ma poche et appelle le numéro qui est en mémoire.

– Flynn Godfrey. Deux portions de ma commande habituelle, s'il vous plaît, dis-je en souriant. Merci.

– Ça ne prouve rien, vous savez, dit-elle une fois que j'ai raccroché.

– Oui c'est cela, comme si j'avais pu préparer mon coup à l'avance !

Elle éclate de rire et je suis de nouveau totalement conquis. Elle est adorable, effrontée, drôle et facile à vivre. Avec elle, moi Flynn Godfrey, je suis un homme comme les autres et c'est une sensation agréable. J'en ai tellement marre d'être FLYNN GODFREY, STAR DE CINÉMA, avec les autres femmes.

– Vous me surprenez, dit-elle.

Je m'interromps alors que j'étais en train de sortir des verres, et je me tourne vers elle. Elle a pris place au bar qui sépare le salon de la cuisine.

– Comment cela ?

– Je pensais que vous auriez… du personnel. Pour vous conduire, cuisiner, s'occuper de tous vos désirs.

– Vous êtes déçue que ce ne soit pas le cas ?

– Au contraire. Je suis agréablement surprise.

– On ne peut pas croire tout ce qu'on lit, vous savez, dis-je en brandissant une bouteille de pinot noir et une autre de chardonnay.

Elle désigne le blanc et je me mets en devoir de la déboucher.

– Mais je peux en croire une partie, non ?

– Très peu. Pour la plupart, ce sont des conneries.

– Si on imprime des mensonges, pourquoi ne faites-vous pas des procès ?

– Parce que, dis-je en haussant les épaules, j'ai mieux à faire de mon temps et de mon argent. Si je devais faire un procès pour chaque mensonge publié, je n'aurais le temps de rien d'autre.

– Mais si vous leur faisiez un procès à chaque mensonge, ils finiraient peut-être par arrêter.

– Tant que leurs mensonges vendront des journaux et des magazines et attireront les gens vers leurs sites Web et leurs émissions de télé, ils continueront.

– Je n'arrive pas à imaginer ce que cela doit être de lire constamment des mensonges sur soi dans les médias. (Elle boit une gorgée de vin et émet le petit soupir satisfait qui fait se dresser tout ce qui fait de moi un homme.) Oh, ce que c'est bon !

– Je suis ravi que cela vous plaise. (Je ne lui précise pas que je possède le vignoble avec des associés. Il a intérêt à être bon.) Et pour ce qui est des mensonges, je les ignore la plupart du temps. Je paie des avocats qui guettent les mensonges les plus éhontés, mais en général, je ne leur consacre ni mon temps ni mon énergie.

– Qu'est-ce qui est un mensonge éhonté, pour vous ?

– L'an dernier, j'ai poursuivi un tabloïde anglais pour avoir insinué que mon neveu – le fils de ma sœur – est en fait le mien parce qu'il me ressemble quand j'avais son âge.

– Ce n'est pas une blague ? demande-t-elle, bouche bée.

– Malheureusement non.

– J'espère que vous leur avez collé un procès aux fesses.

Je me mets à rire devant son indignation et je suis de plus en plus pris au piège qui se tisse entre nous.

– Avec ma sœur et son mari, nous les avons traînés en justice. Ça n'a pas été joli joli, mais nous avons réglé la situation avant que Ian, mon neveu, ait vent de la situation. Et cela a eu un petit avantage : les dommages et intérêts lui permettront d'entrer dans l'université qui lui plaira.

– C'est tellement dégoûtant d'envahir la vie privée des gens comme cela. J'ai de la peine pour vous et votre famille.

– Merci. Cela me navre de dire que nous y sommes plus ou moins habitués, mais quand on a eu des parents comme les nôtres, ce sont un peu les risques du métier. C'est pire ces dernières années. Ma mère répète constamment qu'elle serait devenue folle si cela avait été comme ça quand elle a débuté.

Natalie s'appuie le menton sur le poing.

– Elle est aussi sublime qu'elle en a l'air ?

– Encore plus. (C'est avec un sourire sincère que je songe à ma merveilleuse mère, si drôle et fougueuse.) Vous lui plairiez.

Cela semble lui faire plaisir.

– C'est vrai ? Comment se fait-il ?

Je m'assieds sur le tabouret voisin du sien, en veillant à ne pas la toucher.

– Parce que vous êtes passionnée par votre travail et que vous avez un vrai but dans la vie. Elle apprécie cela chez les gens.

– J'adore mon travail, c'est vrai. Je n'étais pas sûre que j'aimerais, mais c'est stupéfiant de sentir que l'on change quelque chose dans la vie de ces gosses. Parfois, je me demande comment je vais pouvoir les quitter quand arrivera la fin de l'année. Je me suis énormément attachée à eux.

– Ils ont de la chance d'avoir une institutrice aussi dévouée.

– C'est moi qui en ai. Des tas de collègues avec qui j'étais à l'université ont eu des gamins affreux et des parents encore pires. Les miens sont géniaux, les uns comme les autres. On m'a dit de profiter de ce bonheur parce que ça ne se reproduit pas chaque année, mais pour le moment, je n'ai rien trouvé à redire.

– Je parie que tous ces petits garçons sont follement amoureux de leur Mlle Bryant.

– C'est cela, oui, dit-elle en levant les yeux au ciel.

– J'ai été atrocement amoureux de ma maîtresse de cours élémentaire, Mme Carole. C'était une bombe.

– Vous êtes un homme à femmes depuis vos sept ans, c'est ça ?

– Je me plais à croire que j'ai un goût très sûr, dis-je avec un clin d'œil qui la fait rire. (L'interphone qui sonne m'empêche de la regarder trop longtemps. J'aime bien quand elle rit. J'aime énormément, même.) Excusez-moi, dis-je en allant à l'ascenseur répondre à l'appel. Oui ?

– Désolé de vous déranger, M. Godfrey. Il y a une livraison pour vous.

– Faites monter. Merci.

– Merci, Monsieur.

Je la surprends qui m'observe pendant que j'attends près de l'ascenseur. L'air gênée que je l'aie vue faire, elle se détourne. L'ascenseur sonne et la porte s'ouvre sur une livreuse que je n'ai encore jamais vue. Elle doit être nouvelle. Elle me regarde fixement, bouche bée, jusqu'à ce que je tende la main vers le sachet qu'elle apporte. Je lui donne un pourboire de vingt dollars et je recule en laissant l'ascenseur se refermer avant qu'elle ait eu le temps de se remettre.

Cet épisode m'amuse, mais pas autant que Natalie.

– La pauvre ne s'attendait pas à un coup pareil quand les portes se sont ouvertes sur vous.

– Ça arrive parfois. (Je n'ai absolument aucune envie de parler de ma célébrité ou des bizarreries qui l'accompagnent. Je gagne la cuisine, mets les plats dans des assiettes et les dépose sur le bar. Sur un coup de tête, j'allume des bougies et les dispose entre nos assiettes.) Et voilà. Presque aussi bien que dans un restaurant cinq étoiles, mais sans les inévitables interruptions.

– C'est très joli. Merci.

– Merci à vous de ne pas m'avoir laissé dîner seul.

– Comme si vous n'aviez pas un million de gens que vous pouvez appeler à la dernière minute.

– Et vous voilà à croire encore ce que vous lisez, dis-je en remplissant nos verres avant de m'installer à côté d'elle. Ce n'est pas parce que je connais des tas de gens que j'ai envie de dîner avec eux.

– Je ne voulais rien insinuer, dit-elle en buvant une gorgée de vin. Mais votre vie a l'air tellement… glamour et passionnante.

– C'est parfois le cas. Et je ne voudrais surtout pas qu'on pense que je me plains de ma bonne fortune, mais j'ai souvent des journées de vingt-quatre heures dans des circonstances moins qu'idéales. Une fois, j'ai passé huit heures dans de l'eau glacée sur un tournage et j'ai fini à l'hôpital victime d'hypothermie. Il m'a fallu deux jours pour retrouver la sensation de chaleur. Une autre fois, toute l'équipe a eu une intoxication alimentaire au Mexique. C'était amusant, comparé au reste. Je me suis fait des fractures, déchiré des ligaments et explosé le genou – deux fois. Le mieux aura été de passer deux jours à poil dans un lit à tourner une scène d'amour avec la femme qui m'a trompé et a bousillé notre mariage. Ça, c'était *fabuleux*.

Évidemment, ce n'est pas l'histoire dans son intégralité, mais je ne souhaite pas partager le reste avec Natalie.

Elle me regarde en ouvrant de grands yeux.

– Eh bien…

– Désolé. Je ne voulais pas vous débiter tout ça. Ma vie est extrêmement amusante et souvent passionnante et parfois même pleine de glamour. Mais il arrive aussi qu'elle soit atroce. La presse ne raconte pas cette facette-là, parce que personne n'a envie qu'on lui parle d'intoxication alimentaire.

– Pas moi, en tout cas, dit-elle en prenant délicatement une bouchée de son poulet.

– Exactement. C'est beaucoup plus amusant de nous montrer en smokings et robes de soirée allant d'unc cérémonie d'Oscars à une autre en nous congratulant mutuellement pour nos exploits.

– Vous êtes très doués pour cela, dans votre milieu.

– Oh oui, extraordinairement doués.

– J'ai honte d'avouer que je n'ai jamais songé un instant à ce que vous devez endurer pour tourner un film.

– N'ayez pas honte. Si vous n'êtes pas dans le milieu, comment voulez-vous savoir ce qu'il en est ? Et puis, je tiens à souligner encore une fois que je ne me plains pas. J'ai connu plus de bonheurs qu'on imagine dans cette carrière que j'ai la chance d'avoir. C'est juste que j'aimerais parfois que le grand public sache que dans ce métier, tout n'est pas que smoking et champagne.

Je pose ma fourchette et bois une gorgée de vin, surpris de découvrir que je suis nerveux à l'idée de poursuivre :

– Et d'ailleurs, à ce sujet, le week-end prochain, ce sont les Golden Globes et je suis, paraît-il, dans les nominés. J'aimerais vous emmener avec moi si vous n'êtes pas prise.

Je regrette de ne pas avoir eu la présence d'esprit d'enregistrer sa réaction à mon invitation. C'est sans prix.

– Vous… Vous voulez…

Je pose la main sur la sienne et j'attends qu'elle me regarde.

– J'aimerais vous emmener en Californie pour m'accompagner aux Golden Globes. Si vous voulez bien venir avec moi.

– Je… C'est très aimable à vous, mais je travaille. L'école. Je… je n'ai rien à me mettre.

– Nous pourrons vous trouver quelque chose. Les couturiers seraient fous de vous. Ils se battraient pour pouvoir vous habiller. Et vous pourriez prendre une journée de congé. Vous avez le droit à des journées d'absence pour convenance personnelle ?

– Trois, mais…

– Peut-être que vous pourriez en prendre une ? Nous prendrions l'avion le vendredi soir et nous vous trouverions votre robe le samedi. Nous pourrions visiter les environs, voir mes parents et le reste de ma famille. La cérémonie étant le dimanche, nous rentrerions le lundi. Et vous seriez en cours le mardi.

– Je vois que vous êtes sérieux.

Si seulement elle savait à quel point.

– Tout à fait.

– Vous venez de me rencontrer aujourd'hui ! Vous ne pouvez pas me donner la clé de votre appartement et m'emmener aux Golden Globes alors que vous ne me connaissez que depuis douze heures !

Je jette un coup d'œil à ma montre :

– Seulement ? J'ai l'impression de vous connaître depuis bien plus longtemps. (Une éternité, même. Elle s'est engouffrée dans ma vie et mon âme comme une tornade et m'a transformé pour toujours. Pourquoi et comment est-ce possible, je ne saurais dire. C'est ainsi, c'est tout.) Prenez le temps d'y réfléchir, vous n'avez pas à décider ce soir. (Je lui donne un petit coup de coude et désigne son assiette.) Finissez de dîner.

– Je ne crois pas pouvoir avaler une bouchée de plus.

– Je vous ai contrariée ?

– Non, vous m'avez surprise.

– Vous m'en avez fait autant.

– Ce que je ne comprends pas…

Elle secoue la tête comme si elle se ravisait.

– Qu'est-ce que vous ne comprenez pas, Natalie ?

Je meurs d'envie de le savoir, mais je n'en laisse rien voir, espérant qu'elle me le dira sans que j'aie à la supplier.

– J'ai… j'ai dit que je ne coucherai pas avec vous.

– Et ?

– Et rien. Pourquoi voulez-vous m'emmener en week-end alors que vous savez qu'il ne se passera rien ?

– Comment pouvez-vous dire qu'il ne se passera rien ? Je vais pouvoir passer trois jours entiers avec vous. J'aurai l'occasion de vous présenter à ma famille et vous montrer la maison où j'ai grandi ainsi que celle que je possède à L.A. Je vais pouvoir vous emmener à l'une des soirées les plus excitantes de l'année à Hollywood. Je vais voir vos yeux pétiller de délice chaque fois que vous croiserez quelqu'un que vous admirez de loin depuis des années. Je vais vous avoir à mes côtés pour bavarder quand la soirée sera ennuyeuse et que nous trouverons le temps long, ce qui est toujours le cas. Peut-être que vous me prendrez la main quand ma catégorie sera annoncée ? Et ensuite, j'aurai la plus belle femme à mon bras à toutes les fêtes. Comment pouvez-vous dire que ce n'est rien ?

– Pourquoi moi ? finit-elle par demander après un long silence.

– Pourquoi pas vous ? Je vous apprécie, Natalie. J'aime être en votre compagnie et bavarder avec vous. Je ne vous demande rien de plus que le plaisir de votre compagnie pendant trois jours, durant lesquels vous aurez votre propre chambre avec un verrou sur la porte pour m'empêcher d'entrer. Et j'ai pleinement l'intention de vous voir aussi souvent que vous me le permettrez avant que nous allions où que ce soit ensemble. Je vous ai demandé ce soir parce que demain est le dernier délai pour lequel je peux demander une place supplémentaire à la cérémonie et parce qu'il me faut un peu de temps pour m'organiser.

– Oh, je vois.

– Que voyez-vous ?

– Vous ne précipitez pas les choses. Vous avez juste l'esprit pratique.

– Oui, dis-je, une fois de plus fasciné et amusé. Sans doute, oui.

– Alors si je demande un peu de temps pour réfléchir, vous ne pourrez pas avoir la place supplémentaire.

– En effet. Et si je demande cette place et qu'ensuite, vous me dites que vous ne pouvez pas venir, avec le siège vide à côté de moi, à la télévision, j'aurai l'air d'un pauvre type incapable de trouver une cavalière pour la soirée. Vous ne voudriez pas que cela m'arrive, tout de même ?

– Vous inventez tout ça ! Vous pourriez trouver quelqu'un en deux secondes si je ne peux pas venir.

– C'est vous ou personne. Je ne vais demander à personne d'autre.

– Cela fait beaucoup de pression pour un premier rendez-vous.

– Je sais, et j'en suis désolé, je vous assure.

– Je ne sais pas pourquoi, mais je ne crois pas que vous le soyez vraiment.

Je ris de nouveau. J'ai plus ri avec elle dans le peu de temps que nous avons passé ensemble que durant le premier mois que j'ai passé avec la dernière femme que j'ai fréquentée, une top model obsédée par son apparence, son poids et son travail. J'ai tenu six semaines avec elle avant de tout arrêter. Malheureusement, il a fallu une ordonnance restrictive pour la forcer à partir. Je balaie ces déplaisantes pensées pour me concentrer sur la charmante Natalie.

– Que diriez-vous d'un dessert ?

– En général ou ce soir en particulier ?

– Les deux.

– En général, je suis une grande fan des desserts, mais j'ai des règles.

– Oh, je suis tout ouïe.

– Pour commencer, il ne doit comporter ni fruit ni légume.

– Ce qui exclut toute la famille des desserts du genre gâteau à la carotte et sablé aux fraises, mon préféré.

– Le gâteau a la carotte, c'est immonde. Les carottes n'ont rien à faire dans un gâteau. En revanche, je peux faire une rare exception pour le sablé aux fraises, à condition qu'il soit recouvert de chantilly.

La pensée de Natalie et de chantilly a des effets ravageurs sur ma libido déchaînée. Comme par hasard, je suis follement attiré par une femme pour la première fois depuis une éternité et elle m'a déjà fait savoir qu'il n'y avait aucune chance que nous couchions ensemble. Je suis relativement confiant de pouvoir la faire changer d'avis. Je suis presque certain d'y parvenir. Mais je n'en ferai rien. Je préfère savoir pourquoi une ravissante et délicieuse jeune femme s'impose des principes aussi stricts. Il y a forcément une raison, et je veux la connaître. Bien entendu, il se peut que ce soit une question de religion, mais je sens que c'est plus compliqué que cela.

– Allô… la Terre appelle Flynn.

Sa remarque me tire de mes pensées.

– Excusez-moi.

– Vous étiez dans la lune ?

– Non, la chantilly. Cela m'a donné des idées. (Son rougissement est presque aussi adorable que tout le reste chez elle.) Quelles sont vos règles en matière de glaces ?

– De quel type s'agit-il ?

– J'ai café et pépites de chocolat, fraise, que vos principes interdisent probablement, et vanille.

– Café et pépites de chocolat, c'est mon parfum préféré.

– Vous me racontez des salades, dis-je, lui rendant la monnaie de sa pièce.

– Non, pas du tout ! rit-elle.

– Comme vous voudrez.

Je porte nos assiettes dans l'évier ; je m'en occuperai plus tard. Je ne veux pas perdre une seconde de mon temps avec elle en faisant la vaisselle. Je prépare deux bols et reviens au bar, où j'ai le droit de connaître l'immense plaisir de regarder Natalie savourer de la glace.

– Mmm, quel délice !

Tout en prenant une bouchée glacée, je me demande si elle réagirait de la même manière à mes mains sur son corps. Je balaie ces pensées avant qu'elles ne déclenchent une réaction gênante. Je prends une autre bouchée, espérant que la glace va me calmer.

Elle porte la cuiller à sa bouche et je suis hypnotisé par le spectacle de ses lèvres qui glissent sur le métal.

– Vous m'avez vraiment demandé de vous accompagner aux Golden Globes ?

– Oui, vraiment.

– Vous êtes fou. Vous le savez, j'espère ?

– J'ai eu droit à pire, comme insulte.

– Vous ne pouvez pas emmener quelqu'un que vous venez de rencontrer le jour même à l'un des événements les plus importants de l'année.

– Et pourquoi ça ?

– Parce que.

Je la lorgne en haussant un sourcil, histoire de lui faire comprendre que cela ne va pas suffire.

– Ça ne se fait pas.

– Ma chère petite, permettez-moi de vous exposer l'avantage de la célébrité : *tout* se fait. Nous sommes une bande de feignants qui ne songent qu'à leur bon plaisir. Avec tout ce que vous lisez, j'aurais cru que vous étiez au courant. Si j'ai envie d'emmener aux Golden Globes quelqu'un que je viens de rencontrer, personne ne peut m'en empêcher. Sauf vous, évidemment.

– C'est complètement dingue, dit-elle en secouant la tête. Je suis en train de me dire que les douze coups de minuit vont sonner et que votre Bugatti va se transformer en citrouille.

Je prends un air horrifié.

– Si ma Bugatti se transforme en citrouille, jamais je ne vous pardonnerai. J'adore cette voiture.

– Vous m'avez très bien comprise. Toute cette journée a l'air sortie de *Cendrillon* ou d'un conte du même genre.

– Vous avez une méchante marâtre ? De vilaines belles-sœurs ?

Elle marque une pause assez longue pour que je me demande à quoi elle pense.

– Non.

Je pose ma cuiller, repousse mon bol et lui prends la main.

– Vous allez peut-être avoir du mal à le croire, mais sous tous ces tralalas et ces chichis, je suis un mec comme un autre. Je mange, je dors et je respire comme tout le monde. Je suis juste un type qui vient de faire la connaissance d'une femme qui l'intéresse. J'aimerais passer plus de temps avec elle. J'aimerais l'emmener avec moi à Los Angeles pour les Golden Globes parce que je suis un peu nerveux. On dit que je vais gagner cette fois, et auquel cas, je voudrais fêter cela avec vous. Dans le cas contraire, je veux être réconforté par votre simple présence. C'est pour cela que je vous demande de venir.

– Vous êtes vraiment sérieux.

– On ne peut plus sérieux.

5
Natalie

Rien dans cette soirée ne s'est passé comme je le pensais. J'ai été surprise et décontenancée dès l'instant où il est venu me chercher dans une voiture qu'il conduisait lui-même et m'a amenée dans ce charmant petit appartement où il se débrouille manifestement sans personnel.

Et quand il m'a demandé de l'accompagner à L.A. pour les Golden Globes, il m'a stupéfiée. Je ne pense plus qu'à ça… Qu'est-ce que ce serait de marcher sur le tapis rouge au bras de la plus grande star de cinéma du monde ? C'est un rêve sorti tout droit d'un conte de fées, d'où mon allusion à *Cendrillon*.

Assez étrangement, j'ai envie d'y aller. Je veux prendre part à cette grande soirée. Je veux que ma première visite à Los Angeles et Hollywood se fasse avec lui comme guide. L'idée de faire la connaissance de Max Godfrey et d'Estelle Flynn me fait presque défaillir, mais pas autant que la perspective de passer trois jours avec cet homme charmant, beau gosse, totalement craquant, qui me dit être comme tout le monde et qui aime les mêmes plats que moi.

– J'aimerais venir, dis-je en hésitant, mais rien n'a changé dans la manière dont j'envisage notre relation.

– Je le comprends et je le respecte.

– Et donc vous, qui pourriez avoir n'importe quelle femme au monde, vous décidez de passer du temps avec la seule qui refuse de tomber dans votre lit dès que vous claquez des doigts ?

Il s'immobilise bizarrement pour réfléchir à ma question.

– Oui.

– Pourquoi ?

– Pourquoi quoi ?

– Pourquoi vouloir être avec moi alors que vous pouvez avoir qui vous voulez ? Pourquoi un homme sain d'esprit voudrait être en compagnie d'une femme qui refuse de coucher avec lui alors qu'il n'a que l'embarras du choix en matière de femmes ?

– Malgré ce que vous pouvez croire, tous les hommes ne pensent pas avec leur braguette.

– Vraiment ? Ce n'est pas ce que j'ai constaté.

– Alors, c'est que vous avez eu de mauvaises fréquentations. (Une fois de plus, il me prend la main. Chaque fois, cela me chatouille et mes tétons se durcissent. Je n'ai jamais réagi ainsi avec personne. Cela dit, je n'ai pas laissé un homme s'approcher assez pour tester mes réactions.) Réglons une bonne fois pour toutes cette inquiétude que vous avez, d'accord ?

– D'accord…

– Je vous apprécie. Dès le premier instant où je vous ai vue, par terre, le souffle coupé, avec votre adorable petite chienne qui tournait autour de vous, j'ai voulu vous connaître. Ma première pensée n'a pas été : « Bon sang, il faut que je couche avec elle. » Mais plutôt : « Ne sois pas idiot et ne laisse pas cette femme merveilleuse partir sans la connaître. »

Brusquement, j'ai la gorge nouée. Je déglutis avec peine et le regarde dans les yeux.

– Alors, vous ne me considérez pas comme… ça ?

– Comment ?

– Vous m'avez bien comprise.

Soudain, il comprend précisément de quoi je parle.

– Oh, *comme ça* ! Oui, je ne vais pas vous mentir, j'ai un peu pensé à ce que cela ferait de vous avoir toute nue dans mon lit. Je crois que ce serait fantastique, incroyable, sans égal, spectaculaire…

Avec un sourire, je pose les doigts sur ses lèvres pour le faire taire.

Un rire silencieux éclaire son regard. Il saisit ma main et j'ai à peine le temps de me rendre compte qu'il me mordille un doigt. La vague torride qui me parcourt m'incendie et fait délicieusement palpiter mon entrejambe.

Surprise par ma réaction, je retire ma main.

– Pardonnez-moi, dit-il. Je n'ai pas pu résister.

Je suis décontenancée et déroutée par la manière dont mon corps réagit devant lui. Cela ne m'est encore jamais arrivé et je ne suis pas sûre de comprendre. Je réagis ainsi à Flynn l'homme ou à Flynn la star de cinéma ? Alors même que je me pose la question, je sais que c'est à l'homme et que je me mentirais à moi-même en prétendant le contraire.

Il me ramène à la réalité en caressant du bout de l'index le pli soucieux entre mes sourcils.

– N'y réfléchissez pas trop, ma chère petite.

Cela me donne envie de rire. Je réfléchis toujours trop à tout. Je n'ai pas eu le choix de ce côté-là. Quand on quitte sa maison et sa famille à quinze ans, réfléchir à tout devient un mode de vie.

– Il faudrait que je rentre…

– Voulez-vous que nous regardions un film ? demande-t-il au même moment.

– Oh, euh… (Je consulte ma montre. Il n'est que 21 heures et je n'ai pas vraiment envie de partir, mais il me faut un moment pour me ressaisir hors de sa présence qui me bouleverse.) Vous permettez que j'aille me rafraîchir ?

– Mais certainement. Vous savez où est la salle de bains. Vous pouvez en profiter pour utiliser la baignoire, si cela vous chante.

– Merci, mais pas ce soir, dis-je en riant.

– L'offre tiendra toujours.

– Je reviens dans un instant.

– Je ne bouge pas d'ici.

Dans la salle de bains, je prends un moment pour utiliser la technique de respiration profonde que m'a enseignée la thérapeute nommée par le tribunal. Chaque fois que je suis désarçonnée, je m'en sors grâce à cela. Je l'ai été dès l'instant où je me suis cognée à Flynn Godfrey. Et à présent… Voilà qu'il me demande de l'accompagner en Californie, d'assister avec lui aux Golden Globes et qu'il veut me présenter sa famille. C'est trop.

Je regarde dans le miroir et j'ai un choc devant ce que j'y vois. J'ai les joues toutes rouges, les lèvres un peu gonflées comme si on m'avait passionnément embrassée, et les yeux… Mes yeux sont écarquillés et comme plus lumineux. Le reste de ma personne vibre de sensations, en particulier mes tétons et mon entrejambe.

Devant mon reflet, je ne peux nier que ce que je ressens – et constate – est du désir. Tout cela est nouveau pour moi et je peux à peine absorber la cascade d'émotions qui accompagne cette brusque découverte. Après ce qui m'est arrivé quand j'avais quinze ans, j'ai réprimé cette partie de moi, cette partie qui est une jeune femme en pleine santé. Depuis, j'ai évité les hommes, les relations, le sexe et tout ce que les autres jeunes femmes recherchent avec insouciance.

Je ne peux me permettre cette insouciance. Je survis en me contrôlant à chaque instant, et pour l'heure, je ne contrôle certainement pas la réaction de mon corps devant Flynn. Après avoir utilisé les toilettes, je prends le temps de me passer les mains sous l'eau froide. Je les plaque ensuite sur mon cou et mon visage en espérant retrouver le sang-froid si crucial pour moi dans ma nouvelle vie.

Je peux savourer la compagnie d'un homme intéressant, charmant et beau gosse sans perdre contenance. Peut-être qu'en ne cessant de me le répéter, cela finira par être vrai. Il est probablement l'heure de rentrer, mais je ne veux pas encore m'en aller. Je ne veux pas que cette soirée se termine. Il faut juste que je garde du recul et que je ne me laisse pas gouverner par mes étranges réactions.

Je me maîtrise en permanence. Je n'oublie jamais le voyage éprouvant qui m'a conduite vers cette précieuse nouvelle existence et je ne laisserai pas un homme, si beau et charismatique soit-il, anéantir le dur labeur qui m'a permis de recouvrer ma santé mentale.

Avant de quitter la salle de bains pour le rejoindre, je chuchote à mon reflet :

– N'oublie jamais…

– Quel est le verdict ? demande-t-il. Film ou bien retour au bercail ?

Comme il semble être disposé à accepter l'une ou l'autre possibilité, je décide de rester un petit peu plus longtemps.

– Qu'est-ce que vous avez dans la catégorie film de filles ?

Il gémit en prenant un air douloureux qui me fait éclater de rire.

– Vous ne rigolez pas ?

– C'est vous qui avez voulu. Si cela ne tenait qu'à moi, je serais chez moi avec Flocon en train de regarder une vidéo à la demande.

– De la VOD ? Waouh, je ne suis pas sûr de pouvoir rivaliser.

– Essayez.

Il s'approche de son home cinéma et ouvre un profond tiroir qui déborde de DVD.

– Honneur aux dames.

– Vous avez dans votre collection tous les films jamais tournés ?

– Seulement la moitié. L'autre est dans ma maison de L.A.

– Et vous continuez d'acheter des DVD alors qu'on peut regarder ces films en streaming ?

– J'aime les avoir à moi. C'est mon côté collectionneur.

– Je vois ça.

– En fait, vous n'en voyez qu'une infime partie. C'est un peu une obsession. Pellicule, cassettes vidéos, DVD, Blu-rays. J'ai tout.

– Je suppose que votre obsession est logique quand on sait quel est votre métier.

– Vous pouvez le justifier comme ça. Mes sœurs disent que j'aurais besoin de suivre une psychothérapie pour me guérir de ça et de ma passion des voitures.

– Mieux vaut être accro aux films et aux voitures qu'à certaines autres choses auxquelles les célébrités s'adonnent.

– Vous voyez ! C'est ce que je dis aussi, mais elles ne me laissent pas en paix. Jusqu'au moment où leurs gosses leur demandent de voir avant tout le monde le prochain grand film qui sort. Et là, Tonton Flynn devient *affreusement* utile.

– Ce n'est pas facile de faire partie de votre famille, hein ?

– Et vous vous demandez pourquoi je vous apprécie autant. Vous éprouvez de l'empathie pour mes souffrances.

Ce n'est pas la seule chose que j'éprouve, et malgré les petites remontrances que je me suis faites dans la salle de bains, je suis de nouveau en train de dérailler. Il me faut à peine quelques minutes en sa présence pour oublier mes promesses, être attirée par son charme nonchalant et son autodérision. Il y a quelque chose d'incroyablement séduisant chez un homme qui est capable de rire de lui-même, surtout quand le reste du monde le considère comme une sorte de divinité.

Cherchant à dépenser toute l'énergie qui s'accumule en moi, je m'accroupis pour regarder de plus près la vaste collection de films dans le tiroir. Je repère immédiatement mon préféré de toujours, le prends et me relève pour le lui montrer.

– *Vraiment* ? demande-t-il sans dissimuler son désarroi.

– Vraiment. Honneur aux dames, n'oubliez pas.

– Eh bien, dit-il en croisant les bras et en secouant la tête. Je savais que c'était trop beau pour être vrai. Personne n'est parfait.

– Si vous ne l'aimez pas, pourquoi l'avez-vous dans votre collection ?

– C'est le préféré de ma mère. Comme mes parents séjournent ici quand ils viennent à New York, j'ai quelques-uns de leurs préférés à disposition.

– Votre mère a un goût excellent en matière de cinéma, dis-je avec un grand sourire.

– Si vous le dites. Je le regarderai à une condition.

– Dites toujours.

– Vous devrez me chanter toutes les chansons.

– Marché conclu.

Il ne se doute pas de ce qui l'attend. Je connais les paroles de chaque chanson sur le bout des doigts.

– Zut, moi qui pensais que vous refuseriez.

J'éclate de rire devant son air dépité.

– Apparemment, vous ne m'avez pas totalement cernée.

– Peut-être pas, mais je fais clairement des progrès.

FLYNN

Elle connaît les paroles de toutes les chansons de *La mélodie du bonheur* et elle a une voix cristalline, une voix d'ange même. Quand elle chante qu'elle a réussi à trouver l'amour de sa vie, elle n'arrive pas à me regarder. Elle a le feu aux joues et je décèle un imperceptible tremblement dans ses mains. J'ai un mal fou à me retenir de l'attirer dans mes bras et de la couvrir de baisers. Jamais je n'ai eu aussi désespérément envie d'embrasser quelqu'un.

Nous sommes lancés dans un vif débat sur la recette de l'escalope viennoise. Ma mère et mes sœurs *adorent* ce film. J'ai toujours considéré comme un supplice ce torrent d'eau de rose, mais à le regarder avec Natalie et voir l'amour qu'elle voue à tout ce qui touche à la famille von Trapp, je suis plus captivé que jamais.

Mais qu'est-ce que je raconte ? Ce n'est pas le film qui me fascine, c'est *elle*. Elle est charmante, adorable et naturelle. Et je ne devrais pas passer du temps avec elle et encore moins m'imaginer d'autres possibilités. Elle est trop pure pour mon univers. Je sais que ce serait fatal pour elle d'être avec moi, cela ne m'empêche pas de la désirer comme je n'ai désiré personne depuis une éternité. Peut-être même depuis toujours.

Je dois me retenir pour ne pas céder à l'envie de noyer mes mains dans ses longs cheveux noirs, caresser le feu qui rosit ses joues chaque fois qu'elle me jette un regard, coller mon corps au sien, pour lui montrer l'effet que cela me fait qu'elle soit simplement assise près de moi et d'entonner ces chansons idiotes avec une indomptable allégresse.

Elle est beaucoup trop bien pour moi, et si je n'étais pas un salaud égoïste, je la ramènerais chez elle et j'oublierais que je l'ai rencontrée. Cela vaudrait mieux pour elle. Mais je sais déjà que je n'en ferai rien. J'en suis *incapable*. Elle n'a pas encore quitté mon appartement qu'elle me manque déjà et que j'échafaude des projets pour la revoir – demain, j'espère.

Elle fredonne *Edelweiss* à voix basse pendant que le capitaine joue au festival de musique.

Je remarque que ses yeux brillent et sont embués de larmes.

– Natalie ?

– Mmm ?

– Tout va bien ?

Elle hoche la tête.

– C'est cette chanson… Je me fais avoir à chaque fois. Elle me rappelle chez moi.

– Vous n'y êtes pas retournée depuis quand ?

Elle semble réfléchir soigneusement à sa réponse, ce que je trouve étrange.

– Un moment. Un bon moment.

– Vous n'y êtes pas retournée pour Noël ?

– Pas cette année, non.

– Votre famille vous manque, dis-je, plus comme une affirmation qu'une question, impatient de voir comment elle réagit.

– Oui, répond-elle sans quitter l'écran des yeux.

J'ai brusquement l'irrésistible sensation qu'elle ne m'a pas tout dit, loin de là.

– C'est mon passage préféré, dit-elle lorsque les religieuses brandissent des morceaux des véhicules nazis.

– Les petites futées.

Elle me sourit et je suis désarmé, anéanti. Et alors que cela vaudrait mieux pour elle – et probablement pour moi – que je mette fin à cette soirée et que je l'oublie, je ne le fais pas. Je ne peux pas. Je veux savoir pourquoi elle n'a pas revu sa famille depuis si longtemps. Je veux tout savoir sur elle.

Mais elle ne doit jamais, au grand jamais, découvrir tout ce que je suis.

Le film se termine sur les von Trapp qui traversent les montagnes à pied, et je lui propose de la raccompagner chez elle. J'espère qu'elle demandera à rester un peu plus longtemps, mais elle décide que le moment est venu de partir. Je vais chercher son manteau et l'aide à l'enfiler, me retenant une fois encore du moindre contact. Pas question de la toucher. Elle m'a clairement fait comprendre ses principes et je veux les respecter, même si je ne suis pas d'accord avec.

Nous descendons au parking par l'ascenseur et je la fais monter dans la Bugatti. Nous roulons en silence, tandis que se bousculent dans ma tête toutes les choses que j'aimerais lui dire. *Je veux vous revoir. Je veux être avec vous. Je veux vous connaître. Accompagnez-moi en Californie, je vous en prie. Je vous ferai connaître la vie que je mène, les gens que j'aime.* J'ai envie de la supplier de me confier ce qu'elle pense. A-t-elle passé une agréable soirée ? Désire-t-elle me revoir ? Viendra-t-elle aux Golden Globes avec moi ?

Bon Dieu, Flynn, essaie de te comporter comme si ce n'était pas la première fois, tu veux bien ? Oui, cette femme me met sens dessus dessous, et j'aime cette sensation. J'aime ce que j'éprouve quand je suis avec elle. J'ai envie de savourer cette émotion le plus longtemps possible. Une pareille idée est imprudente, quand on sait qui je suis – pas en public mais dans l'intimité. Je n'ai rien à faire avec quelqu'un comme Natalie. Pourtant, je suis déjà lié à elle. Je le suis depuis l'instant où elle m'est rentrée dedans et où sa féroce petite chienne m'a mordu.

Je m'arrête devant chez elle et coupe le moteur. Avant qu'elle ait le temps de me retenir, je descends et je fais le tour pour l'aider à sortir de cette voiture basse sur pattes. Elle prend la main que je lui tends et je la hisse vers moi. Peut-être avec un peu trop de vigueur, car elle me tombe dans les bras et je n'ai d'autre choix que de la rattraper et serrer son corps contre le mien.

– C'était élégant, murmure-t-elle contre ma poitrine.

Sa réaction m'arrache un rire qui me fait oublier l'excitation que j'éprouve à son contact.

– J'ai peut-être été un peu trop énergique.

– Enfin, vous avouez !

– Pardonnez-moi.

Je la libère à contrecœur, mais elle me surprend une fois de plus en ne lâchant pas immédiatement mon manteau.

– J'ai passé une très agréable soirée. Merci.

Je baisse les yeux vers son visage levé vers le mien et j'ai envie de l'embrasser, mais je réprime ce désir primaire. Je me maîtrise avec plus de discipline que je ne croyais posséder et je lui prends la main pour l'accompagner jusqu'en haut des marches.

– Moi aussi. Je vous remercie de m'en avoir donné l'occasion.

– Merci d'avoir subi jusqu'au bout *La mélodie du bonheur*.

– Ce n'était pas aussi pénible que dans mon souvenir.

Elle sourit de nouveau et c'est une récompense sans prix.

– Je ferais mieux de rentrer avant que Flocon pète un plomb.

Maintenant qu'elle en parle, j'entends effectivement le petit monstre qui hurle.

– C'est inenvisageable. Dormez bien, Natalie.

– Dormez bien aussi.

Ça ne risque pas, me dis-je, le temps qu'elle sorte sa clé et entre dans l'immeuble.

– Bonne nuit.

– Vous aussi.

La porte se referme sur elle avec un déclic et je dois me forcer à redescendre l'escalier jusqu'à ma voiture alors que tout en moi voudrait être dans cet immeuble avec elle. Cela me fait tout drôle de la quitter, comme si j'avais laissé derrière moi quelque chose d'essentiel. Stupéfait qu'elle ait bouleversé toute mon existence en l'espace d'une journée, je démarre et remonte vers mon appartement.

Bouillonnant de la frustration d'un désir inassouvi et d'autres émotions indescriptibles, je sais que je ne vais absolument pas réussir à dormir. Au lieu de rentrer, je me dirige vers l'immeuble au croisement de Park Avenue et de la Soixante-Cinquième Rue Est qui abrite les bureaux de Quantum, entre autres choses. Ce sont ces dernières qui m'intéressent ce soir.

Je prends la rampe d'accès au parking souterrain et pose la main sur le lecteur d'empreintes digitales. Les portes métalliques s'ouvrent et je pénètre dans le parking pour me garer entre la Porsche 911 noire d'Hayden et l'Audi-8 argent de Jasper. Je remarque également l'élégante Bentley blanche de Marlowe et la voyante Lamborghini Aventador rouge de Kristian. Je déteste cette voiture, mais comme lui l'adore, je garde mon opinion pour moi.

Toute la bande est là ce soir et j'ai hâte de passer un peu de temps avec mes plus proches amis et associés en affaires. Nous sommes arrivés ensemble à Hollywood. Hayden est réalisateur, Jasper est directeur de la photographie, Kristian l'un des producteurs les plus en vue et Marlowe et moi des acteurs qui avons joué si souvent ensemble que les paparazzis adorent spéculer sur la nature de nos relations. La presse d'Hollywood peut baver de désir tant qu'elle peut, depuis la fin d'une brève idylle il y a des années, il n'y a rien de plus qu'une étroite amitié entre nous. Elle est un peu ma quatrième sœur – celle qui ne va pas tout raconter à mes parents.

Grâce à la sécurité et au secret qui règnent chez Quantum, personne ne sait grand-chose de nous cinq ni de nos « prédilections » sexuelles. Je pose la main sur un second lecteur d'empreintes près de l'ascenseur, et les portes s'ouvrent. Une fois dans le casino, je dois décider : soit je monte dans les bureaux, soit je descends dans notre terrain de jeux, comme nous l'appelons. Je suis trop sur les nerfs pour me concentrer sur le travail, et encore plus sur le terrain de jeux, mais comme je sais qu'à cette heure-ci un samedi soir, je vais y trouver mes amis, j'opte pour la descente.

Les portes s'ouvrent sur ce qui pourrait passer au premier abord pour un night-club. C'en est un, mais pas seulement. Tandis que résonnent les pulsations sourdes et sexy de la musique, Jasper, martinet à la main, parle à l'oreille d'une femme attachée à une croix de Saint-André.

Totalement vêtu de cuir, Marlowe réprimande son soumis entièrement nu pour quelque faute qui mérite une sévère punition. L'homme, président de l'une des plus grosses banques de Wall Street, pleure de douleur tandis que les talons aiguilles de Marlowe s'enfoncent dans son dos. C'est une dominatrice impitoyable dont une cohorte de soumis attend de pouvoir connaître les châtiments qu'elle leur réserve.

Au bar, je me laisse tomber sur un tabouret, et Gabriel, le barman qui est également le chef de la sécurité et le gérant du club, pose un verre de mon single malt écossais préféré devant moi.

– Merci, Gabe.

– La nuit a été dure ?

– Non, bonne. (*Géniale. Fantastique, le genre de nuit qui vous change la vie.* Je bois une gorgée du Bowmore dont le feu me parcourt.) Qu'est-ce que ça donne, ce soir ?

– Comme d'habitude.

Je repère sur un canapé Kristian, entièrement habillé, qui parle avec une femme que je ne reconnais pas.

– Qui est-ce, avec Kristian ?

– Un nouveau membre.

Bien que Gabriel sache tout de chaque personne qui pose le pied dans le club, il sait ne pas fourrer son nez dans les affaires personnelles des cinq célébrités pour qui il travaille. Quand Kristian voudra que j'en sache plus sur la nouvelle qu'il nous a amenée, il me le dira lui-même.

– Hayden est là ?

– Dans le donjon avec Cresley.

– Ça, il faut que je le voie.

Je prends mon verre et traverse la salle en saluant d'un geste plusieurs autres membres de notre club très fermé qui profitent des canapés et salons pour faire connaissance. Soit ils négocient les termes d'une relation dominationsoumission, soit ils parlent boutique. Les habitudes d'Hollywood côtoient ici celles du milieu du BDSM. Les deux occupent une place importante dans ma vie, et c'est pourquoi je n'ai aucune raison de commencer quelque chose avec Natalie.

« *Je ne coucherais avec aucun homme sans être mariée avec lui.* »

Que penserait-elle de cet endroit ? La question que je trouverais d'ordinaire amusante m'attriste ce soir. Je partage ce style de vie depuis presque le début de ma vie d'adulte et cela fait longtemps que j'ai arrêté de croire que je dois des explications à quiconque. Mon besoin de domination sexuelle fait autant partie de moi que l'ADN de mes parents ou le menton que j'ai hérité de mon grand-père paternel.

Je pose la main sur un autre lecteur d'empreintes qui m'ouvre l'accès au donjon dans le sous-sol. Cette partie du club n'est ouverte qu'aux cinq principaux membres et à leurs invités, qui sont tous soumis aux mêmes enquêtes et examens médicaux que subissent les futurs membres. La différence, c'est que les membres de plein droit/permanents doivent payer un tiket d'entrée d'un million de dollars et signer un accord de confidentialité qui stipule que nous les ruinerons s'ils parlent de ce qui se passe ici. Les invités ne doivent signer que cet accord et nous leur soulignons que nous en appliquerons le moindre terme sans aucune hésitation.

Notre principal avocat, Emmett Burke, a rédigé des contrats imparables qui ont permis à nos deux clubs de Los Angeles et New York de rester les secrets les mieux gardés du show-business depuis plus de dix ans. Tous les cinq, nous approuvons chacun des nouveaux membres qui sont tous cooptés et nous n'acceptons que des gens qui ont quelque chose à perdre. La supermodel qu'Hayden est en train de sauter vigoureusement en est l'exemple même.

Cresley Dane, l'un des visages les plus célèbres au monde, femme d'affaires agressive et dynamique qui règne sur les podiums du monde entier, est une véritable soumise. Ce soir, cette splendide blonde est artistement ligotée, les bras au-dessus de la tête, des cordes enserrant étroitement ses magnifiques seins, et les jambes relevées et écartées. Hayden est un maître en matière de kinbaku, l'art japonais du bondage.

Dans la pénombre du donjon, je regarde mes amis tout en sirotant mon verre et je repense aux nombreuses parties à trois que nous avons savourées jusqu'ici. Cresley est toujours partante pour une aventure, comme elle appelle les scénarios qu'Hayden et moi avons concoctés au cours des années. Nous considérons cela comme un amusement sans danger entre adultes consentants qui aiment repousser leurs limites. C'est seulement récemment que nous l'avons consacrée membre de notre club, d'où le processus officiel de formation dans lequel elle s'est lancée avec Hayden comme Dominateur. Il y a un an, Cresley a remporté une difficile bataille contre son vindicatif ex-petit ami pour la garde de leur fils de trois ans. Comme elle a beaucoup à perdre, nous lui faisons implicitement confiance.

Hayden croise mon regard et hoche légèrement la tête pour me saluer sans perdre sa concentration.

C'est aussi un Maître en matière de récompense différée, un talent qu'il m'a enseigné après m'avoir fait connaître le BDSM. Un acteur qu'il avait connu sur un tournage quand nous avions vingt et un ans le lui avait appris, il me l'a transmis et nous y avons été aussitôt accros. C'était comme si nous avions découvert la pièce manquante d'un puzzle. J'aime le regarder en pleine action, même si je ne suis pas attiré par lui ou les hommes en général. Je suis assez objectif pour reconnaître que mon meilleur ami est un homme d'une beauté exceptionnelle, avec ses cheveux noirs et ses yeux bleus qui rendent les femmes folles. Le regarder m'excite, ordinairement. Mais pas ce soir. Ce soir, je suis prisonnier d'un étrange royaume imaginaire où il ne se passera jamais rien, tout cela à cause de Natalie.

En pensant à elle, je me rends compte que cela fait très longtemps que je n'ai pas passé du temps avec une femme en dehors de ces petites séances. Les « vanille », c'est comme cela que nous qualifions ceux qui préfèrent le sexe simple et sans fioritures. Ce terme, qui sous-entend la fadeur, ne lui rend pas justice. Il n'y a absolument rien de fade chez Natalie, à part peut-être ses opinions sur le sexe, ce qui les rend extrêmement « vanille » selon mes critères ordinaires.

Je sais déjà que rien de ce qui a trait à Natalie ou à ce qu'elle me fait ressentir ne peut être qualifié d'« ordinaire ».

Hayden et Cresley interrompent mes pensées en laissant échapper des cris de satisfaction alors qu'ils cèdent au plaisir qu'ils retiennent probablement depuis des heures, si je connais bien Hayden. Leurs orgasmes sont toujours bruyants et spectaculaires et, dans des circonstances normales, je banderais comme un âne en voyant Cresley jouir. Pas ce soir. Là, je n'éprouve que confusion, agitation et désir angoissé de revoir Natalie le plus tôt possible. Comme si elle pouvait me glisser entre les doigts si je n'agis pas assez rapidement. Je n'ai pas l'habitude d'être réduit à de telles extrémités en matière de femmes.

Hayden détache lentement Cresley, l'enveloppe dans une couverture et porte une bouteille d'eau fraîche à ses lèvres.

Elle le remercie d'une voix rendue rauque par ces heures de hurlements et boit avidement.

– Nous avons de la visite, dit Hayden en me désignant du menton.

Elle n'est pas du tout surprise de me voir.

– Oh, bonjour Flynn. Tu es là depuis combien de temps ?

Je sors de la pénombre pour les rejoindre au milieu de l'immense salle.

– Je suis arrivé juste à temps pour l'énorme final.

– Énorme, en effet, opine Cresley.

– Tu me connais, dit Hayden avec un sourire insolent et satisfait. C'est énorme ou rien.

– Pour ce qui est d'énorme, je confirme, dit Cresley en s'enveloppant de la couverture, les jambes flageolantes. Je ne vais pas pouvoir marcher correctement pendant un bout de temps.

– Eh bien, merci, ma chérie, dit Hayden en la soutenant.

Je m'approche machinalement à mon tour. Protéger nos soumises et veiller sur elles, en particulier après une scène, c'est essentiel pour nous qui sommes des Dominateurs.

– Ça va aller, dit-elle en nous repoussant gentiment. Il faut que je rentre. La baby-sitter ne peut pas rester toute la nuit. Merci pour la leçon, conclut-elle avec un baiser à Hayden.

– Quand tu veux.

– Flynn, un plaisir de te voir, comme toujours, dit-elle en me tapotant la poitrine.

– Pour moi aussi, Cresley. Dis bonjour à ton petit bonhomme de ma part.

– Je n'y manquerai pas.

Son fils, Ty, est l'un de mes gamins préférés, avec mes nièces et neveux.

Alors qu'elle se dirige vers l'ascenseur, Hayden enfile un pantalon de jogging et entreprend de nettoyer le matériel et d'enrouler ses cordes.

– Je me demandais si nous te verrions ce soir.

– J'avais un truc à faire.

– Un truc, répète-t-il avec un regard dédaigneux. Avec la *gamine* de cet après-midi ?

J'adore Hayden.

Il est ce qui se rapproche le plus d'un frère pour moi, mais bon sang, ce qu'il peut m'énerver, parfois, surtout parce qu'il me connaît mieux que quiconque et ne manque jamais de me le rappeler.

Je vais remplir mon verre au bar voisin, débattre avec Hayden exige un fortifiant.

– C'est loin d'être une gamine !

– Tu ne peux pas raisonnablement envisager de démarrer quelque chose avec elle.

– Et si c'est le cas ?

– Flynn, pour l'amour du Ciel, mais *qu'est-ce qui te prend, putain ?*

Je manque m'étrangler avec mon whisky en entendant sa phrase. Il n'y a que Hayden pour mêler ainsi religion et obscénité.

– Je l'aime bien. Elle n'est pas comme les autres.

– Ah, ça, tu peux le dire. Je n'ai eu qu'à la regarder pour voir qu'elle était pure comme l'agneau qui vient de naître. Comment comptes-tu lui parler de tout ça ?

D'un geste large, il englobe le donjon, les appareils accrochés aux parois, les crochets et les câbles pendant du plafond, le banc de fessée, la croix de Saint-André et le placard qui contient tous les sex-toys connus au monde.

– Je ne compte pas lui en parler. Nous ne sommes pas sur ce plan-là.

– Quel plan ? Le sexe ? Depuis quand tu n'es pas sur le plan du sexe ?

Depuis environ 10 heures ce matin. Je décide prudemment de garder cela pour moi. Hayden a raison. Tout ce qu'il dit est exact, mais cela ne change rien à ce que j'éprouve déjà pour Natalie.

Hayden range ses cordes dans le placard qu'il verrouille avec l'unique clé. Puis il se tourne vers moi, les mains sur les hanches, déployant ces pectoraux et ces abdominaux qui font baver les femmes.

– Il faut que tu arrêtes avant que ça aille plus loin. Tu n'as rien appris de ce qui s'est passé avec Val ?

La mention de ce prénom est l'étincelle qui met immanquablement le feu aux poudres, comme il le sait très bien.

– Ne la mêle pas à tout cela. Elle n'a rien à voir.

– Elle a *tout* à y voir, et tu le sais pertinemment.

Je le sais effectivement, mais je ne veux pas y penser, ni maintenant ni jamais. Je ne veux surtout pas penser à elle par rapport à Natalie.

Hayden vient s'asseoir à côté de moi.

– Je n'ai pas l'intention de gâcher ton plaisir.

– Mais oui, réponds-je avec un rire bourru.

Lui et moi, nous nous connaissons depuis notre enfance à Hollywood, nos parents étaient tous les quatre dans le milieu. Alors que les miens sont restés ensemble et ont tenu bon devant les folies de la célébrité et de l'argent, les siens se sont mutuellement détruits d'une manière spectaculaire – et très publique. Hayden et moi avons fréquenté le lycée de Beverly Hills et nous disons souvent aux gens que c'est nous qui avons inspiré la série *Beverly Hills 90210*. Peu importe que nous n'ayons eu que onze ans quand elle a débuté. Nous n'avons jamais laissé la vérité gâcher une belle anecdote.

– Sérieusement, Flynn. Pour une fois, je n'essaie pas de me comporter en salaud. J'ai vu comment tu avais réagi devant elle et j'ai eu un mauvais pressentiment depuis le début.

– C'est drôle, j'ai éprouvé exactement tout l'inverse dès l'instant qu'elle m'est rentrée dedans.

– Même quand son cabot t'a mordu les fesses ? demande-t-il avec un haussement de sourcils sceptique.

– C'était mon bras, pas mes fesses. Oui, même à ce moment-là.

– Aide-moi à comprendre, parce que j'ai vraiment du mal à piger comment quelqu'un d'aussi attentif et intelligent que toi serait prêt à glisser sur cette pente – une fois de plus – après avoir si salement dérouillé la fois d'avant.

Ses paroles touchent un point sensible chez moi, même si j'essaie de me convaincre du contraire.

– Elle est normale, naturelle, passionnée par son travail, et elle se fiche éperdument de ce que je suis. Sais-tu à quel point c'est rafraîchissant ?

– Évidemment qu'elle se soucie de ce que tu es. Il n'y a pas une seule femme vivante sur cette planète qui pourrait passer cinq minutes avec toi sans être captivée par ce que tu es – ou ce que tu as dévoilé au monde entier. C'est le reste, ce que tu gardes secret, qui m'inquiète le plus – et qui devrait t'inquiéter aussi.

– Elle ne représente pas une menace pour moi, Hayden. Merde, Cresley en est une bien plus importante que Natalie.

– Cresley, et toutes les personnes que nous laissons entrer ici sont une menace pour ta *réputation*. Natalie en est une pour ta *santé mentale*. C'est tout autre chose.

Quand je vous disais qu'Hayden me connaît mieux que personne.

– C'est une souris, Flynn, poursuit-il d'une voix sourde. Jeune, sans expérience, bien que d'une beauté stupéfiante, mais elle n'en reste pas moins une *souris*. Elle n'a pas sa place dans ce genre de vie qui l'engloutira et la recrachera, totalement changée. C'est ce que tu veux pour elle ? Il faut que tu arrêtes pendant qu'il en est encore temps.

Putain, je le déteste parce que tout ce qu'il dit est parfaitement exact et que je ne peux pas le contredire. Je n'ose pas lui dire que je l'ai invitée à venir avec moi aux Golden Globes, mais en même temps, comme elle ne m'a pas donné sa réponse, je n'ai rien à lui annoncer. Puis je me rappelle la clé de mon appartement que je lui ai confiée.

– Ça ne t'arrive jamais de vouloir davantage ?

Il balaie la pièce d'un geste large :

– Davantage que quoi ? Qui est mieux loti que nous ? Regarde cet endroit que nous avons bâti ensemble, et pas seulement ce sous-sol. Il y a l'étage, aussi.

Notre compagnie de production est l'une des plus prospères du milieu et nous avons les récompenses qui l'attestent. Cela fait belle lurette que nous avons démontré que nous ne profitions pas de la notoriété de nos célèbres parents. Nous avons prouvé à maintes reprises notre valeur, et nos résultats ont fait taire toute accusation de népotisme et de favoritisme.

Nous vivons selon nos propres règles et tout nous sourit. C'est vrai, que pourrions-nous désirer de plus ? Sauf que parfois… parfois je voudrais davantage. Je voudrais connaître moi aussi la complicité qui règne entre mes parents, échanger comme eux un regard d'un bout à l'autre d'une pièce et savoir sans l'ombre d'un doute ce que ma moitié pense en cet instant précis. À mesure que j'avance vers la quarantaine, j'ai aussi commencé à songer, de temps en temps, à avoir des enfants à mon tour.

– Flynn.

Hayden me ramène dans le présent, aux dures réalités de cette vie que nous avons choisie. Après avoir grandi dans l'ombre de mes célèbres parents, je savais certes ce dans quoi je m'engageais, même si je n'aurais jamais pu prévoir que ma gloire éclipserait mille fois la leur. Dans des moments comme celui-ci, la célébrité m'insupporte, comme tout ce qui l'accompagne. Je déteste aussi les besoins qui me gouvernent, qui m'ont empêché d'avoir une relation sexuelle à long terme satisfaisante qui n'implique pas la domination. Ces besoins ayant joué un rôle crucial dans le naufrage de mon mariage, je saisis toute la justesse des paroles d'Hayden.

– Tu sais ce que tu as à faire.

– Oui.

Natalie n'était rien de plus qu'une parenthèse. Un détour. Une soirée en marge de la réalité. Ma vie est ici, dans le sous-sol de Quantum, avec ces crochets au plafond, une obligeante soumise penchée sur un banc de fessée que je sodomise et dont le cul a viré au rose sous les claques que je lui ai administrées à la main et avec des paddles. Même dans mes rêves les plus fous, je n'imaginerais jamais Natalie sous les traits de cette obligeante soumise.

Hayden a raison. Mieux vaut que je tue dans l'œuf cette histoire avec elle. Mais bon sang, ce que cela aurait été bien.

– Tu as besoin de baiser, mon vieux. Tu veux que je t'organise quelque chose ?

– Pas ce soir. Je rentre.

La pensée de toucher toute autre femme que Natalie me donne la nausée. J'espère que cela va rapidement passer, car j'ai besoin de sexe comme d'autres hommes ont besoin d'air.

– Tu te sens bien ?

– Oui, très bien.

Je lui dis ce qu'il a envie d'entendre, mais je sais qu'il me faudra un moment pour oublier Natalie et ce qu'il en aurait été si j'avais été différent. Je remonte par l'ascenseur directement au parking, et quand je pénètre dans ma voiture, je suis accueilli par les derniers effluves de son parfum. J'en inspire d'avides bouffées durant le trajet du retour.

Quand j'entre dans mon appartement, je suis de nouveau assailli par son parfum, et le désir de la revoir encore me fait presque tomber à genoux. Puis j'imagine son horreur et son dégoût si elle découvrait ce que je suis en réalité, et je sais que je prends la bonne décision en voulant arrêter maintenant, pendant qu'il est encore temps.

C'est seulement quand je jette mes clés sur la commode de ma chambre que je vois la carte magnétique que je lui ai donnée. Le dernier espoir qu'elle revienne d'elle-même s'évapore dans un nuage d'amer regret et de déception. En cet instant, pour la première fois de ma vie, je déteste mon existence.

6
NATALIE

BLOTTIE DANS MON LIT avec Flocon, incapable de dormir, je revis mentalement chaque minute de la soirée que j'ai passée avec Flynn. Rien ne s'est déroulé comme je l'imaginais. Il a raison, il faut que je cesse de croire tout ce que je lis sur lui et les autres célébrités. Il est venu me chercher lui-même en voiture et m'a conduite dans son appartement finalement assez modeste, où il m'a régalée de plats livrés à domicile et d'un film.

Après ce que j'ai enduré dans la première partie de ma vie, j'ai tendance à considérer les gens avec cynisme au début. Je suis très rarement surprise par quelqu'un comme je l'ai été ce soir par Flynn. J'étais bien décidée à m'échapper de sa soirée et à rentrer sans lui laisser la moindre chance. Mais à présent, je suis heureuse d'y être allée quand même et j'ai hâte de le revoir. Je vais être sur des charbons ardents en attendant de ses nouvelles.

Je me sens toute bête d'attendre qu'il m'appelle alors que je lui ai fait part de ma position si catégorique sur le sexe et les relations. Peut-être que j'aurais dû garder cela pour plus tard. Mais du coup, peut-être que j'aurais dû repousser des avances mal venues et comme je n'ai pas l'habitude de gérer ce genre de situation, je préfère éviter de m'y confronter.

Il s'est comporté en parfait gentleman. Il a respecté mes désirs et mes opinions en gardant ses distances toute la soirée. Alors, pourquoi suis-je là sans fermer l'œil, à regretter qu'il se soit si bien tenu ? Qu'est-ce que cela m'aurait fait de l'embrasser ? Cette pensée me fait battre le cœur de plus belle et tout mon être est parcouru de frissons inconnus.

Après m'être tournée et retournée pendant des heures, je me réveille en sursaut quand Leah rentre du boulot. Il est 3 heures du matin passées.

– Oh, mon Dieu, dit-elle depuis le seuil de ma chambre. Mais qu'est-ce que tu fais là ?

L'esprit embrumé et désorientée d'avoir été réveillée brusquement, je me frotte les yeux pendant que Flocon grogne. Elle déteste qu'on nous dérange.

– Eh bien, j'habite ici, non ?

– Il n'y a que toi pour sortir avec ce putain de Flynn Godfrey et revenir dormir chez toi.

– Je ne vois pas en quoi ça te surprend. Je t'avais dit que je ne coucherais pas avec lui.

– Et moi que tu étais idiote.

– Va-t'en, je dormais.

– Eh bien plus maintenant. (Elle entre et se laisse tomber sur le bord du lit.) Raconte-moi en détail tout ce qui s'est passé et sans rien oublier.

– Il est 3 heures du matin, Leah !

– Et alors ? Tu dois aller quelque part demain ?

Comme Flocon continue de grogner, je lui caresse les oreilles, et elle se calme. Je me résigne à subir Leah, qui ne montre aucune intention de vouloir partir. Je lui raconte ma soirée avec Flynn, depuis le moment où il est passé me prendre jusqu'à celui où il m'a raccompagnée.

– *Il t'a vraiment demandé de venir avec lui aux Golden Globes* ? piaille-t-elle d'une voix tellement suraiguë que Flocon se met à geindre.

– Mais oui !

Sa réaction me fait rire.

– Qu'est-ce que tu as répondu ?

– Nous avons laissé cela en suspens pour le moment. Je lui ai dit que je réfléchirais.

En gémissant, Leah s'affale dans le lit et enfouit le visage dans un oreiller. Puis elle pousse un hurlement qui me fait sursauter et fait aboyer Flocon.

– Tu es complètement folle, Natalie. Folle à lier !

– En quoi être prudente et raisonnable fait de moi une folle ?

– Parce que l'homme le plus sexy du monde t'a invitée à l'une des plus grandes soirées d'Hollywood et que tu as répondu que tu y réfléchirais ? Qu'est-ce qu'il y a à réfléchir ?

– Pour commencer, est-ce que j'ai envie de gaspiller l'une de mes précieuses journées de congé pour passer un week-end prolongé de trois jours avec un homme que je connais à peine ?

– Oui, tu as envie d'en utiliser une – qu'est-ce que tu pourrais faire de mieux avec ? Et pour trois jours avec Flynn Godfrey, merde !

– Tu peux arrêter de hurler avant que les voisins appellent les flics ?

– Si je disais aux voisins que Flynn Godfrey t'a invitée aux Golden Globes et que tu lui as dit que tu réfléchirais, c'est eux qui appelleraient les flics pour te dénoncer, pas moi.

– Tu es ridicule ! Je viens de faire sa connaissance. Comment être sûre d'avoir envie de passer trois jours en Californie avec lui ?

– Franchement, je ne sais pas ce que je vais faire de toi, Natalie, répond-elle avec un air sincèrement inquiet. Je sais que tu as eu des problèmes dont tu ne veux pas parler, et je respecte ça. Mais c'est juste que… Si tu ne le fais pas, si tu ne pars pas avec lui pour vivre cette extraordinaire aventure, tu le regretteras toujours.

– Je ne sais pas me lancer tête baissée comme toi. Il faut que je prenne mon temps et que je réfléchisse. C'est comme ça que je suis faite. Désolée si ça t'embête.

– Ça ne m'embête pas. La plupart du temps. Mais là, on parle de Flynn Godfrey. Flynn Godfrey !

Je ne peux m'empêcher de rire en voyant les grimaces qu'elle fait tout en m'implorant.

– Oui, je sais comment il s'appelle.

– Toutes les célibataires d'Amérique voudraient être à ta place en ce moment. Merde, même les femmes mariées voudraient aussi. Tu en es consciente, quand même ?

– Je suis consciente que les femmes le trouvent séduisant, oui.

– Séduisant, répète-t-elle avec un rire méprisant. Tu me fais marrer ! Il est putain de sexy et je me le ferais sans réfléchir à deux fois, comme des tas d'autres femmes. Et pas mal de mecs aussi.

Je prends mon oreiller et le lui fourre sur le visage pour qu'elle se taise. Elle le repousse et me le renvoie.

– Tu dois y aller.

– Rien ne m'y oblige.

– Sûrement que si !

– Pas du tout.

Elle gémit comme si elle souffrait affreusement.

– Si tu n'y vas pas, je peux, moi ?

– Tais-toi, Leah ! Va-t'en et laisse-moi dormir, veux-tu ?

– Quand est-ce que tu vas le revoir ?

– Je n'en sais rien.

– Tu l'as laissé filer sans prévoir un autre rendez-vous ? Mais qu'est-ce que je vais faire de toi, vraiment ?

– Va-t'en et laisse-moi dormir !

– D'accord, mais nous continuerons cette conversation demain, et tu vas aller à L.A. même si je dois t'y emmener moi-même.

– Bon à savoir. Bonne nuit.

Elle fait tout un cinéma pour se lever et descendre de mon lit, puis arrivée sur le seuil, elle se retourne vers moi, l'air grave.

– Ça m'embêterait que tu aies des regrets, Nat. Quelque chose comme ça… C'est digne d'un conte de fées. Je ne sais pas ce qui t'est arrivé, mais quoi qu'il en soit, tu as le droit d'être heureuse comme n'importe qui.

– Merci de te soucier de moi, Leah.

Je suis sincère. C'est une incroyable amie alors que je la connais depuis peu. Et elle me fait rire, même si parfois, elle est pénible.

– Je m'en fais vraiment, je t'assure.

– Pareil. Maintenant, va te coucher.

Je l'entends se préparer un petit sandwich dans la cuisine avant de filer dans sa chambre et fermer sa porte.

Le silence revient et je dois admettre que Leah a probablement raison. Je suis folle de ne pas sauter sur l'occasion de vivre un épisode digne de *Cendrillon* avec un homme beau et sexy qui me fait éprouver des choses jusque-là inconnues. Mais au fond de moi, comme toujours, gisent les souvenirs d'un autre homme qui m'a tout pris longtemps avant que j'aie l'âge d'affronter une telle horreur. J'ai passé beaucoup de temps – des années – à me remettre d'aplomb sans permettre au moindre homme de m'approcher.

Jusqu'à ce soir. Jusqu'à Flynn Godfrey.

Et voilà qu'il me propose de vivre un conte de fées tout en me faisant rire et éprouver des sentiments pour la première fois depuis… une éternité. Si seulement j'avais l'audace et le courage de Leah ! Qu'est-ce que je ne donnerais pas pour posséder ne serait-ce qu'une miette de son aplomb et de sa vision de la vie, des hommes et du sexe.

Espérant que je vais me rendormir, je me tourne sur le côté, me blottis contre Flocon, qui ronfle déjà bruyamment. Je revois encore une fois les souvenirs de ma soirée avec Flynn et c'est en souriant que je m'endors paisiblement.

♦♦♦

Quand arrive le mardi, je suis convaincue que ma soirée avec Flynn était un produit de mon imagination et non le conte de fées magique que je m'en suis fait avec l'aide de Leah. Elle n'a cessé de parler de ça dans la salle des maîtres de notre école, faisant de moi le centre d'attention durant toute la journée de lundi. Comme elle ne peut pas savoir à quel point je déteste ce genre d'attention, j'ai gardé mon sourire, hoché la tête, acquiescé quand il fallait et répondu à toutes les questions idiotes sur Flynn. Je me suis rendu compte dans l'après-midi que tout le monde pensait que j'avais couché avec lui. Mais bien sûr !

L'école n'a parlé que de cette histoire avec Flynn Godfrey jusqu'au mardi quand le mari de Mme Heffernan a été arrêté pour conduite en état d'ivresse dans le New Jersey en compagnie d'une femme qui n'était pas la sienne. L'affaire a supplanté ma brève histoire avec Hollywood, qui est d'ailleurs terminée en ce qui me concerne.

Deux jours sans nouvelles de lui : le message est relativement clair.

Mardi, quelques minutes avant la sortie, l'un de mes élèves préférés, Logan Gifford, vient me trouver à mon bureau.

– Miss Bryant ?

Il est toujours tellement poli et solennel, je l'adore. Sa mère se bat contre un horrible cancer du sein et toute l'école s'est réunie pour soutenir sa famille avec des livraisons de repas, des collectes d'argent, et tout ce qui peut se faire. Je n'oublie jamais de prendre Logan dans mes bras au moins une fois par jour pour qu'il sache que je tiens à lui.

– Qu'est-ce qu'il y a, Logan ?

Il regarde par-dessus son épaule pour vérifier que personne n'écoute notre conversation, mais tous ses copains sont en train de profiter pleinement des dix minutes que je leur laisse chaque jour à la fin de la classe pour bavarder entre eux.

– Je me demandais…

Ses boucles noires retombent sur son front et il a un petit zozotement dû à une dent manquante. Il est tout ce qu'il y a de plus adorable.

– Qu'est-ce que tu te demandais, mon chéri ?

– Quand nous sommes allés en cours de dessin, Mme Drake a dit que vous aviez fait la connaissance d'une star de cinéma, Flynn Goffy.

– Flynn Godfrey, oui. C'est vrai.

Un autre regard par-dessus son épaule, puis :

– C'est le préféré de ma mère. Elle l'adore, lui et tous ses films. Je voulais savoir s'il pourrait venir chez moi la voir.

– Je vais essayer de lui demander, dis-je à Logan, ce qui me vaut un sourire.

– Merci, Mme Bryant.

Il me serre dans ses bras avant de filer au galop.

Je prends mon manteau et m'en vais à mon tour, vérifiant que chacun de mes élèves prend la bonne direction avant de retourner dans ma classe faire du rangement.

Je nettoie tout avec des lingettes, prépare mes leçons du lendemain et corrige les interrogations de la journée.

Pendant ce temps, la demande de Logan m'occupe l'esprit. Ce gentil petit s'est montré si courageux et stoïque depuis que sa mère lutte contre le cancer. Aileen Gifford, qui l'élève seule, est une femme incroyable, dynamique et positive malgré un pronostic peu encourageant. Je l'apprécie autant que son fils, et je ferais tout pour eux. J'ai même donné mon numéro à Aileen et je lui ai proposé de surveiller Logan et sa jeune sœur si le besoin s'en faisait sentir. Je n'ai pas dit à Leah ni à mes autres collègues combien je m'occupais de cette famille, mais il faudrait avoir un cœur de pierre pour ne pas compatir à leurs malheurs.

La pensée d'être en mesure d'éclairer leur quotidien l'espace d'un bref moment avec un simple coup de fil ou un texto est tentante, c'est le moins qu'on puisse dire. Je prends mon téléphone, ouvre la messagerie et remonte au message qu'il m'a envoyé samedi quand il cherchait encore à me revoir.

Je fixe l'écran un long moment. J'ai le ventre noué. Toute la journée de dimanche, j'ai attendu de ses nouvelles.

J'étais sûre d'en avoir après la soirée que nous avions passée ensemble. Leah m'a constamment harcelée en me demandant s'il avait appelé. À la vingtième fois, je lui ai aboyé dessus et elle a cessé de demander. Puis le dimanche a laissé la place au lundi, puis au mardi. Je suis peut-être novice en matière de rendez-vous avec les hommes, mais je sais reconnaître un vent.

Cependant… je ne peux pas chasser de mon esprit le visage de Logan et de me dire qu'il a dû rassembler tout son courage pour me demander cette faveur pour sa mère. Rassemblant le mien à mon tour, je respire un bon coup et compose un message.

Je sais que la maîtresse de la chienne qui vous a mordu jusqu'au sang n'a pas le droit de vous demander une immense faveur aussi gênante… Cependant, il y a dans ma classe un adorable gamin dont la mère a un cancer du sein. Vous ne devinerez jamais qui est sa star de cinéma favorite…

Je lis le texto une bonne centaine de fois en pesant le pour et le contre, retardant l'envoi et suant à grosses gouttes avant de fermer les yeux, respirer encore un bon coup, rouvrir les yeux et l'envoyer. Puis je pose le téléphone et plonge dans mon tas de copies pour ne pas être tentée de le fixer en attendant qu'il réponde – ou pas.

Ai-je su trouver le ton juste entre amical, spirituel et évasif ? Lui ai-je ménagé une porte de sortie facile s'il ne veut pas le faire ? Non ! Je n'en ai rien fait. Je gémis et me prends la tête dans les mains. Je me demande douloureusement ce qu'il doit penser quand mon téléphone sonne l'arrivée d'un texto.

Je manque le faire tomber dans ma hâte à le prendre de mes mains moites. Trois mots : *Où et quand ?*

– Merde, alors !

Dans cet instant d'incertitude, je me rends compte que je ne pensais pas qu'il donnerait suite et que je ne suis pas du tout prête à répondre à sa question.

Je m'exécute en tremblant : *Peut-être demain après la classe si vous êtes disponible ? Pourrai-je vous le dire plus tard ?*

Je retiens mon souffle jusqu'à sa réponse. *Bien sûr, aucun problème. Je suis disponible n'importe quand demain.*

Merci beaucoup pour tout cela. Je vous tiens au courant.

Parfait.

Je me retrouve avec plus de questions que je n'en avais jusque-là, si c'est possible. S'il est disponible toute la journée de demain et qu'il a eu le temps de me répondre aujourd'hui, pourquoi n'ai-je pas eu de nouvelles de lui depuis samedi ? Pourquoi n'a-t-il pas parlé de nous revoir durant cet échange de textos ? Je sais que je n'ai pas rêvé l'étincelle d'attirance qui a crépité entre nous lors de nos deux rencontres de samedi.

– Regarde les choses en face, dis-je à haute voix. Quand tu dis à un mec qu'il n'y a aucune chance de coucher sans anneau de mariage, il ne risque pas de se lancer dans un second rendez-vous.

La déception et l'abattement me gagnent. Leah a raison – je suis ma pire ennemie. Bien que j'aie le cœur lourd d'avoir échoué de peu avec Flynn, je reprends le téléphone et appelle Aileen en espérant que je ne la réveillerai ni ne la dérangerai.

– Allô ? demande-t-elle d'une voix ferme qui me soulage.

– Bonjour, Aileen. C'est Natalie.

Nous nous donnons du prénom depuis les réunions pédagogiques où nous avons bavardé comme des amies perdues de vue depuis longtemps plutôt que comme une mère et une institutrice. Peut-être que j'ai un don pour maîtriser la distance professionnelle que la plupart des enseignants mettent entre eux et les parents d'élève, mais j'apprécie sincèrement Aileen.

– Bonjour, Natalie. Comment ça va ? Tout se passe bien avec Logan ?

– Il travaille très bien. Et il est toujours très poli.

– Je suis contente d'entendre cela. Il sait qu'il faut être sage.

– Je voulais savoir si vous seriez chez vous demain après les cours. J'aimerais passer vous rendre une rapide visite si cela ne vous gêne pas. Je voulais vous déposer de nouveaux livres que vous devriez apprécier, vous et les enfants.

– Je serais ravie de vous voir. C'est très gentil à vous de penser à nous.

– Parfait. À demain, alors.

– J'ai hâte.

Je coupe et reviens aux textos. *Demain lui convient. Pourriez-vous me retrouver devant mon école vers 15h30 ?* Je conclus avec l'adresse. J'ai fixé le rendez-vous une demi-heure après les cours en me disant que la plupart de mes collègues seront partis depuis longtemps. Espérons-le.

Sa réponse arrive moins d'une minute après. *Aucun problème. Je serai là.*

Merci. À demain.

Maintenant, si quelqu'un pouvait me dire comment je suis censée tenir entre maintenant et demain, je serais ravie.

♦♦♦

Les vingt-quatre heures suivantes passent plus comme une semaine que comme une journée. Je suis sur les nerfs, angoissée, impatiente… En bref, je suis dans tous mes états et cela déteint sur mes gamins. La journée est longue et éprouvante pour tout le monde. Je prends Logan à part pour lui annoncer la nouvelle. Ses yeux pétillent d'une joie sans mélange que je n'avais encore jamais vue chez lui. Peu importe ce que cela me coûtera personnellement, je recommencerais – et mille fois, même – ne serait-ce que pour voir sa réaction.

– Merci beaucoup, chuchote-t-il.

– De rien.

Je lui tapote l'épaule et l'envoie au vestiaire chercher ses affaires. Son sourire ne faiblit pas de tout l'après-midi et sa joie est contagieuse. Quand la cloche sonne, j'ai l'impression que je vais prendre spontanément feu tellement je suis surexcitée à la perspective de faire la surprise à Aileen et de revoir Flynn.

– À tout à l'heure, dis-je à Logan quand il sort.

Un sourire lui fend le visage en deux. Je suis les gamins, comme toujours, pour vérifier qu'ils montent bien dans le bus ou sont accueillis par quelqu'un de leur famille.

Je passe les trente minutes suivantes à nettoyer ma classe et préparer les activités du lendemain, tout en essayant de ne pas penser à la suite. À 15 heures 30 précises, je me brosse les cheveux, mets du gloss et le manteau en laine rouge qui ne laisse qu'un peu de mes collants apparaître entre l'ourlet et mes hautes bottes en cuir. J'avoue que je me suis habillée pour lui, même si cela ne changera rien. Après cette énorme faveur qu'il va me faire, je ne pense pas qu'il veuille me revoir. Et je me dis que ce n'est pas un drame.

Mon cartable rempli de copies que je vais corriger à la maison, je sors de l'école en saluant d'un signe de tête les quelques collègues que je croise dans le hall. Je n'ai pas entendu un mot sur Flynn aujourd'hui grâce au scandale du mari de Mme Heffernan qui préoccupe tout le monde.

Je ne souhaiterais cela à personne, mais comme elle a été odieuse avec moi à cause de Flocon, nous ne sommes pas amies.

L'air froid me gifle le visage quand je sors du bâtiment et descends les marches en le cherchant du regard mais en veillant à ne pas trébucher. Je m'arrête net en le voyant de l'autre côté de la rue, bras croisés, appuyé sur la moto rouge que j'ai vue l'autre jour dans le parking.

Il porte un blouson de cuir noir et un jeans délavé. Il a le visage rougi par le froid et les cheveux hirsutes, probablement à cause du casque qui est posé sur la selle. Il est éblouissant et je ne peux m'empêcher de prendre tout mon temps pour le contempler. Enfin, pas trop longtemps quand même, j'espère.

Il me regarde lui aussi avec une expression indéchiffrable, puis je me ressaisis et traverse la rue pour le rejoindre.

– Salut.

Bravo, Natalie… Quelle entrée en matière renversante.

– Salut, vous. Vous êtes magnifique, comme toujours.

– C'est drôle, je me disais la même chose à votre propos.

Il me fait un petit sourire teinté d'une tristesse qui n'était pas là samedi soir. Je veux absolument savoir ce qu'il pense et pourquoi il ne m'a pas appelée. J'étais sûre qu'il le ferait.

– C'est vraiment gentil à vous de faire cela pour quelqu'un que vous ne connaissez pas.

– Je le fais pour quelqu'un que je connais, répond-il en me dévorant d'un regard passionné.

Je comprends l'allusion, et si je n'avais pas le souffle coupé d'être à côté de lui, je l'en remercierais.

– Alors, où allons-nous ? (Je lui donne l'adresse. C'est à quelques rues de là.) Montez, je vous dépose.

Je lorgne la moto avec anxiété. Jamais je ne suis montée sur un tel engin et je ne sais pas trop comment m'y prendre, surtout avec une jupe.

– Je euh… je ne suis pas vraiment habillée pour.

– Tout ira bien. Personne ne verra rien.

Avant que je puisse protester davantage, il me coiffe du casque, enfourche la moto et tend la main pour m'aider à me jucher derrière lui. Je vais donc faire ma première virée à moto. Dommage qu'il fasse un froid de canard et que je ne puisse pas vraiment la savourer. Je m'apprête à lui demander où est son casque, mais avant que j'en aie eu le temps, la moto rugit et nous nous élançons en trombe.

Je n'ai pas le choix, je suis obligée de me cramponner à lui si je veux survivre à cette expérience – encore que ce ne soit pas désagréable du tout. Je pensais que j'aurais froid et que ce serait inconfortable, mais pas du tout. En fait, je suis plutôt euphorique et tout émoustillée d'être collée à lui durant ce trajet trop bref jusqu'au domicile des Gifford.

Flynn se gare devant le bâtiment, descend et m'aide à enlever le casque. Il me dévisage d'un regard scrutateur, mais j'y suis habituée, désormais.

– Je vous ai remercié, au fait ?

– Plusieurs fois.

– Je peux le faire encore ?

– Bien sûr.

– Vous n'imaginez pas à quel point j'apprécie votre réaction. C'est une femme merveilleuse, une mère qui élève seule ses enfants et mène un combat héroïque. Son fils, Logan, est dans ma classe et m'a dit que vous étiez son acteur préféré.

– Comment a-t-il su que vous me connaissez ?

– Eh bien, hier, toute l'école ne parlait que de notre rencontre du week-end.

Il penche la tête de côté et hausse un sourcil, deux mimiques que je l'ai déjà vu faire quand il est amusé.

– Comment tout le monde le savait ?

– C'est Leah qui a vendu la mèche. Je n'ai rien dit. Je vous assure.

– Je n'aurais pas été fâché si vous en aviez parlé.

– Oh. Eh bien, je n'ai rien dit.

– Quoi qu'il en soit, votre amie…

– Aileen Gifford.

– Quel est le pronostic ?

– Je ne sais pas très bien. Elle en est au stade trois, et elle était déjà sous traitement avant la rentrée. Je ne pose pas trop de questions, mais je l'aime bien. Nous sommes devenus amies.

– Et si nous allions lui rendre visite ? (Il m'aide à descendre de la moto. Enfin, je devrais plutôt dire qu'il me soulève de la selle et me pose à terre dans un mouvement si inattendu et étrangement excitant que mes genoux se dérobent presque sous moi.) Vous vous sentez bien ?

– Mais oui. (À part mon cœur qui bat la chamade et mes mains moites, tout va pour le mieux.) Vous êtes conscient qu'elle va sauter au plafond, n'est-ce pas ?

– Croyez-moi ou pas, ce n'est pas la première fois que cela arriverait.

– Malgré tout, je ne veux pas vous entraîner dans un traquenard sans vous prévenir.

– Je dois redouter qu'elle me saute dessus ?

– Si elle le fait, je vous protégerai.

– Alors, j'espère qu'elle le fera.

Il flirte avec moi ou quoi ? Après deux jours de silence total suivant ce que j'ai considéré comme une soirée merveilleuse ? Je suis sûre que ma définition de merveilleuse et la sienne sont très différentes. La pensée me déprimant profondément, j'essaie de la balayer alors que nous montons les quelques marches menant à la rangée de sonnettes. J'appuie sur la 3C et j'attends la réponse. L'interphone grésille, je m'annonce :

– C'est Natalie.

– Montez.

La porte s'ouvre avec un bourdonnement et nous entrons. Alors que je monte péniblement l'escalier, je sens la présence de Flynn derrière moi. Je sens presque sur moi ses yeux brûlants qui ne perdent pas une miette de chacun de mes mouvements.

Sur le palier du troisième, il m'arrête en posant la main sur mon bras. Je sens la chaleur à travers les deux couches de vêtements, mais avant que j'aie pu comprendre par quel prodige, il me lâche.

– Comment voulez-vous qu'on la joue ?

– Comment cela ?

– Dois-je me planter là tout simplement quand elle ouvrira la porte ?

– Bien vu. Et si je disais que j'ai amené un ami, et là vous faites votre apparition ?

– On peut faire ça.

Je commence à être tout excitée de ce que nous nous apprêtons à faire pour quelqu'un qui mérite un petit plaisir. Avec un dernier regard à Flynn pour vérifier qu'il est en place, je frappe.

Aileen répond et je suis prise de court en voyant combien elle est diminuée depuis la dernière fois que je l'ai vue. Un foulard multicolore lui couvre la tête, elle a les yeux cernés et elle a perdu du poids. Je la serre dans mes bras.

– Que je suis contente de vous voir.

– Moi aussi. Entrez.

– J'espère que cela ne vous ennuie pas, mais j'ai amené un ami qui veut faire votre connaissance.

Elle porte immédiatement les mains à son foulard et je suis effondrée en me rendant compte qu'à cause de moi, elle s'inquiète de son apparence.

– Vous êtes très bien, chuchoté-je en faisant signe à Flynn.

Quand il fait son apparition, Aileen a les yeux qui lui sortent quasiment de la tête et elle réprime un cri.

– Oh, mon Dieu. C'est pas vrai !

Derrière elle, Logan et sa sœur Madison gloussent devant sa réaction.

– Vous devez être Aileen, dit Flynn en lui tendant la main. Je suis très heureux de faire votre connaissance.

– Arrêtez, dit-elle en la serrant, toujours au bord de l'évanouissement. Mais qu'est-ce que fiche Flynn Godfrey devant ma porte ?

– C'est Logan qui a tout mijoté.

Je suis ravie de voir le gamin rayonner de plaisir devant ce qu'il a échafaudé pour sa mère.

– Logan ? Tu étais au courant ?

– Oui, répond-il fièrement. Tu devrais les faire entrer, Maman.

– Oh, mon Dieu, mais bien sûr. Entrez, je vous en prie.

Alors que nous suivons Aileen, j'échange un sourire avec Flynn, qui a l'air sincèrement content. Je suis sûre qu'il a déjà fait ce genre de chose des millions de fois, et que ce n'est peut-être pas grand-chose pour lui, mais cela représente énormément pour Aileen et ses enfants.

– Asseyez-vous, dit-elle quand nous nous retrouvons dans son confortable salon. Je peux vous offrir quelque chose ?

– Rien du tout, dit Flynn en me jetant un coup d'œil.

– Non, merci, dis-je.

Logan et Madison s'installent sur les genoux de leur mère.

– Comment tu as pu garder le secret ? demande Aileen à son fils en le pinçant gentiment.

Il glousse et c'est un plaisir de voir sa joie, lui qui est toujours sombre et taciturne.

– C'était difficile, répond-il. Je l'ai dit seulement aujourd'hui pour qu'elle ne gâche pas tout en t'en parlant.

– J'ai gardé le secret, renchérit sa sœur.

– Bravo. (Aileen regarde en hésitant la banquette où Flynn et moi sommes assis, si proches que je sens la chaleur de sa jambe contre la mienne.) Il faut que vous me disiez comment vous vous connaissez.

Je l'interroge du regard et d'un hochement de tête il me fait signe de lui raconter. Je relate donc que nous nous sommes rencontrés samedi dans le square, que Flocon l'a mordu et que nous avons pris un café ensemble avant de dîner le soir.

– *Vous sortez ensemble, alors ?* piaille-t-elle, comme Leah.

Ce à quoi je m'empresse de répondre :

– Oh, je ne pense pas, non.

Il me fait un choc quand il me prend la main et noue ses doigts aux miens.

– Oui, en effet, dit-il.

– Merde alors, fait Aileen en s'éventant.

– Maman ! la gronde Logan.

– Pardon, mon chéri, mais vraiment, il faut avouer que la situation exige bien un gros mot ou deux.

Madison glousse tandis que Logan regarde sa mère comme s'il la voyait pour la première fois. J'entrevois ce qu'Aileen était, plus jeune, en bonne santé, et je suis de nouveau affligée qu'elle doive mener un tel combat.

– J'ai vu tous vos films, dit-elle timidement. Au moins cinq fois chacun.

– Je suis très heureux que vous les ayez appréciés. C'est agréable à entendre.

– On doit vous le dire constamment, dit-elle.

– On ne se lasse jamais de savoir que ce qu'on fait rapproche les gens.

– Pour les rapprocher, ça les rapproche.

L'allusion coquine ne nous échappe pas et nous éclatons de rire.

Je lui demande :

– Lequel est votre préféré ?

– Oh, mon Dieu, parce qu'il faut que j'en choisisse un seul ?

– Choisissez-en autant que vous voudrez, dit Flynn à Aileen qui se met à glousser.

J'adore la voir rire. Nous passons une heure avec la famille à parler de cinéma et d'Hollywood, et Flynn est extraordinaire. Il répond à toutes ses questions sur ses amis, comment ils sont vraiment, jusqu'à quel point la presse raconte des mensonges sur leur compte. Aileen boit chacune de ses paroles, tout comme moi, parce que j'ai l'impression d'en apprendre plus sur lui en l'écoutant parler de son travail.

Voyant qu'elle commence à fatiguer, je propose de nous en aller pour la laisser se reposer.

– Pas sans avoir pris quelques photos, dit Flynn. Aileen va vouloir se vanter auprès de ses amis et pour cela, elle a besoin de preuves.

En cet instant, je l'adore. Peu importe qu'il ne m'ait pas appelée. J'ai l'impression de lire dans son cœur et ce que j'y vois me plaît. Énormément. Il pose pour rien moins qu'une cinquantaine de photos avec Aileen et les gosses, certaines où il fait le pitre, et d'autres qui lui réchaufferont le cœur au plus froid de l'hiver. Il est d'une patience infinie avec elle et les enfants.

– Je n'oublierai jamais, lui dit-elle alors qu'il l'étreint une dernière fois avant de partir.

Il lui baise le front, puis il recule d'un pas et la regarde droit dans les yeux.

– Si je peux faire quoi que ce soit pour vous ou les enfants, voici ma carte. Appelez-moi. Je suis sérieux.

– Vous avez déjà fait bien plus que vous n'imaginez, répond Aileen, les yeux pleins de larmes. Et vous, petite sournoise ! ajoute-t-elle pour moi. Merci. Merci beaucoup.

– Mais de rien. Soignez-vous bien et donnez de vos nouvelles, d'accord ?

– D'accord.

Après les adieux et un énorme câlin très ému de Logan, nous partons. Nous descendons l'escalier sans un mot et sortons dans le crépuscule. Les jours sont courts en cette saison, et d'habitude je trouve cela déprimant. Mais je suis tellement transportée par ce que nous venons de faire qu'il n'y a pas de place pour la dépression.

– C'était tellement amusant, dis-je alors que nous arrivons à la moto. Merci encore.

Je lève les yeux vers lui et remarque qu'il a l'air tendu.

– Que puis-je faire pour eux ? Comment je peux lui faciliter la vie ?

– Ce que vous venez de lui offrir…

– Ce n'est qu'une joie minuscule qui durera un ou deux jours avant que la réalité reprenne ses droits. Comment puis-je l'aider de façon plus significative ? (Je le regarde sans trop savoir quoi répondre.) Comment je fais pour lui donner de l'argent ?

– Vous, euh… Vous n'êtes pas obligé de faire cela.

– Je sais bien, mais je veux le faire. Cela me rendra heureux. Il y a déjà une collecte de fonds ou quelque chose de ce genre ?

– Oui, à l'école, mais vous n'êtes pas…

– Je sais que non, dit-il en posant l'index sur mes lèvres. Mais je le veux vraiment.

– C'est très gentil à vous. Tout cela… Vraiment, je ne saurais comment vous dire à quel point cela a compté pour elle – et pour moi.

– C'était un plaisir.

– Je suis sûre que vous avez des choses à faire. Je vais vous laisser partir, alors.

– C'est tout ?

Il pose son regard sur moi et je suis comme la proverbiale biche prise dans les phares d'une voiture. C'est dire la puissance de ce regard.

– Que voulez-vous dire ?

– Vous allez partir comme ça ?

– Je sais que vous êtes très occupé et nous vous avons déjà pris beaucoup de votre temps.

– En réalité, je profite d'un de mes rares moments de liberté avant de partir pour L.A. et commencer la post-production du film que nous venons de terminer.

– Oh. (Je ne sais pas trop quoi dire. Je suis agacée d'entendre que m'appeler ne fait pas partie de ses moments de liberté.) Eh bien, j'espère que vous en profiterez au mieux.

– Merci.

Soudain, j'ai besoin de savoir. Il le faut. C'est la dernière chose que je désire lui demander et la seule qu'il faut que je sache.

– Alliez-vous m'appeler ? Si je ne vous avais pas contacté pour Aileen, aurais-je eu de vos nouvelles ?

Il garde les yeux baissés pendant un long et intense moment.

– Non.

– Contente de l'apprendre.

Je commence à m'en aller, mais il me suit et me prend par le bras d'une main assez souple pour ne pas déclencher mes excellents réflexes de défense, mais assez ferme pour que je ne puisse pas me libérer sans me débattre.

– Laissez-moi vous expliquer.

Je tente de dégager mon bras.

– Pas besoin. J'ai compris. Vous pouvez avoir n'importe qui.

Il me tire doucement, je me retrouve déséquilibrée et avant de m'en rendre compte, je me retrouve contre sa poitrine, ses bras autour de moi.

– Je ne veux pas n'importe qui. Je vous veux, vous.

J'ai tellement de mal à reprendre mon souffle que je réalise à peine ce qu'il vient de me dire. Et c'est alors qu'il m'embrasse. Ses mains relèvent mon visage alors que ses lèvres s'approchent doucement des miennes. C'est un baiser délicat, sans insistance, mais je le sens résonner partout en moi. Je me colle à lui et lui jette les bras au cou.

J'oublie que nous sommes dans la rue, où n'importe qui peut nous voir. J'oublie qu'il est connu et que des photographes le traquent peut-être. Qu'il n'avait aucune intention de m'appeler. Je pense uniquement à sa puissante odeur masculine qui m'enveloppe alors que ses lèvres abattent toutes mes résistances.

Il interrompt notre baiser et se penche sur mon cou.

– Je n'avais pas l'intention de vous appeler, mais pas à cause de vous. Pas parce que je ne voulais pas vous revoir, parce que j'en ai envie. Vraiment. Je n'ai pensé qu'à vous depuis la dernière fois. Quand j'ai eu votre texto hier, j'ai été tout heureux d'avoir de vos nouvelles.

Je ne sais pas trop ce qui a le plus d'impact sur moi : ce qu'il dit ou ce qu'il me fait au cou tout en parlant.

Son haleine brûlante caresse ma peau glacée. J'ai la chair de poule tandis que je bois ses paroles. Je retiens mon souffle en attendant la suite.

Mais il s'écarte de moi et je perds l'équilibre. Il me rattrape aussitôt d'une main ferme.

– Voulez-vous venir avec moi pour que nous puissions en parler ?

Je sais que je devrais refuser. Je devrais partir pendant qu'il est encore temps. Toute cette histoire n'est qu'un rêve qui ne peut déboucher sur rien. Je sais déjà qu'il a le pouvoir de me faire souffrir, peut-être plus encore que je n'ai souffert dans le passé, et je ne peux supporter cette perspective.

– Je… je ne sais pas quoi dire.

– S'il vous plaît.

Il incline la tête et me sourit. Il est tout mignon, et il le sait.

S'il ne m'avait pas embrassée, peut-être que j'aurais pu résister à son adorable sourire et à ses supplications. Lui qui pourrait avoir n'importe qui veut passer plus de temps avec moi. Ce n'est pas difficile d'être flattée. Qu'est-ce qu'une heure de plus avec lui, au point où nous en sommes ?

– OK.

Il lève la main pour héler un taxi.

– Vous allez geler sur la moto. Je reviendrai la chercher plus tard.

C'est seulement quand nous sommes réfugiés dans la chaleur douillette d'un taxi que je me rends compte à quel point j'ai froid. Combien de temps sommes-nous restés dehors ? Cela pourrait faire cinq minutes comme une heure. J'ai le cerveau encore tout embrouillé par ce baiser majuscule. Cela fait très longtemps que l'on ne m'a pas embrassée. La dernière fois remonte à mes quinze ans, avant que ma vie change pour toujours.

Deux garçons m'ont embrassée cette année-là, mais que c'est différent d'embrasser un *homme* plutôt qu'un *garçon*. Il n'y avait pas eu de débordement de salive ou une langue maladroite et insistante avec Flynn. Non, son baiser était sublime et habile, même s'il n'y a eu de contact qu'entre nos lèvres et rien de plus. Il sait ce qu'il fait. Et la spontanéité avec laquelle cela s'est fait… je vais y penser encore longtemps quand ce bref épisode ne sera plus qu'un lointain souvenir.

7
NATALIE

À L'ARRIÈRE DU TAXI, il passe un bras autour de mes épaules et fourre son nez dans mes cheveux. Je m'appuie contre lui.

– J'ai tout gâché en vous embrassant ? demande-t-il d'un ton bourru.

Je relève la tête et croise son regard. Il a l'air sincèrement inquiet.

– Quoi ? Mais non, pas du tout.

– Vous êtes sûre ?

Je me contente de hocher la tête, car les mots que je voudrais prononcer sont coincés dans ma gorge. Je ne peux détourner mon regard de lui. Sa séduction magnétique m'attire vers lui et plus je m'approche de ce feu, plus je suis ensorcelée. Sa gentillesse avec Aileen et les enfants le rend encore plus séduisant que je ne le trouvais déjà.

Il faut que je fasse attention. Je le sais. Je ne peux pas me permettre le genre de perturbation qu'il pourrait devenir dans ma vie bien rangée et organisée. Mais en cet instant, avec son bras autour de moi, son odeur qui m'enivre et sa proximité qui me donne envie de bien plus encore, la prudence n'est pas ma priorité pour la première fois depuis huit ans.

Nous roulons en silence, puis le taxi s'arrête devant un gratte-ciel.

Flynn étouffe un juron.

– Pouvons-nous faire le tour ?

Il donne une nouvelle adresse, et le taxi repart dans la circulation.

– Qu'est-ce qui ne va pas ?

– Des paparazzis étaient en planque devant.

– Comment l'avez-vous deviné ?

– Je les ai reconnus. Ils sont payés pour me suivre.

– Payés pour vous suivre… Ce doit être…

– Ce n'est pas amusant, surtout quand on tient à sa vie privée et à celle de ses amis. (Il demande au chauffeur de prendre une allée qui descend vers une porte métallique.) Restez ici une seconde.

Il descend de la voiture et compose sur un clavier un code qui ouvre les portes métalliques. Puis il rentre dans la voiture et tend un billet de cinquante dollars au chauffeur.

– Pouvez-vous nous conduire à l'intérieur ?

– Je pourrai ressortir ?

– Oui.

Nous descendons dans le parking où nous étions la dernière fois. Le chauffeur laisse échapper un sifflement en voyant la Bugatti.

Flynn le fait gagner l'autre côté du parking, loin de la précieuse voiture. Il descend et me tend la main.

– Merci de nous avoir déposés. La porte se rouvrira quand vous arriverez devant.

– Je peux vous demander une photo avec la voiture ? demande le chauffeur ?

– Bien sûr, répond Flynn.

Je vois bien qu'il est impatient et pas vraiment d'humeur à faire des photos. Cependant, il pose avec le chauffeur et sourit pour la photo que je prends avec l'appareil du taxi. Nous attendons qu'il soit sorti du parking avant de monter chez lui.

– C'était gentil de votre part, dis-je dans l'ascenseur.

– Quoi donc ?

– De poser pour la photo avec lui.

– Ce n'était pas grand-chose, balaie-t-il.

Son humilité me le fait apprécier encore plus.

– Ça l'était pour lui comme pour Aileen.

– Mon père dit que cela ne coûte rien d'être gentil avec les gens.

– Je crois que votre père me plairait.

– Je crois qu'il vous apprécierait. (Il me prend la main et m'entraîne dans l'appartement.) Puis-je prendre votre manteau ?

Pensant encore à ce père qui m'apprécierait, je dénoue mon écharpe et la lui tends avec mon manteau.

– Je prendrais bien un chocolat chaud, dit-il. Et vous ?

– Je ne dis jamais non à du chocolat chaud.

– Venez m'aider. Je suis perdu dans une cuisine.

– Vous savez faire bouillir de l'eau ?

– C'est mieux si je ne le fais pas tout seul.

Je lève les yeux vers lui parce que je vois bien qu'il en rajoute exprès, mais comme il est de nouveau tout à fait adorable, je le rejoins pour l'aider.

– Je vais être vraiment mal si je vous ai proposé du chocolat et que je n'en ai pas, dit-il en fouinant dans les placards.

Je repère la boîte de chocolat instantané au-dessus de sa tête et m'en empare. Voyant que je perds l'équilibre, il me rattrape, les mains sur mes hanches. Il n'en faut pas plus pour que tout mon corps soit secoué comme par une décharge électrique. Le courant me parcourt et réveille tout ce qui fait de moi une femme.

– Tenez, dis-je en lui tendant la boîte.

– Merci.

Il semble me lâcher à contrecœur, mais il faut qu'il sorte des tasses.

Nous nous installons au bar et il ajoute de la chantilly dans nos deux tasses fumantes.

– Vous savez ce qui manque ? (Il va chercher dans la cuisine une bouteille qu'il brandit devant moi.) Du Bailey's. Oui ?

– Bien sûr. Je vais goûter un petit peu. (Il verse l'alcool dans ma tasse, je bois une gorgée et je sens le feu de la liqueur me réchauffer tout au fond de moi.) C'est bon.

Il replace une mèche de cheveux derrière mon oreille et me caresse la joue du bout du doigt. Son contact éveille en moi un tout nouveau feu qui n'a rien à voir avec l'alcool ou le chocolat chaud.

– Vous vouliez bavarder ? dis-je.

Apparemment à contrecœur, il retire sa main et fixe le sol. Je retiens mon souffle en attendant d'entendre ce qu'il a à me dire.

– J'ai été convaincu par un ami qu'il n'y a pas la place dans ma vie pour quelqu'un d'aussi délicieux et charmant que vous.

– Qu'est-ce que cela veut dire ?

– Cela veut dire, explique-t-il dans un soupir, que je suis un idiot d'avoir laissé quelqu'un me prétendre que c'est une mauvaise idée alors que tout en moi me dit que vous êtes la meilleure que j'aie eue depuis des années. Peut-être la meilleure idée depuis toujours.

– Oh.

Je ne sais pas quoi dire de plus.

Il me reprend la main, la porte à ses lèvres et me frôle les phalanges.

– Ma vie n'est pas pour tout le monde. Vous n'avez eu droit qu'à un petit échantillon de ce que les paparazzis sont prêts à faire en espérant prendre un cliché de moi à la sauvette pour le vendre à la presse. Ils me poursuivent sans relâche.

– Et c'est pour cela que votre ami pense que c'est une mauvaise idée pour vous de me voir ?

– En partie. (Il remue du bout du doigt la chantilly dans sa tasse.) Cependant, le fait est que depuis samedi, je ne pense qu'à vous. Je me suis remémoré peut-être cent fois chaque seconde du temps que nous avons passé ensemble.

– Moi aussi.

– Ah bon ? demande-t-il d'un ton si plein d'espoir que je ne peux m'empêcher de sourire.

– Vous m'avez jeté un sort, n'est-ce pas ?

– Exactement. Vous m'avez démasquée.

– C'est la seule explication possible au bond qu'a fait mon cœur dans ma poitrine quand j'ai reçu votre texto hier.

– Un bond ? Arrêtez !

– Je vous jure que oui.

Je fixe ma tasse, car je ne sais pas où poser mon regard. Son aveu me désarçonne.

– Natalie… regardez-moi.

Je rassemble tout mon courage pour croiser son regard et je suis stupéfaite de ce que j'y lis : affection, amusement, désir.

– Vous avez tout ce que vous voulez dans votre vie. Vous adorez votre travail, vos gamins, votre colocataire et votre nouvelle vie ici. Si vous vous engagez avec moi, votre vie va changer d'une manière que vous n'imaginez pas.

– C'est-à-dire ?

Je suis sincèrement curieuse de ce qu'il va pouvoir me révéler.

– Pour commencer, les paparazzis vont vous traquer, et quand je dis traquer, sachez qu'ils ne vous laisseront aucun répit. Ils prendront des photos et publieront des mensonges sur vous. Ils se moqueront de vos tenues, de votre coiffure, ils exposeront votre passé.

Je bois une gorgée de chocolat, et nous remarquons tous les deux que ma main tremble. Mon passé est enfoui si profondément qu'il ne sera jamais découvert, mais je n'en redoute pas moins la perspective d'être traquée. Cela me terrifie. Comme je n'ai rien fait de mal à cette époque, je n'ai aucune honte à avoir. Mais j'en ai quand même et il ne faudrait surtout pas que lui ou mes autres nouveaux amis viennent à connaître mon passé.

– Quoi d'autre ?

– Cela ne suffit pas à vous effrayer ?

– J'aimerais avoir toutes les cartes en main avant de décider.

Il incline la tête de nouveau, un geste que je reconnais maintenant comme l'une de ses habitudes les plus charmeuses. J'y vois de l'intérêt pour moi, comme si j'étais la seule personne au monde, alors même que je sais que c'est loin d'être le cas.

– Il y a des femmes qui diront, feront, sous-entendront des choses… Vous ne cesserez de vous poser des questions. Est-ce vrai ce qu'il dit ? Est-ce qu'il me mène en bateau ?

Est-ce qu'il ment ? Elle a des photos… Elle doit savoir des choses que j'ignore.

– C'est compliqué, là.

– C'est ce qui a tout gâché avec la dernière femme à laquelle je tenais. Elle a cru tout ce que l'on disait ou écrivait sur moi. J'en ai eu assez de devoir me défendre.

– Je peux comprendre que cela devienne lassant très rapidement.

– C'est le cas. Je me considère comme digne de confiance.

– Avez-vous déjà fait quelque chose dont vous n'êtes pas très fier alors que vous étiez avec quelqu'un ?

– Oui, répond-il après un long silence. Quand j'étais marié. Je vous ai dit qu'elle m'avait trompé.

Je hoche la tête. Il pousse un long soupir.

– Vous ne pouvez pas savoir combien j'ai été furieux, blessé et gêné. Des gens avaient essayé de me mettre en garde contre elle, mais j'étais aveuglé par l'amour et j'ai été idiot. Vraiment. Je l'ai trompée pour me venger.

– Et vous vous êtes senti mieux ?

– Non, dit-il en riant. Pire, parce que je l'ai laissée faire de moi quelqu'un que je ne reconnaissais pas, mais c'est à moi que revient la faute, pas à elle. Je savais ce que je faisais. C'était uniquement de la vengeance. J'ai couché avec sa meilleure amie et je me suis arrangé pour qu'elle l'apprenne.

– Aïe.

– Ce n'est pas glorieux.

– Quel âge aviez-vous ?

– Vingt-quatre ans.

– Et c'est pour cela que vous dites que vous ne vous remarierez jamais ?

– En partie, oui. (Il presse ma main dans la sienne.) Je veux vous dire quelque chose, mais j'ai peur que cela paraisse faux ou ridicule, voire que cela anéantisse tous les efforts que je fais pour vous mettre en garde contre moi.

– Avec une pareille intro, au moins je suis prévenue. (J'adore les fossettes qui creusent ses joues quand il m'offre l'un de ces sourires sincères qui ont fait de lui une superstar.) Que vouliez-vous me dire ?

– N'oubliez pas que je vous dis la vérité.

– J'ai compris.

– Depuis que je vous ai rencontrée et que j'ai passé du temps avec vous, puis tenté – sans succès, apparemment – de ne plus vous revoir, je ne suis plus aussi… certain… de ne jamais vouloir me remarier.

– Ah, ça, vous savez comment donner aux filles des papillons dans le ventre, Flynn.

– Vous en avez ?

– Oui.

Il se rapproche encore de moi.

– J'aimerais vraiment vous embrasser à nouveau.

– Tout de suite ?

– Ce serait bien, oui.

Je me demande qui est cette femme téméraire et si sûre d'elle qui parle. Elle est absente depuis si longtemps que je la reconnais à peine.

Il me prend le visage dans les mains et m'attire dans l'un de ces baisers ardents qui me font tourner la tête. J'adore le contact de ses doigts sur mes joues, sa manière tendre et prudente de m'embrasser, comme si j'étais quelque chose de précieux et hors de prix. Ce baiser est plus passionné que le premier, peut-être parce que nous sommes seuls et pas dans une rue.

Je sens alors le contact de sa langue sur mes lèvres et je n'ai plus qu'une seule pensée : c'est fantastique d'être embrassée et enlacée par cet homme. Il se lève et m'entraîne avec lui, et je passe mes bras autour de son cou tout en lui rendant son baiser.

– Natalie, chuchote-t-il.

Il faut une seconde pour que ses paroles pénètrent le brouillard qui m'enveloppe après l'avoir embrassé. Il me prend la main et m'entraîne vers le canapé. Nous nous asseyons côte à côte et il m'embrasse à nouveau.

– C'est permis ?

– Oui.

– Et ceci ? (Il glisse la langue entre mes lèvres et frôle la mienne, m'arrachant un gémissement.) C'est un oui ?

– Mmm.

– Dites-le.

– Oui, Flynn. *Oui !*

Il sourit et son regard s'éclaire.

– Je tiens à m'en assurer étant donné les… limites que vous avez fixées.

– J'ai dit pas de sexe. Je n'ai absolument pas parlé de baisers.

– Alors embrasser, c'est bien ? demande-t-il en frôlant mes lèvres.

– C'est très, très bien.

Peut-être même qu'il n'y a pas mieux.

– Je suis bien d'accord.

Je me colle à lui. J'ai envie qu'il m'absorbe, me consume. C'est la première fois que j'éprouve ce désir. En tout cas, j'ai gardé mes distances pour des raisons qui ne regardent que moi et moi seule. Puis il interrompt le baiser et glisse le long de mon cou en allumant le feu de ses baisers.

– Alors je n'ai pas réussi à vous décourager de moi, dit-il.

– Je dirais que vous avez lamentablement échoué.

– Dieu merci. (Il m'embrasse encore à pleine bouche et je suis au bord de le supplier de me donner quelque chose que j'ai affirmé ne pas vouloir.) Venez à L.A. avec moi, Natalie. Accompagnez-moi. Je veux vous avoir auprès de moi, que vous me teniez la main quand on prononcera mon nom.

– Flynn…

Je suis tentée. Affreusement.

– J'ai prévenu que je venais avec quelqu'un. (Ses dents se referment sur mon lobe d'oreille et je le sens dans chaque terminaison nerveuse). Vous n'allez pas me laisser en plan, n'est-ce pas ?

Je m'écarte pour le dévisager.

– Vous m'avez dit que vous n'aviez pas l'intention de m'appeler et pourtant vous aviez toujours en tête de m'emmener aux Golden Globes ?

– Que voulez-vous, je suis quelqu'un d'optimiste. Et puis, quand j'ai eu votre texto hier et que j'ai su que j'allais vous revoir, j'ai espéré pouvoir vous convaincre de venir. J'ai vu ce texto comme un signe.

– Alors, tout en essayant de m'éloigner de vous, vous complotiez pour que je vienne à L.A.

– Oui, je plaide coupable. Je me dis que si vous savez tout, vous pourrez décider en connaissance de cause.

– Et je sais tout, à présent ?

– Il manque une seule chose.

– Quoi donc ?

– Je suis désolé de ne pas vous avoir appelée après notre délicieuse soirée de samedi. Je suis désolé de m'être laissé ébranler par les conseils d'un autre alors que tout ce qui aurait dû compter, c'est ce que je sais : vous êtes une femme à part et je veux que vous me donniez une chance.

8
Flynn

Je retiens mon souffle en attendant sa réponse. Je ne lui en voudrais pas qu'elle me dise non, maintenant que je lui ai parlé de ma vie et de ce qu'elle risque en me fréquentant.

– Dites-moi la vérité, dit-elle.

– Je vous la dis toujours.

J'ignore le signal d'alarme qui résonne dans ma tête et me rappelle les secrets que je lui dissimule.

– Ces histoires avec les médias… jusqu'où cela peut-il aller ?

– Cela peut être très pénible. Ils chercheront les détails sordides et s'ils n'en trouvent pas, ils en inventeront. Professionnellement, vous risquez d'avoir des problèmes si vos chefs estiment que l'attention qu'on vous porte nuit à votre travail. Vous devrez vous défendre contre des accusations totalement fausses.

– Tout cela après une soirée en public avec vous ?

– Tout cela et peut-être davantage.

Je préférerais ne pas devoir lui faire prendre conscience de tout cela, mais je dois être honnête. Il y a les réalités avec lesquelles je vis au quotidien. La célébrité est un domaine un peu risqué à notre époque où l'information circule vingt-quatre heures sur vingt-quatre. C'est ma vie. J'y suis habitué, mais je ne veux pas l'y exposer sans qu'elle en connaisse les répercussions possibles.

– À vous entendre, je serais folle de venir avec vous.

– Vous le seriez, mais j'espère quand même que vous accepterez.

– Il y a des choses… sur moi… dont je ne parle jamais. À personne.

– Est-ce que ce sont des choses qui pourraient refaire surface si la presse se mettait à fouiller dans votre vie ?

– Non. J'étais quelqu'un d'autre à l'époque. Je ne suis plus cette personne.

Je veux lui demander de s'expliquer. Être celui à qui elle se confie, mais je ne vais pas lui demander plus que ce qu'elle est prête à donner. J'ai déjà compris que la pousser dans ses derniers retranchements est le meilleur moyen de la faire fuir.

– Alors, en dehors du risque que cela provoque d'énormes vagues dont je m'efforcerai de vous protéger, ce sera comme n'importe quelle sortie à deux.

Elle renverse la tête en arrière en s'esclaffant, et je tombe amoureux de son rire. Il est débordant de vie, sincère et délicieux, tout comme elle. J'ai envie de la faire rire tous les jours rien que pour l'entendre.

– Comment n'importe quelle sortie à deux, dites-vous ?

– N'importe quelle sortie avec tenue de soirée, flashes de photographes, quelques célébrités ici et là, des tas de réceptions. Pas de quoi en faire un plat.

– Une nuit de plus dans les paillettes pour vous.

– Elle ne ressemblera à aucune autre si vous êtes avec moi.

– Vous êtes persuasif, je dois le reconnaître.

– Je dois prendre cela pour un « Oui, Flynn, j'adorerais venir avec vous à L.A. et vous accompagner aux Golden Globes » ?

– C'est un oui, Flynn, j'aimerais énormément venir à L.A., mais…

Je pousse un gémissement sonore et m'enfonce dans le canapé. Je fais mon cinéma comme un imbécile.

– Je déteste le mot *mais*. Je n'ai jamais autant détesté un mot que celui-là.

– *Mais*, reprend-elle en souriant, je veux être sûre que j'aurai mon congé avant de m'y engager.

– Oh, vous me tuez. Quand le saurez-vous ?

– Je demanderai demain.

– Comment vais-je survivre jusque-là ?

– Vous n'alliez pas m'appeler, ce qui signifie que vous alliez survivre jusqu'à votre dernier jour, sans moi dans votre vie. Vous avez oublié ?

– Nous étions censés oublier.

Au bout de deux heures avec elle, je comprends que j'étais fou de suivre le conseil d'Hayden. Plus je passe de temps avec elle, plus je la désire. Je veux qu'elle soit à moi. Peu importe que je ne sois pas bien pour elle. Je peux changer. Je serai celui qu'elle me demandera d'être si cela me permet de l'avoir dans ma vie.

Je n'ai jamais eu ce genre de pensées pour une femme. Jamais. Je devrais mourir de trouille, mais pas du tout. Elle me transporte et je suis bien décidé à lui faire vivre des moments inoubliables à Hollywood.

Elle s'adosse au canapé et me dévisage longuement.

– J'ai quelque chose sur le nez ?

– Non, dit-elle avec ce rire rauque et sexy qui me fait bander à chaque fois. Le pouvoir de ce rire est dangereux.

Je songe à l'embrasser encore quand mon ventre laisse échapper un affreux gargouillement.

– J'en connais un qui a faim, dit-elle.

– Il faut que nous mangions. Qu'est-ce qui vous ferait plaisir, ce soir ?

– Vous n'êtes pas obligé de vous occuper de moi. Il faut que je rentre pour promener Flocon, de toute façon.

– Nous pourrions aller chez vous, sortir Flocon et manger un morceau dans votre quartier.

– Vous voulez sortir Flocon, dit-elle, incrédule.

– Eh bien, je veux passer du temps avec vous et comme elle fait partie du lot, oui, j'aimerais bien la promener.

– Et si elle vous mord encore ?

– Je suis prêt à prendre le risque. C'est important que Flocon s'habitue à moi, parce qu'elle va me voir. Souvent.

– Ah bon ?

– Si vous acceptez. (Je lui prends la main et elle noue ses doigts aux miens.) Nous y allons ?

– Comment allons-nous faire sans que les photographes nous repèrent ?

– Je vais vous montrer.

NATALIE

Quand il ressort de sa chambre avec des lunettes noires et le genre de couvre-chef en fourrure que portaient les officiers du KGB durant la guerre froide, j'ai un tel fou rire que j'en pleure.

– Alors là, je veux une photo.

– Pas question. Il y a un diplomate russe dans l'immeuble. Il a une vingtaine d'années de plus que moi, mais il est à peu près de la même corpulence. La toque dissimule ses cheveux gris. Chaque fois que je sors d'ici avec, les paparazzis croient que c'est lui et me fichent la paix.

– Il sait que vous lui avez volé son identité ?

– Chut. Non. Ne dites rien à personne. (Il m'aide à enfiler mon manteau, dont il rabat la capuche sur ma tête, me plongeant dans la pénombre.) Ça devrait aller.

Puis il va appeler le portier à l'interphone pour qu'il nous hèle un taxi. Tout est réglé sans heurts et avec une telle compétence que je commence à voir les avantages de la célébrité. Les gens font des choses pour vous simplement parce que vous leur demandez.

Nous sortons sans encombre et nous engouffrons dans le taxi qui attend. Les photographes qui guettent devant la porte principale sont trop occupés à fumer et bavarder qu'ils ne remarquent pas que leur proie leur a échappé.

– Extraordinaire, M. Gorbatchev. Bien joué.

– Les éviter est un jeu auquel je suis devenu assez bon avec les années. (Il enlève le chapeau et agite les sourcils.) Attendez de voir mes autres déguisements.

– J'ai hâte.

Je suis impatiente de voir la suite, maintenant que je sais que je le reverrai dans les jours qui viennent, et maintenant que je me suis engagée à ce qu'il promet d'être un week-end magique à L.A. L'excitation me parcourt et je vibre d'impatience. Je n'ai jamais eu l'impression de savourer autant la vie qu'en étant assise à côté de lui, main dans la main. Je me demande s'il m'embrassera encore avant la fin de la soirée.

Je l'espère.

Après un trajet ralenti par les embouteillages, nous arrivons chez moi. Alors que nous montons, je me demande si Leah est là et quel genre de scène elle va faire en voyant Flynn. J'entends Flocon qui pique une crise derrière la porte.

– Vous êtes prêt à affronter tout cela ?

– Plus que jamais.

– Allons-y. (J'ouvre la porte et Flocon commence sa sarabande habituelle en me voyant, mais quand Flynn apparaît derrière moi, elle change immédiatement d'attitude et se met à grogner et retrousser les babines. Je ne l'ai jamais vue dans un tel état.) Je ne sais pas ce qu'elle a. Flocon ! Arrête !

Flynn accepte la situation sans sourciller, l'air amusé, même s'il garde ses distances devant la boule de fourrure qui gronde toujours.

Je lui mets sa laisse et je suis presque obligée de la traîner jusqu'à la porte, ce qui est, là aussi, une première. Généralement, je n'arrive même pas à la retenir.

Flynn remet sa toque et nous suit à distance respectable dans les escaliers. Une fois dans la rue, Flocon lève le nez vers lui et la vue du couvre-chef déclenche à nouveau sa fureur.

– Je crois qu'elle a peur que ce soit quelqu'un de sa famille que vous portez sur la tête.

Il éclate de rire et me prend la main. J'adore la simplicité et la nonchalance avec lesquelles il fait cela, comme si nous nous tenions la main depuis toujours. Comme il fait un froid sibérien, nous ne restons que le temps que Flocon fasse ce qu'elle a à faire.

Flynn me prend le sachet plastique et ramasse derrière elle.

– C'est largement immérité, étant donné son comportement avec vous.

– J'aime à croire que je suis un gentleman envers toutes les femmes, même les plus acariâtres.

C'est le champion du charme, c'est clair. Comme je n'arrête pas de rire à cause de la toque, il fait mine de refuser d'aller dîner avec moi et nous finissons par commander des plats thaïs que nous nous faisons livrer. Cela me convient parfaitement, car j'en ai assez de ce froid. En dehors de l'hostilité affirmée de Flocon envers Flynn, nous passons une soirée très agréable, mais durant tout le temps que nous sommes assis sur le canapé devant une émission sans intérêt à la télévision, je ne pense qu'à l'embrasser et à la prochaine fois que cela se produira.

Comment suis-je passée de la fille qui ne veut plus qu'un homme la touche jamais à celle qui désire cet homme avec une ferveur qui me surprend et me désarçonne ? C'est comme si les huit dernières années n'avaient jamais eu lieu et que j'étais redevenue celle que j'étais avant que ma vie ait volé en éclats. Se peut-il que je me sois vraiment remise, finalement, et que je puisse envisager une véritable intimité avec un homme ?

Puisque cette pensée ne m'aurait jamais effleurée avant de connaître Flynn, je décide de la laisser de côté pour l'analyser plus tard quand je serai seule. L'avoir blotti tout contre moi monopolise toute mon attention.

Vers 22 heures 30, je me retiens de bâiller. Je suis généralement couchée dès 22 heures parce que mon réveil sonne à 5 heures et que j'ai besoin de chaque minute de ces sept heures de sommeil pour fonctionner correctement le lendemain. Mais je n'ai pas envie que cette soirée avec lui finisse.

– À quelle heure devez-vous vous lever demain ? demande-t-il.

Je me demande si en plus de tous ses innombrables talents, il sait lire dans mes pensées.

– À 5 heures.

– Argl ! c'est violent. Comment faites-vous ?

– Eh bien, tout commence avec un réveil.

– Petite maligne. Vous m'avez très bien compris.

– Vous ne devez jamais vous lever tôt quand vous tournez ?

– Si, mais je sais toujours qu'il y aura une fin tôt ou tard.

– Moi aussi. Ça s'appelle les vacances d'été, quand je peux dormir jusqu'à midi aussi souvent que je veux.

– Maintenant, vous parlez une langue que je comprends.

– Vous aimez faire la grasse matinée ?

– J'adore. Pendant que vous peinerez au travail demain matin, pensez à moi qui dormirai jusqu'à midi.

– C'est vraiment méchant.

J'imagine immédiatement comment il doit être le matin, tout chiffonné de sommeil, sexy et pas encore rasé, les cheveux en bataille. Je soupire presque devant cette évocation.

– Je vous laisserai dormir jusqu'à midi au moins un jour à L.A.

– Promis ?

– Croix de bois, etc. (Il se tourne vers moi.) Il faut que je rentre et que je vous laisse dormir un peu. Quelque chose me dit que ces gamins n'auront aucune pitié devant une Miss Bryant épuisée.

– Ils en profiteront à fond.

Il me caresse le contour de la joue du bout du doigt et se penche pour m'embrasser. Dès que ses lèvres touchent les miennes, j'oublie le lever à l'aube et les gamins. Rien ne compte plus hormis le feu qui déferle en moi. Ma réaction devant lui devrait m'effrayer, mais au lieu de le repousser, je l'attire contre moi. Cela semble déclencher quelque chose en lui et le baiser devient un peu plus impérieux.

Nous ignorons l'un et l'autre le grondement sourd de Flocon, qui dormait par terre jusqu'au moment où Flynn s'est rapproché de moi, un peu trop à son goût.

Il passe un bras autour de ma taille et m'attire contre lui. Emportée par le feu du désir, je cède à sa langue et je comprends que j'avais seulement commencé à découvrir ce qu'il était capable de me faire éprouver.

– Mon Dieu, Natalie, murmure-t-il d'une voix rauque en collant son front sur le mien, le souffle court. Il faut que je rentre.

J'ai envie de le supplier de rester, de m'embrasser encore, de me mettre dans cet état encore un peu. Mais ses mains lâchent mon visage et il s'écarte de moi, manifestement à contrecœur. Je sais que je dois avoir l'air sous le choc.

– Je, euh… dit-il en se passant une main dans les cheveux. Je suis désolé de m'être laissé emporter.

– Ne le soyez pas. J'ai adoré.

Il se lève en gémissant et c'est alors que je remarque son état. La braguette gonflée de son jeans délavé et usé me fascine.

– Natalie.

Je force mon regard à rencontrer le sien.

– Ne me regardez pas comme cela pour me dire ensuite que je ne peux pas vous posséder, dit-il en adoucissant ses paroles d'un petit sourire et en me tendant la main.

Je la prends et me laisse hisser jusqu'à lui.

– Envoyez-moi un texto dès que vous saurez si vous avez votre journée de libre.

– D'accord.

Je sens son entrejambe brûlant contre mon ventre. J'ai envie de me coller à lui, mais je parviens à me maîtriser.

– Je vais retenir mon souffle jusqu'à votre réponse.

– Ne faites pas cela, vous allez vous évanouir.

– Alors, abrégez mes souffrances au plus vite.

– Merci encore pour aujourd'hui, pour ce que vous avez fait pour Aileen et les enfants.

– Tout le plaisir était pour moi. Du moment que cela vous fait sourire.

À nos pieds, Flocon grogne et retrousse les babines. Franchement, elle a perdu la tête depuis que nous avons rencontré Flynn.

Il enfile son manteau.

– Il faut encore la sortir ?

– Une dernière fois en vitesse.

– Vous voulez que je m'en charge ?

– C'est gentil à vous, mais je ne vais pas vous l'imposer.

– Je n'ai pas peur d'elle, et il faut qu'elle s'habitue à moi.

Il empoigne la laisse et quand il se penche pour la lui mettre, Flocon se jette sur lui et s'en prend au même bras que la première fois.

– Oh, mon Dieu ! Flocon ! Arrête ! (Je réussis à lui faire lâcher prise. Dieu merci, il porte un manteau et il n'a rien.) Je suis vraiment désolée. Je ne sais pas ce qu'elle a.

Je lui jette un regard et je m'aperçois qu'il est mort de rire.

– Je sais ce qu'elle a, moi.

– Ça vous ennuierait de me le dire ?

– Elle est jalouse. Elle voit que vous m'appréciez et que je vous apprécie, et cela l'agace.

Flocon grogne de plus belle, ce qui me fait rire tandis que je continue à la retenir pour qu'elle ne l'attaque pas à nouveau.

– C'est comme si vous n'aviez jamais eu de petit ami.

Redoutant de trop en dévoiler, je me mords la lèvre et baisse les yeux pour me concentrer sur Flocon plutôt que sur lui.

– Natalie ?

Je relève le nez et vois qu'il me dévisage.

– Oui ?

– Vous en avez déjà eu un, n'est-ce pas ?

Je suis immédiatement pétrifiée par l'indécision. Dois-je lui dire la vérité ou la version de la vérité que j'ai inventée en accord avec ma nouvelle vie ? Ce moment d'hésitation lui suffit apparemment pour tirer lui-même sa conclusion.

– *Jamais ?*

– C'est compliqué.

C'est la vérité.

– À quel point ?

– Je vous raconterai une autre fois.

Il se baisse et se retrouve nez à nez avec Flocon.

– Habitue-toi à moi, toi. Je ne vais pas partir.

Elle répond en lui montrant les dix crocs qui lui restent et en grondant de plus belle.

Comme je redoute par-dessus tout qu'elle croque un morceau de ce visage qui est l'image même de la perfection, je la retiens fermement.

Flynn la contourne pour venir m'embrasser à nouveau.

– Je vous appelle demain.

Soulagée qu'il ait décidé de ne pas poursuivre sur le terrain de mes expériences amoureuses passées ou de leur absence, je referme la porte derrière lui et m'appuie sur le battant. Il est dangereusement perspicace. Si je continue de le voir, je ne pourrai pas lui cacher la vérité bien longtemps.

J'aime à penser que je peux arrêter quand je veux, mais je suis sous son charme, surtout après nos baisers. Je n'ai pas envie d'arrêter. Pour la première fois, je veux balayer mes peurs et tenter une vraie relation avec un homme. Malgré sa célébrité et ce qui l'accompagne, j'ai déjà l'impression que je peux lui faire confiance, qu'il me protégera et veillera sur moi, surtout si mes démons tentent de tout gâcher pour nous deux.

Dès l'instant où je rentre d'une rapide promenade avec Flocon, j'enlève mon manteau, mes gants et mon écharpe, et au lieu de me mettre au lit, je me connecte avec mon ordinateur portable à l'Intranet de l'école pour demander mon lundi. Comme ça, je n'aurai pas à subir le visage fermé de Mme Heffernan pour demander ce congé. Je remplis le formulaire en ligne et l'envoie avant d'avoir le temps de me convaincre de fuir la folie qui s'est emparée de ma vie.

Songeant aux mises en garde de Flynn, je googlise mon nom et fais défiler les quelques occurrences qui apparaissent, toutes en lien avec mon école actuelle et l'université du Nebraska où j'ai eu mon diplôme. Comme je n'ai pas fait de recherches sur Internet depuis un moment, je suis soulagée de ne trouver aucun lien entre Natalie et celle que j'étais naguère. Comme peut le constater n'importe qui, Natalie Bryant est une institutrice de New York, rien de plus, et c'est tout ce que les paparazzis trouveront s'ils fouinent dans ma vie.

Leah rentre au moment où je me déconnecte.

– Qu'est-ce que tu fais encore debout, toi qui tiens tant à tes sept heures de sommeil ?

– Je finissais juste du travail pour l'école. (C'est là que je me rappelle que je n'ai corrigé aucune des copies que j'ai rapportées. Demain va être une très longue journée.) Où tu étais ?

– Au sport, et ensuite j'ai dîné avec des amis du bar. (Elle se laisse tomber sur le canapé.) Il faut que je te dise un truc.

– Quoi ?

– Je crois que je vais arrêter l'enseignement.

– Mais non, tu ne peux pas, tu as un contrat.

– L'un des habitués du bar est avocat. Il va regarder.

– Mais pourquoi, Leah ? Ce n'est que ta première année. Il faut que tu voies ce que ça donne.

– Je ne supporte pas ce boulot. Je hais chaque seconde que je dois passer dans cette école avec ces mômes. Ils méritent mieux qu'une institutrice qui les déteste.

– Tu ne les détestes pas.

– Je commence. Et ne me lance pas sur le sujet des parents.

Je ne peux pas lui en vouloir. Leah a eu les pires parents qui soient, cette année. Ils ont commencé par fourrer leur nez partout puis à se désintéresser au point qu'on les aurait presque accusés de négligence coupable, jusqu'au moment où leur précieux gamin a eu des problèmes, et là ils sont devenus les parents de l'année.

– Je resterai jusqu'à la fin de l'année, mais je veux partir. Je ne suis pas faite pour l'enseignement. Qu'est-ce que tu as fait ce soir, toi ?

J'hésite, car si je lui dis que j'ai vu Flynn, je sais que je ne suis pas couchée.

– Il a appelé ?

– Pas exactement.

Je lui raconte notre visite chez Aileen et le reste de la soirée.

– Tu vas vraiment aller aux Golden Globes !

Au moins, elle n'a pas hurlé, tant mieux.

– Si je peux avoir mon lundi.

– Tu l'auras. Tu as le temps.

– Pas question de sauter au plafond tant que je ne suis pas sûre.

– C'était gentil à lui d'aller voir Aileen.

– Il a été merveilleux. Il est gentil avec tout le monde. (Je lui parle du chauffeur de taxi avec qui il a posé pour une photo devant la Bugatti.) Il m'a prévenue que si je l'accompagnais aux Globes, les paparazzis risquaient de se jeter sur moi. Et peut-être sur toi aussi.

– Alors, on sera célèbres ? C'est super !

– Peut-être en théorie, mais moins dans la réalité.

– J'ai hâte de voir ce qu'il en est par moi-même. (Elle bâille bruyamment et se lève.) On ferait bien de se coucher si on veut être en forme pour affronter les monstres demain.

J'ai envie de lui dire de ne pas les appeler comme cela, mais je sais qu'elle ne voudra rien entendre. Je suis triste qu'elle ait décidé d'abandonner l'enseignement, mais je comprends que ce n'est pas un métier pour tout le monde. Si j'hérite d'une classe remplie de gamins turbulents avec des parents pénibles l'année prochaine, peut-être que je détesterai cela moi aussi.

Nous nous souhaitons bonne nuit et je veille encore longtemps après l'heure où je devrais dormir, en repensant à Flynn, au week-end à Los Angeles et aux baisers… Embrasser, c'est merveilleux et j'ai hâte de recommencer. Je me demande si je le verrai demain – ou plutôt aujourd'hui, car je constate sur mon réveil qu'il est largement plus de minuit. Même dans le noir, les yeux fermés, je ne vois que son visage. Cette adorable manière de pencher la tête, son sourire timide et sexy et ce rire auquel il s'abandonne.

Je me demande avec inquiétude ce qui va se passer si j'assiste aux Globes avec lui. Je ne vais pas le nier, je refuse de vivre dans la peur du lendemain. J'ai passé des années à lutter contre la peur et il n'est pas question de revenir en arrière, surtout quand j'apprécie tant le présent.

Le réveil est particulièrement douloureux le lendemain matin. Si on me posait la question, je répondrais que je n'ai pas dormi, mais apparemment, ce n'est pas le cas. J'allume aussitôt mon ordi pour voir si ma demande a été accordée. Rien pour l'instant. Je vérifie de nouveau quelques minutes avant que mes élèves entrent en classe, mais toujours rien.

Comme c'est la première fois que je demande une journée, je ne sais pas combien de temps cela prend. Je note de poser la question à mes collègues au déjeuner, si je tiens le coup jusque-là. Juste avant, je revérifie et je constate qu'on m'a accordé ma journée. Je fixe l'écran, assaillie d'un seul coup par tout un tas d'émotions : soulagement, impatience, angoisse et désir.

Les gamins étant occupés à un devoir, j'en profite pour envoyer un texto à Flynn.

Vous pouvez respirer. J'ai mon lundi.

Il répond immédiatement.

Dieu merci. Je commençais à avoir le vertige. Je passe vous prendre à l'école tout à l'heure ? 15h30 ?

Je ne réfléchis même pas une seconde avant de répondre :

Plutôt 16h.

J'ai beau avoir envie de le voir, il faut que je fasse mes corrections.

OK pour 16h. Vivement tout à l'heure.

Je relis plusieurs fois son message. Flynn Godfrey a hâte de me voir. Je pense à mes sœurs qui seraient tout excitées de savoir que je fréquente Flynn, une star de cinéma qu'elles admirent toutes les deux, et je suis remplie de tristesse en songeant à tout ce que j'ai perdu. Peut-être verront-elles une photo des Golden Globes dans un des magazines people qu'elles adorent dévorer. Je balaie aussitôt cette idée. Je suis tellement différente à présent qu'elles ne reconnaîtraient probablement pas leur sœur disparue depuis longtemps. Ou bien peut-être qu'elles ne pensent plus du tout à moi et se fichent de savoir avec qui je sors.

Cette idée me déprime tellement que j'essaie de me concentrer sur ma vie actuelle, notamment ma relation naissante avec un homme qui est impatient de me voir.

J'ai agi comme il fallait pour mes sœurs et moi. Peut-être qu'un jour elles s'en rendront compte. En attendant, j'ai un après-midi à passer avec une salle remplie de gamins surexcités d'avoir mangé les cupcakes que la mère de Micha a apportés après le déjeuner pour fêter son anniversaire. J'ai beau être agacée que cela dérange mes projets, j'apprécie que les parents participent à la vie de l'école.

La mère de Micha reste tout l'après-midi pour donner un coup de main à des travaux pratiques de sciences, et nous terminons la journée en lisant un livre aux enfants. Grâce à son entrain, le temps passe plus rapidement que prévu, surtout que je sais maintenant que je vais retrouver Flynn.

Les enfants partis, je range rapidement ma salle et corrige les copies laissées en plan la veille. Durant tout ce temps, je suis l'aiguille de la pendule qui rejoint lentement 16 heures. À moins dix, Leah passe la tête dans ma classe.

– Tu comptes travailler toute la nuit, ma pauvre ? me taquine-t-elle.

– Non, juste encore dix minutes.

– Et ensuite ? demande-t-elle, soupçonneuse.

– Un petit peu de ci, un petit peu de ça…

– Tu as rendez-vous avec ta star de ciné !

– Tais-toi, tu veux ?

Elle entre et claque la porte.

– Où il t'emmène ?

– Je n'en sais rien. Nous allons probablement rester chez lui. C'est plus facile pour lui que les lieux publics.

– Putain, c'est super cool, ce qui t'arrive, Nat.

– Ne dis pas de gros mots dans l'école, Nat.

– Pourquoi ? Les petites oreilles sont parties, elles ne peuvent plus nous entendre.

– Tu sais que Mme Heffernan écoute toujours et elle en a de grandes, elle.

– Elle a sûrement dû mettre toutes les salles sur écoute, ricane Leah.

– C'est bien pour cela qu'il ne faut pas dire de gros mots à l'école.

– J'ai appris quelque chose qui devrait t'intéresser.

– Quoi donc ?

– Quelqu'un a fait un don anonyme au fonds de soutien d'Aileen. Un don énorme. Genre un demi-million.

Je la regarde fixement, le temps de digérer la nouvelle.

– Un demi-million de dollars ?

– C'est ce qu'a dit Sue. (Leah est amie avec une employée de l'administration qui lui glisse tous les potins les plus juteux.) C'est ton ami Flynn. Qui d'autre cela peut-il être ?

– Mon Dieu… je n'en reviens pas qu'il ait fait cela. Il a dit qu'il voulait les aider et m'a demandé s'il y avait une collecte de fonds, mais jamais je n'aurais imaginé…

Les larmes me montent aux yeux quand j'imagine la réaction d'Aileen lorsqu'elle recevra tout cet argent.

– C'est gentil de sa part, dit Leah.

– C'est fantastique.

Je suis si abasourdie que j'ai encore plus hâte de le voir.

– Remets-toi. Dans cinq minutes tu as un rendez-vous torride avec une bombe sexuelle !

Toujours bouleversée par le geste incroyable de Flynn, je me force à me calmer et j'essaie de me détendre.

– Qu'est-ce que tu as prévu, ce soir ?

– Je bosse au bar. J'essaie d'économiser pour Noël.

– Donc, tu seras une loque demain.

– Ça vaut la peine si je veux payer le solde de ma carte de crédit. Pas de cours particulier ce soir ?

– Non. Comme le grand-père de Myles est à l'hôpital, nous ne nous voyons pas du tout de la semaine. Mais figure-toi que sa mère me paie quand même parce que ce n'est pas ma faute si les cours sont annulés.

– Tu es la reine des veinardes, toi, en ce moment.

Si seulement Leah savait l'énorme prix que j'ai payé pour la chance dont je bénéficie maintenant. Pendant longtemps, je me suis demandé si ce n'était pas quelqu'un d'autre qui avait reçu ma part de chance. Mais dernièrement… les choses se sont arrangées au mieux et j'espère qu'elles le resteront pour de bon. Peu importe ce qui arrive, en tout cas, rien ne pourrait être pire que ce que j'ai déjà vécu. Savoir ce dont je suis capable me donne le courage d'affronter chaque nouveau jour et chaque nouveau défi qui se présente à moi.

– Il faut que je me fasse belle, lui dis-je.

– Oh, je t'en prie, s'indigne-t-elle. Tu es née belle.

Bien que née rousse avec des yeux verts et des taches de son, je ne ressemble plus à cette personne. Je porte des lentilles spéciales qui me donnent des yeux bruns et je teins régulièrement mes cheveux, qui sont beaucoup plus longs qu'avant. En dehors du changement de lentilles une fois par mois, je ne vois plus mes yeux verts. Je me suis habituée à mon nouveau look, mais cela ne s'est pas fait du jour au lendemain. J'ai eu presque autant de mal qu'avec ma nouvelle identité, mais Leah ne peut pas savoir tout cela.

– Si tu le dis…

– Je peux rester jusqu'à ce qu'il arrive ?

– Bien sûr.

– Et j'ai le droit de lui parler ?

– Oui, dis-je en riant. Tu peux. Je le connais déjà assez pour savoir qu'il veut que tu te comportes normalement en sa présence.

– Je ne peux pas te promettre que je serai normale, mais je vais essayer.

Pendant que je me brosse les cheveux, elle passe la main dans ses courtes boucles et fait des moues de mannequin qui me font tellement rire aux larmes que j'ai peur que mon mascara coule.

– Arrête, tu veux ?

– Hé, Nat, tu crois que tu arriveras un jour à le regarder et à penser : tiens, voilà Flynn ? Juste Flynn. Pas Flynn la star de ciné ?

Je réfléchis à la question.

– Cela m'arrive déjà parfois. Quand nous sommes assis sur le canapé à bavarder d'un film, d'un de ses plats favoris ou d'un message que lui a envoyé une de ses sœurs, c'est juste Flynn, un type comme un autre. Et puis il reçoit un coup de fil de Marlowe Sloane et cela me rappelle qui il est pour le reste du monde.

– Je ne crois pas que je pourrais l'oublier. Et Marlowe Sloane… Fais attention à elle. Il paraît qu'ils sont ensemble.

– Des rumeurs, d'après lui. Ce sont des amis proches, c'est tout. (Je me regarde dans le miroir de mon sac et mets un rouge à lèvres prune.) Et puis à quoi bon passer du temps avec lui si je ne peux pas faire la part de l'homme et de la célébrité ? Il y a autre chose chez lui que sa carrière, tu sais.

– Ah bon ? fait-elle en me lorgnant d'un air coquin. Tu l'as embrassé ?

– Peut-être…

– Tu n'as pas dit *non* ! s'exclame-t-elle, sautant aussitôt là-dessus.

– Tais-toi, Leah !

– Raconte-moi tout, sans omettre aucun détail.

– Désolée, pas le temps. Je dois filer. Si tu sors en même temps que moi, essaie de te tenir.

– Oh mais oui, je vais sortir en même temps que toi, dit-elle en me prenant le bras. Quant à me tenir, je ne promets rien.

– *Super.*

9
FLYNN

ASSIS DANS LA RANGE ROVER devant l'école de Natalie, je me demande pendant trop longtemps si je dois l'attendre dans la voiture ou sortir et prendre le risque qu'on me reconnaisse. Le froid épouvantable me fait préférer la première solution jusqu'à ce qu'elle sorte en compagnie de Leah.

Elles sont tellement jeunes qu'on pourrait les prendre facilement pour des étudiantes si c'était un lycée et non une école primaire. J'éprouve un pincement coupable en me rappelant qu'Hayden m'a dit qu'elle était trop jeune et innocente pour quelqu'un comme moi. Pourtant, j'ai beau le savoir, je ne peux pas renoncer à elle.

Elle repère la voiture et s'avance vers moi.

Je descends et vais à leur rencontre en m'inclinant galamment.

– Mesdames.

– Bonjour, vous.

Les lèvres de Natalie brillent d'un gloss violet que j'ai envie de faire disparaître à coups de langue dès que je le pourrai. Oui, c'est la première pensée qui me vient, et non, je n'en suis pas fier. Je l'embrasse sur la joue.

– Comment a été la journée, ma chérie ?

– Excellente, dit-elle avec un sourire rayonnant. Et la vôtre ?

– Longue et ennuyeuse en attendant la fin des cours. Cela m'a rappelé le pas si bon vieux temps.

– Tu vois, dit Leah. Il est d'accord avec moi. L'école, c'est nul.

– Ravi de vous revoir, Leah.

– Mmm, fait-elle avec une moue qui en dit long. Pareil pour moi.

– Je peux vous déposer quelque part ?

Elle contemple la voiture d'un air éperdu, puis elle regarde Natalie.

– À la maison ?

– C'est faisable, dis-je avant que Natalie ait le temps de répondre.

J'ouvre la portière arrière pour elle et je fais monter Natalie devant.

En m'asseyant, je remarque le regard bizarre que me jette Natalie. Je me frotte la joue que j'ai rasée de frais en prévision de notre rendez-vous.

– J'ai encore une tache sur le visage ?

– Non, dit-elle en riant.

– Alors qu'est-ce qu'il y a ?

– Je vous dirai tout à l'heure.

– Quand je ne serai plus là, lance Leah.

– Alors, nous allons nous débarrasser d'elle au plus vite, dis-je.

– Hé, c'est pas gentil, ça !

Natalie éclate de rire devant l'indignation feinte de Leah. Elles m'amusent, toutes les deux. Leah est aussi grande gueule que Natalie est réservée. Elles font un drôle de couple qui semble fonctionner pourtant malgré leurs différences.

Le portable de Natalie sonne et elle jette un coup d'œil à l'écran.

– C'est Aileen, dit-elle en me regardant. Allô, Aileen ? (J'entends les piaillements de son interlocutrice.) Oui, j'ai appris, répond-elle en me jetant un coup d'œil.

Je fais mine de ne pas savoir ce qui se passe alors que je suis parfaitement au courant. Le don a été fait anonymement parce que je ne veux rien en retirer, hormis la certitude qu'Aileen et ses enfants pourront s'en sortir durant cette période difficile.

– Je lui dirai, fait Natalie après avoir écouté un long monologue. À bientôt. (Elle coupe et range le téléphone dans son sac.) Figurez-vous que quelqu'un a fait un don d'*un demi-million de dollars* au fonds de soutien que nous avons mis sur pied pour sa famille ?

– Je me demande qui aurait pu faire une chose pareille, dit Leah.

Je renchéris :

– C'est génial. C'est bien pour eux.

Natalie me lance de nouveau un regard qui me montre qu'elle n'est pas dupe. Ce n'est pas grave. L'avantage d'avoir de l'argent, c'est qu'on peut aider les gens qui en ont vraiment besoin.

Quand nous arrivons dans leur rue, je ne trouve aucune place pour me garer.

– Je peux sauter ici, dit Leah. Tu veux que je sorte Flocon ?

– Ça ne t'ennuie pas ?

– Du tout.

– Merci. Elle ne raffole pas de Flynn.

– Oh, elle est jalouse, cette vieille carne ?

– Ne l'appelle pas comme ça, enfin ! Ce n'est pas une vieille carne.

J'ajoute, d'un air suffisant :

– Mais elle est jalouse !

– Tu vois ! dit Leah en ouvrant sa portière. Je le savais. À plus tard. Ou à demain. Ne rentre pas. Lâche-toi.

Et elle claque la portière avant que Natalie ait le temps de répondre.

– Elle est folle, dit celle-ci.

– J'aime bien sa manière de penser.

Elle lève les yeux au ciel alors que je redémarre.

– Comme c'est étonnant !

Je lui prends la main et j'adore le frisson qui me parcourt au contact de sa peau. Je n'ose même pas me demander ce que ce serait de coucher avec elle si lui tenir simplement la main est déjà l'une des expériences les plus sensuelles que j'aie connues au cours d'une vie assez riche de ce côté-là. Avec elle assise à côté de moi, je n'ose pas non plus m'attarder sur ce genre de pensée.

– Elles ont l'air très appétissant, ces lèvres violettes.

Quand le feu suivant passe au rouge, elle se penche vers moi, sans dissimuler ses intentions.

Malin, j'en fais autant et me régale de ses suaves lèvres.

– Mmm… Bonjour, vous. Vous m'avez manqué.

– Vous aussi.

– Alors pourquoi m'avez-vous lancé ce drôle de regard quand je suis passé vous prendre ?

– Je savourais simplement ce spectacle exceptionnel.

– Nous sommes déjà vendredi ?

– Encore une journée.

– Je ne tiendrai jamais.

Elle sourit et nous restons à nous regarder alors que les voitures derrière nous klaxonnent furieusement dès que le feu passe au vert. Fichus New-Yorkais impatients.

– En Californie, les baisers aux feux rouges sont nettement plus encouragés et soutenus qu'ici.

– C'est vrai ?

– Oui. Je vous montrerai quand nous serons là-bas.

– Je n'en reviens pas d'aller vraiment à L.A. avec vous.

– C'est pourtant le cas. Dès que j'ai eu votre texto tout à l'heure, j'ai demandé à mon assistante, Addison, de contacter quelques-uns des stylistes que nous avons déjà utilisés. Elle va vous proposer un million de possibilités, le temps que nous arrivions là-bas vendredi soir. (Je m'aperçois d'un coup d'œil qu'elle est en train de se mordre la lèvre.) Qu'est-ce qu'il y a ?

– Des stylistes que vous avez déjà utilisés… Ce n'est pas la première fois que vous invitez une rien du tout à une soirée et que vous devez l'habiller ?

Je suis touché et amusé par la jalousie que je décèle dans son intonation.

– D'abord, vous n'êtes pas une rien du tout. Ne dites plus jamais cela. Ensuite, je les ai utilisés pour moi, petite sotte. Croyez-moi si vous voulez, ces soirées, pour moi, cela ne se limite pas à passer un smoking et un coup de peigne. J'ai mes marques préférées, mais je dois tenir compte des dernières tendances et je n'ai pas le temps de m'en occuper moi-même.

– Ah, je vois.

– Vous êtes la première personne à qui je demande de venir avec moi à ce genre de soirée et qui ne fasse pas partie de ce milieu.

– Oh.

– Oh, quoi ?

– Rien… Je… Toute cette histoire est incroyablement déroutante. C'est très excitant, bien sûr, mais déroutant pour quelqu'un qui n'a jamais rien fait de ce genre.

– Faites-moi confiance quand je vous dis que ce sera très amusant. Vous aurez l'impression d'être la reine d'un jour, sinon je les virerai tous et je veillerai à ce qu'ils ne travaillent plus jamais à Hollywood.

– Arrêtez. Jamais vous ne feriez cela.

– Non, rit-il. Jamais. Mais je vais faire en sorte que vous soyez la femme la plus choyée de la ville dimanche ? Vous pouvez compter là-dessus.

– J'espère que vous savez que je n'ai pas besoin de tout ça.

– Je sais que vous n'en avez pas besoin, et c'est pour cela que ce sera encore plus amusant de vous l'offrir. (Elle pousse un long soupir.) Ça va ?

Le trajet est interminable dans les embouteillages de fin de journée.

– Oui, ça va.

– J'ai des places pour *Wicked* ce soir à 19 heures.

Elle se retourne d'un coup et me fixe.

– Ce soir… c'est vrai ?

– Oui, ce soir, dans deux heures et demie.

– Oh, mon Dieu ! Vous êtes trop, vous alors !

– Vous m'avez dit que vous vouliez y aller, non ?

– Oui, je voulais le voir, mais je ne pensais pas que vous iriez prendre des places.

– En réalité, je ne suis allé nulle part. J'ai passé un coup de fil et les billets sont à disposition sur place.

Elle s'enfonce dans son siège.

– C'est sérieux ? Je ne vais pas me réveiller et m'apercevoir que j'ai rêvé tout ça ?

– J'espère bien que non. Cela vous va si vous rentrez ce soir vers 23 heures ?

– Après avoir vu *Wicked ?* Oui, je crois que je vais supporter !

– Juste pour vérifier, *Wicked*, c'était bien ce que vous vouliez ?

Je n'en reviens pas de mon manque d'assurance et de mes hésitations avec elle : deux choses que je n'ai jamais connues en présence des femmes. Enfin, à part la garce que j'ai épousée, mais pourquoi penser à elle alors que j'ai la charmante Natalie qui m'occupe ?

– C'est parfait, mais vous savez ce qui est encore mieux ?

– Non.

– Ce que vous avez fait pour Aileen et ses enfants.

Je m'attendais à ce qu'elle en parle et je me suis préparé.

– Je ne sais pas de quoi vous parlez.

– Bien sûr que si, arrêtez de prétendre le contraire. C'était… c'est incroyable, Flynn. Vraiment. Je ne sais même pas comme vous dire ce que cela représente pour elle, pour les enfants. Et pour moi… Merci.

– Je ne sais toujours pas de quoi vous parlez, mais je vous remercie de ces compliments, les vôtres et les leurs.

Elle prend ma main dans les siennes et ce geste délicat m'incendie. Tout chez elle m'excite. Cela fait très longtemps que je n'ai pas été autant attiré par une femme en dehors de mon milieu de prédilection. C'est la première fois depuis plus de dix ans que j'entrevois la possibilité qu'une relation « vanille » puisse vraiment me satisfaire.

Cela ne veut pas dire pour autant que je suis disposé à renoncer à un mode de vie qui me définit à bien des égards. Cela signifie simplement que j'envisage de faire quelques changements qui auraient été impensables il y a encore quelques jours.

Depuis ma rencontre avec Natalie, je ressasse quelque chose que mon père m'a dit un jour. C'était après la désastreuse rupture avec Valerie, quand je lui ai demandé comment il avait su que ma mère était la femme qu'il voulait épouser.

« Un jour, m'a-t-il dit, dans des années, probablement, une femme entrera dans la pièce et ce sera comme si tout l'oxygène se volatilisait à son arrivée. Tu auras la poitrine serrée, ton cœur s'emballera, et tu sauras. Un point, c'est tout.

– C'est comme ça que c'est arrivé avec Maman ? ai-je demandé.

– Exactement. J'ai su dans la seconde où je l'ai vue qu'il n'y aurait jamais personne d'autre pour moi. »

Et il n'y a jamais eu personne d'autre. Quarante-quatre ans plus tard, ils sont toujours aussi amoureux. À mesure que je vieillis, je m'aperçois que je les envie tout comme mes deux sœurs aînées, qui ont trouvé l'amour en la personne de deux hommes que j'apprécie et respecte.

– Vous ne dites plus rien, fait Natalie. À quoi vous pensez ?

Je suis content qu'elle ait demandé.

– À mes parents, en fait.

– Qu'est-ce qui se passe ?

– C'est demain leur quarante-quatrième anniversaire de mariage.

– C'est impressionnant.

– Il faut que je leur envoie quelque chose, mais je n'ai pas encore décidé quoi. Que voulez-vous offrir à des gens qui ont tout ?

– Aucune idée. Des fleurs, ce serait trop simple. Une carte serait stupide, étant donné ce qu'ils sont…

– Vous imaginez le dilemme.

– Pourriez-vous les inviter au restaurant pendant votre séjour à L.A. ?

– Oui, je peux faire ça.

Au feu suivant, je prends mon téléphone et j'appelle Addie par le kit mains-libres.

– Qu'est-ce qu'il y a ?

Nous nous sommes déjà parlé six fois aujourd'hui et cela fait des heures que nous avons évacué les politesses de la journée.

– Peux-tu organiser un dîner d'anniversaire de mariage pour Max, Estelle et les filles samedi si tout le monde est disponible ?

– C'est faisable. Je vais passer quelques coups de fil.

– Ajoute Natalie à la liste, et viens aussi.

– Bien sûr.

– Tu es une perle, Addie.

– Je sais. Tu me le dis tous les jours.

En riant de la réponse prévisible, je coupe en appuyant sur le bouton du volant.

– C'est fait.

– Waouh… C'était… impressionnant.

– Addie est fantastique. Je serais perdu sans elle.

– Elle a l'air de l'être, mais je parlais de tout : de l'idée à la mise en œuvre en cinq minutes.

– Nous ne faisons pas traîner les choses.

– Je vois ça.

Je lui jette un coup d'œil hésitant.

– Cela vous paraît-il trop… je ne sais pas… prétentieux ?

– Non, pas du tout. Je m'en tiens à « impressionnant ».

Sa réponse me fait sourire alors que nous arrivons enfin à l'entrée de mon parking après ce trajet interminable. Je compose le code et nous descendons la rampe. Sans m'attendre, Natalie descend et me retrouve à l'ascenseur. J'apprécie qu'elle se soit coulée dans la confortable routine de mon quotidien.

Une fois à l'étage, je lui prends son manteau et elle regarde sa tenue.

– J'aurais su, je me serais mieux habillée pour sortir.

Elle porte un pantalon noir sexy, des bottines à talons et un pull turquoise à large encolure qui moule sa poitrine généreuse et me donne envie de jeter un coup d'œil dans le décolleté.

– Vous êtes splendide. Parfaite pour une sortie au théâtre. Les gens ne se mettent plus sur leur trente et un comme avant. (Je la prends par les hanches et l'attire contre moi.) D'ailleurs, vous allez apporter de la classe.

– Mais bien sûr !

J'incline la tête et pose mes lèvres sur les siennes dans une caresse délicate qui me fait frissonner de la tête aux pieds. Bien que n'ayant pas l'intention d'aller plus loin qu'un rapide baiser – du moins pour le moment – quand ses mains remontent sur ma poitrine et m'enlacent le cou, je suis perdu.

Sa bouche s'ouvre et sa langue accueille la mienne dans une caresse sensuelle qui m'arrache un gémissement avide. Je sais déjà, des jours après notre première rencontre, que je ne serai jamais rassasié d'elle.

Je n'avais pas l'intention de la dévorer dans l'entrée, mais elle est tout à fait irrésistible, surtout quand elle se colle à moi et me serre avec un empressement si innocent qui me fait immédiatement bander, j'interromps à contrecœur ce baiser, n'ayant pas oublié ce qu'elle m'a dit le jour de notre rencontre. Si je la séduis assez pour qu'elle m'accorde ce qu'elle a juré ne jamais céder, elle me détestera. Cette perspective est bien pire que de nier le désir qui fait rage en moi comme une créature sauvage.

– Natalie…

Elle a les yeux fermés, les lèvres gonflées et humides, les joues en feu… Elle est d'une beauté insoutenable.

J'enfouis mon visage dans son cou et elle rejette la tête en arrière pour me laisser libre accès. Son parfum est indescriptible mais ensorcelant. Il est simple, propre, frais… il ne ressemble à rien de ce que j'ai pu connaître, et je me dis que c'est l'essence même de sa personne. Je mordille le lobe de son oreille, juste assez pour lui arracher un petit cri étouffé.

– Nat…

Je ne sais même pas si des gens l'appellent ainsi. Le diminutif m'est venu aussi naturellement que l'air que je respire.

– Mmm ? fait-elle en enfouissant les mains dans mes cheveux dans une caresse qui m'électrise.

– Il faut que nous arrêtions.

– Non, encore.

– Natalie, dis-je en riant devant son empressement. Vous me tuez.

– Je ne veux pas vous tuer, je veux vous embrasser.

Elle ne se doute absolument pas de ce qu'elle me fait, c'est comme si elle agitait une cape devant un taureau quand elle me regarde de ces grands yeux bruns où brûlent désir et émotion.

Je tente de me convaincre que je suis capable de gérer la situation. Je peux lui tenir la main, l'embrasser et peut-être l'enlacer, mais rien de plus. Pas encore, en tout cas. Je lui prends la main et l'entraîne sur le canapé, où je m'assieds avant de l'attirer sur mes genoux. Le contact délicat de ses fesses sur mon sexe tendu me coupe le souffle un instant avant que je me ressaisisse et emprisonne sa bouche dans un autre baiser brûlant.

Jamais je n'ai eu une telle réaction avec une femme, et cela m'excite et me terrifie quand je songe aux conditions qu'elle a dictées dès le début. Si je demande plus qu'elle n'est disposée à donner, je la perdrai avant même de l'avoir possédée. Mais quand elle s'offre ainsi dans mes bras, je refuse de mettre fin à ce moment sans en avoir eu davantage.

Je la laisse glisser sur les coussins et attends de voir sa réaction. Un bref instant, je décèle quelque chose qui ressemble à de la peur dans son regard, puis elle se reprend, tend les bras et m'attire à elle pour reprendre notre baiser.

Si j'ai trouvé incroyable le baiser dans le hall, c'est tout autre chose et il me faut jusqu'à ma dernière once de sang-froid pour ne pas arracher nos vêtements et la prendre sur-le-champ. Lutter contre ce désir est presque aussi épuisant que le baiser lui-même, qui devient de plus en plus sensuel à chaque frôlement de sa langue sur la mienne.

Son pull est d'une douceur enivrante sous la main que je pose sur ses reins. Je glisse les doigts sous l'ourlet et touche une peau tiède qui me donne envie d'aller plus loin. Bien que ce soit douloureux de bouger, je me retourne légèrement sur le côté sans interrompre le baiser et passe la main devant. Je suis comme un adolescent dans les affres de sa première passion, essayant de juger si mes avances seront ou non bienvenues. Franchement, je ne saurais dire, et en songeant à cette lueur apeurée que j'ai vue tout à l'heure, j'ai besoin de certitudes.

J'interromps notre baiser, mais nos lèvres se frôlent encore.

– Natalie, je voudrais vous toucher.

Elle se cambre et vient à la rencontre de ma main.

– Il faut que vous me disiez que vous êtes d'accord. À chaque étape, vous devez me le dire.

– Oui, Flynn… S'il vous plaît. Touchez-moi.

– Polie et sexy. Quelle irrésistible combinaison.

Je remonte le pull et le fais passer au-dessus de sa tête.

Je n'en reviens pas quand elle empoigne l'ourlet du mien et me l'enlève avant que j'aie pu me préparer au violent choc de désir qui survient quand sa peau touche la mienne pour la première fois. Nom de Dieu. C'est à la fois électrisant et effrayant. Elle me terrifie.

Ses doigts continuent de courir dans mes cheveux tandis que son autre main glisse le long de mon dos jusqu'à mes reins en y laissant un sillage brûlant.

Je suis littéralement en feu et je commence à transpirer à force de vouloir me retenir, ralentir, me souvenir de ses principes sur le mariage et le sexe. Mais je ne suis qu'un homme et j'ai tellement envie d'elle que j'embrasse tout ce qui est à ma portée, en commençant par son cou et en descendant sur sa poitrine et le haut galbé de ses seins gonflés dans son soutien-gorge beige sans attrait que je trouve pourtant en cet instant le plus affriolant qui soit.

Sur elle, la lingerie la plus sexy du monde n'ajouterait rien à sa beauté naturelle.

– *Flynn.*

Elle étouffe un cri quand mon menton frôle la pointe de son téton. Tout son corps se cambre contre moi et réclame silencieusement davantage.

– Dites-moi.

– Je…

Elle ouvre les yeux et, de nouveau, je lis de la peur mélangée à un désir évident.

– Parlez-moi. Dites-moi ce que vous avez en tête, dis-je en enfouissant mon nez entre ses deux seins.

– Touchez-moi, je vous en prie, touchez-moi.

Je couvre son sein d'une main en le pressant délicatement et en passant le pouce sur la pointe durcie.

– Là ? (Elle acquiesce en se mordant la lèvre.) Vous êtes sûre ?

En réponse, elle dégrafe son soutien-gorge, me prenant de nouveau de court.

Ses seins jaillissent librement et remplissent mes mains, mettant une fois de plus mon sang-froid à rude épreuve. Je veux la posséder, mais j'accepte avec précaution et douceur le cadeau qu'elle me fait et auquel personne n'a probablement encore eu droit. Elle a laissé entendre hier soir qu'elle n'avait jamais eu de petit copain, aussi incroyable que cela puisse paraître. Les autres hommes sont-ils tous aveugles et idiots ? C'est un trésor, un cadeau sans prix qui a débarqué dans ma vie à un moment où j'avais totalement renoncé à trouver quelqu'un qui pourrait apaiser mon âme troublée.

Comme elle est tout cela et bien plus encore, je la caresse avec prudence et j'avance lentement vers les pointes de ses seins qui se raidissent sous mes mains.

Mon sexe est au bord de l'explosion, mais je m'efforce d'ignorer ce désir pressant pour me concentrer sur elle. Je me demande ce qu'elle va me permettre de faire quand sa main sur ma nuque me guide vers ce que je désire plus que tout.

Ma langue glisse sur son téton et, comme prise de folie, elle me tire les cheveux et se colle tout contre moi. Bon Dieu, c'est dingue. S'il s'agissait de n'importe quelle autre femme, je l'aurais déjà pénétrée et je serais en train de la baiser à lui faire perdre la tête. Mais avec Natalie, ce n'est pas possible et comme je dois prendre ce qu'elle me donne, je me repais d'elle, je suçote, mordille et titille son téton jusqu'à ce qu'elle hurle de plaisir – du moins j'espère que c'est bien du plaisir qu'elle éprouve.

Ensuite, je m'en prends à l'autre sein et je le travaille jusqu'à ce que je sois sûr qu'elle ne pense plus qu'à moi et à l'incroyable désir qui grésille entre nous.

Mais si doux soit-il, je ne peux pas supporter éternellement ce supplice qu'elle m'inflige. Je dois me retenir et prendre le contrôle de la situation avant que nous franchissions le point de non-retour. Je laisse retomber ma tête sur sa poitrine pantelante.

– Pourquoi avez-vous arrêté ? demande-t-elle après un long silence seulement entrecoupé de nos halètements.

– Parce que si je ne m'arrête pas maintenant, je ne pourrai plus. (Je me force à relever la tête et à regarder son visage rosi par le désir.) Vous m'avez dit le jour de notre rencontre que cela n'arriverait pas. Si nous continuons… (Je laisse retomber ma tête.) Mon Dieu, Natalie, je vous désire tant. Vous n'imaginez pas à quel point.

– J'ai envie de vous aussi. J'espère que vous le savez. C'est juste que je… Il y a des raisons. À ce que j'éprouve.

– Je sais et j'essaie de respecter vos limites, mais si nous n'arrêtons pas tout de suite, je crains que cela aille plus loin que vous ne le voulez.

À mon étonnement et mon grand désarroi, ses yeux se remplissent de larmes qui ruissellent sur ses joues. Elle ferme les paupières comme pour retenir ce déluge.

– Natalie, ma chérie… Dites-moi ce qui ne va pas.

– Tout, murmure-t-elle. Tout cloche chez moi.

J'embrasse ses larmes et la serre contre moi.

– Non, ma chérie, ne dites pas cela. Vous êtes merveilleuse et je suis totalement fou de vous.

– C'est si gentil, et vous êtes si… si incroyable. Et moi je devrais être capable de faire cela, mais je ne peux pas.

– Qu'est-ce que vous ne pouvez pas faire ?

– *Cela*. (Elle a prononcé le mot avec une telle force et un tel dégoût que je ne sais pas trop comment réagir.) Je ne peux pas le faire parce que je suis brisée. C'est brisé en moi.

Elle repousse mon épaule et je comprends qu'elle veut se relever. Je m'écarte prestement.

Elle ramasse son pull et je l'aide à le remettre. Quand elle glisse la main dessous pour rajuster son soutien-gorge, j'essaie de ne pas regarder, mais je ne parviens pas à me détourner. Puis elle me regarde, et la peine et la souffrance que je lis dans ses yeux d'ordinaire si lumineux m'effondrent.

– Il faut que je rentre. C'est… Vous… vous êtes adorable et merveilleux et vous avez été si gentil avec moi. Mais je…

Elle secoue la tête et son accablement contraste tant avec son comportement habituel que j'en suis profondément ébranlé. Et effrayé. J'ai très peur de la perdre, maintenant que je l'ai trouvée.

– Natalie, ma chérie, rien de ce que vous pourriez me dire ne peut changer ce que j'éprouve pour vous ou me dissuader d'être avec vous. Si les choses se sont un peu échauffées entre nous, c'est ma faute. Je n'aurais pas dû vous pousser dans vos retranchements, alors que je sais ce que vous éprouvez…

Les doigts qu'elle pose sur mes lèvres me font immédiatement taire et bander en même temps.

– Vous n'avez rien fait de mal. J'ai adoré chacun de vos gestes. Et je les ai encouragés.

– Je vous en prie, ne partez pas. Peu importe ce qu'il y a, nous pouvons trouver la solution ensemble. Ne me fuyez pas.

– Ce n'est pas juste. Vous méritez quelqu'un qui pourra vous donner tout, et je ne suis pas cette femme.

Je la prends dans mes bras et l'enlace. C'est seulement quand sa main se pose sur ma poitrine que je me rappelle que j'ai enlevé mon pull. Le contact de ses doigts me fait un tel effet que je voudrais sentir ses mains partout sur mon corps, mais je préfère me racler la gorge et trouver les mots qu'elle désire entendre.

– J'attendrai éternellement l'occasion de vous prendre dans mes bras, vous faire l'amour et vous adorer comme vous le méritez.

Elle secoue la tête avant que j'aie pu achever.

– Vous me connaissez depuis six jours seulement. Comment pouvez-vous dire une chose pareille ?

J'ai l'impression d'être au bord d'un précipice et de regarder le désert que serait ma vie sans Natalie, mais si je recule et lui donne ce dont elle a besoin, jamais je ne serai obligé de connaître cette désolation.

– Vous vous souvenez, dans la voiture, quand vous m'avez demandé à quoi je pensais et que je vous ai parlé de l'anniversaire de mariage de mes parents ? (Elle acquiesce.) Je pensais à bien davantage encore. Je me rappelais une conversation que j'ai eue avec mon père. Je lui demandais comment je saurais que je rencontrerais la femme avec qui j'étais destiné à rester. Ses paroles exactes ont été : « Un jour, dans des années, probablement, une femme entrera dans la pièce et ce sera comme si tout l'oxygène se volatilisait à son arrivée. Tu auras la poitrine serrée, ton cœur s'emballera, et tu sauras. Un point, c'est tout. »

De l'index sous son menton, je relève son visage vers le mien.

– Dès la première seconde où je vous ai vue, quand votre chienne insensée m'a attaqué, j'ai su. J'ai su que c'était vous, c'est tout. Vous êtes celle que mon père m'a dit que je trouverais. C'est pour cela que je vous ai couru après alors que j'avais d'autres obligations. C'est pour cela que j'ai voulu vous revoir le samedi soir. Et tous les jours qui ont suivi. C'est *vous*, Natalie. Alors, dites-moi ce qui vous bouleverse, je m'en occuperai. Je veux tout arranger.

Elle pleure de plus belle et j'essuie ses larmes.

– Vous êtes si gentil de dire cela et de vouloir m'aider, mais personne ne peut réparer ce qui ne va pas en moi.

– Qu'en savez-vous ? Avez-vous laissé quelqu'un essayer ? (Je connais la réponse à la question avant même de l'avoir posée. Elle me le confirme en secouant la tête.) Laissez-moi vous aider, Natalie. Ne fermez pas la porte. Je veux vous comprendre. Pas seulement ainsi (je désigne le canapé pour indiquer ce que nous venons de faire), mais de toutes les manières possibles.

À son expression torturée, je comprends qu'elle veut me dire ce qui l'a tant bouleversée.

– Je ne peux pas, souffle-t-elle d'une voix si faible que je l'entends à peine. Je suis désolée, mais je ne peux pas.

10
NATALIE

J'AI ENVIE. Mon Dieu, comme j'ai envie ! Personne ne m'a jamais dit des choses aussi belles que lui. Il me pousse à vouloir croire que tout est possible, que je peux avoir ce que les autres s'accordent si facilement, mais je suis prudente. Le jour où je suis devenue Natalie Bryant, je me suis juré que personne dans ma nouvelle vie ne connaîtrait April. Elle a connu une mort affreuse il y a huit ans, durant le week-end le plus atroce de sa vie. Quand j'ai pris la décision de l'abandonner et de devenir Natalie, j'ai adopté des règles auxquelles je ne peux renoncer, même pour Flynn.

Il est le seul auquel j'ai été tentée d'en parler, et je ne le connais que depuis six jours. Je sais ce qu'il faut que je fasse. Que je me lève, me ressaisisse et retourne chez moi, à ma place. L'intermède avec lui a été merveilleux et inoubliable à tous égards. Mais il m'a aussi rappelé mes limites.

D'abord, cependant, je dois lui faire comprendre que tout est fini.

– Je veux que vous sachiez… Chaque minute passée en votre compagnie a été plus merveilleuse que tout le temps que j'ai pu passer avec quiconque. Vous… vous êtes tellement plus que ce que j'ai pu imaginer, et vous m'avez appris à ne pas croire à tout ce que je lis.

Cela le fait sourire, mais pas comme d'habitude. Ce n'est pas le sourire avec les fossettes aux joues quand il est vraiment amusé.

– Si vous êtes en train de me dire adieu, Natalie, n'en faites rien. Nous nous sommes laissés emporter. Cela n'arrivera plus, sauf si vous le voulez.

– C'est cela, le problème ! Il se peut que je ne veuille plus jamais, et ce ne serait pas juste pour vous.

– Vous permettez que je dise quelque chose sans passer pour un mufle ?

– Comment puis-je vous en empêcher ?

Il me prend la main et la serre, comme s'il avait peur que je m'enfuie avant qu'il ait pu me dire ce qu'il veut.

– J'ai connu beaucoup de femmes. Probablement trop. Je les ai embrassées et sautées et j'ai fait avec elles des choses que vous trouveriez dégoûtantes, au mieux, et inacceptables, au pire. Mais jamais, au grand jamais, je n'ai connu de femme qui réagisse devant moi comme vous. Et aucune femme ne m'a jamais fait l'effet que vous me faites. Alors, si vous me dites que la seule chose que je peux faire pendant l'année qui va suivre, c'est vous embrasser, j'accepterai. Je préfère cela à vous voir partir après m'avoir dit que tout était terminé.

Immédiatement, je veux des détails sur ces choses si dégoûtantes et inacceptables qu'il a faites avec d'autres femmes, mais je n'ai pas le droit de lui poser ces questions. Pas plus que d'exiger qu'il vive comme un moine afin que je puisse continuer sur la voie que je me suis choisie.

– Je vous épouserais demain, Natalie, si vous acceptiez de me prendre pour mari.

Ses paroles me bouleversent et me font monter les larmes aux yeux.

– Arrêtez. Vous ne voulez pas vous marier. Vous l'avez très clairement fait comprendre.

– Je pensais que vous ne croyez plus tout ce que vous lisez.

– Vous m'avez dit vous-même que cela, c'est vrai.

– C'était avant de vous connaître. Avant que vous me renversiez et me coupiez le souffle.

Le plus triste, c'est que j'ai envie de le croire. J'ai envie de prendre tout ce qu'il m'offre. De le prendre dans mes bras et ne plus jamais le laisser partir. Mais j'ai appris à être prudente et méfiante, sauf que je ne l'ai pas été avec lui. J'ai sauté à pieds joints sans la prudence habituelle que j'apporte à toute nouvelle relation ou situation. Dans ma nouvelle vie, les gens doivent gagner ma confiance. Je ne l'accorde jamais aussi facilement que je l'ai fait avec lui.

– Faites quelque chose pour moi, dit-il avec un regard grave. Accordez-moi ce week-end. Si, après cela, vous voulez arrêter, je vous laisserai partir. Je ne vous oublierai jamais, mais je respecterai votre désir. La situation a dérapé ce soir. Cela ne se reproduira pas, sauf si vous faites le premier pas, ajoute-t-il après un silence.

Je suis déchirée. Je le désire. Mon Dieu, je le désire tellement que je me consume intérieurement pour lui et tout ce qu'il est prêt à m'offrir. En six jours, il m'a fait oublier huit douloureuses années passées en grande partie dans la solitude pendant que je me transformais en la personne que je suis aujourd'hui. Je risque toute cette liberté et cet équilibre durement gagnés à chaque minute que je passe avec lui, et je le fais de mon plein gré, en mesurant pleinement les risques.

Et je m'en fiche. Je le désire aussi ardemment qu'il me désire. Je respire un bon coup et expire lentement, comme ma thérapeute m'a appris à le faire dans les moments difficiles. Je me force à le regarder droit dans les yeux et je réponds :

– D'accord.

– Oui ?

Je hoche la tête et me cramponne à sa main comme si c'était la seule chose qui me retient de m'envoler et de me perdre dans le néant.

Il m'enserre précautionneusement dans ses bras. Je pose mon visage sur sa poitrine nue, humant l'odeur de savon et de déodorant dans ses poils qui me frôlent la joue.

– Peu importe ce dont vous avez besoin, Natalie, je suis là. Vous n'êtes plus seule.

J'ai plus qu'envie de le croire, de m'accrocher à ses paroles et à tout ce qu'il m'assure. Mais je sais que je ne dois pas être aussi imprudente. Alors, je ne lui donne que ce que je peux lui offrir : un seul week-end. Après quoi, je le quitterai sans un seul regard en arrière.

Je suis très douée pour cela.

FLYNN

Après avoir convaincu Natalie de rester et me laisser ma chance, nous savourons un calme dîner avant de partir au spectacle. Elle adore *Wicked* et semble retrouver sa bonne humeur à mesure que le temps passe. Nous sommes au dixième rang à l'orchestre et comme j'ai déjà vu la comédie musicale deux fois, je la regarde absorber chaque détail avec son enthousiasme et son exubérance habituels.

Le souvenir de son chagrin, de sa peur et de ses larmes me révolte. Je voudrais engager quelqu'un pour apprendre ce qui lui est arrivé et savoir à quoi j'ai affaire. Mais la raison me souffle que ce serait stupide de lui infliger cela. Si je dois découvrir l'origine de ses souffrances, c'est elle qui décidera quand.

Elle s'extasie sur le spectacle pendant tout le trajet du retour, disant qu'il était plus amusant qu'elle n'imaginait et qu'elle n'avait jamais réfléchi comment la méchante sorcière du *Magicien d'Oz* était devenue aussi méchante. Nous parlons de la musique, de l'histoire et des gags. Bref, nous nous en tenons à des sujets inoffensifs pour ne pas aborder des questions dangereuses.

Comme d'habitude, il n'y a pas de place pour se garer, je m'arrête devant deux voitures.

– Merci de m'avoir emmenée voir *Wicked*. J'ai adoré.

– J'en suis ravi.

– Et pour votre gentillesse, tout à l'heure, ajoute-t-elle avec un regard timide. Je suis désolée d'avoir craqué comme cela.

– Ne vous excusez pas, vous n'y pouviez rien. Je tiens à vous le rappeler, peu importe ce qui vous hante, vous n'êtes plus seule pour l'affronter. Vous pouvez me faire confiance, Natalie, je vous jure que je ne ferai rien qui puisse vous faire souffrir une nouvelle fois.

Son maigre sourire est une immense victoire pour moi.

– Je n'ai pas de mal à voir pourquoi toutes les Américaines sont folles de vous, Flynn.

– Je m'en fous, croyez-moi. Je ne suis pas en train de vous refiler une réplique toute faite comme au cinéma. C'est *moi* qui parle, moi qui suis fou de vous. Quand je mets de côté toutes ces conneries, c'est de ma vie qu'il s'agit, Natalie, pas de mon travail.

– Je l'avais très bien saisi.

– Et je n'avais pas l'intention de vous sauter dessus.

– Je comprends. Vous êtes constamment obligé de faire la part entre la réalité et l'imaginaire.

– Exactement, dis-je, soulagé qu'elle comprenne. Et en cet instant, nous sommes en plein dans la réalité.

– Merci de cette délicieuse soirée. Je n'en oublierai pas une seule minute.

– Moi non plus. (Je me penche pour lui donner un baiser.) Et c'est loin d'être la dernière.

Elle me rend mon baiser et me caresse le visage d'un geste si tendre et délicat que j'en ai le souffle coupé tellement je la désire.

J'ai envie de la ramener dans mon lit et ne plus la laisser partir, mais comme ce n'est pas censé arriver ce soir ni avant longtemps, je recule lentement, même si j'en souffre.

– À demain, d'accord ?

– D'accord.

Je lui vole un dernier baiser.

– J'attends que vous soyez entrée.

– Vous n'êtes pas obligé.

– Mais si.

Elle me laisse avec un sourire triste et cela me suffit pour être convaincu que je suis prêt à lutter pour elle. Je suis disposé à entrer en guerre pour lui montrer ce que nous pouvons bâtir ensemble. Maintenant que je l'ai trouvée, je ne la laisserai pas partir.

Nous n'arrivons pas à fermer l'œil cette nuit-là. Après avoir échangé quelques textos, je l'appelle et nous finissons par bavarder pendant des heures de bêtises comme la différence entre son enfance au Nebraska et la mienne à Beverly Hills. Je remarque qu'elle est évasive concernant sa famille, comme si elle n'en faisait plus partie. Je brûle d'en savoir davantage, mais je reste prudent. Je ne la force pas. Je ne peux qu'espérer qu'elle me fera assez confiance un jour pour me dire la vérité. En attendant, je m'arme d'une patience que j'ignorais posséder.

Le tournage terminé et n'ayant rien à faire en attendant le départ pour L.A., mes amis passent une semaine de folie chez Quantum. Ils m'appellent et m'envoient des textos sans relâche, me demandent de venir les rejoindre, mais je garde mes distances. Tant que je ne saurai pas ce que donnera ce week-end avec Natalie, je résiste à la tentation de dépenser sur quelqu'un d'autre l'énergie sexuelle que je contiens avec peine.

Je me consacre à Natalie, pour le moment. Si elle veut bien de moi, cet engagement ira au-delà de ce week-end. Mais cela reste à voir.

Hayden ne me laisse aucun répit et m'envoie toutes les demi-heures des textos me reprochant de céder à une femme et de les abandonner en pleine fête. Il rameute même Kristian, Jasper et Marlowe, mais je les ignore tous et continue de ne penser qu'à Natalie.

Quand le vendredi arrive, je suis dans tous mes états. Rien ne m'a jamais angoissé autant que la perspective de ce week-end avec elle. J'ai rendu Addie folle à force d'exiger que chaque détail soit parfait pour Natalie. J'étais censé partir à L.A. sur le même vol qu'Hayden et les autres, mais j'ai réservé mon propre avion. Pas question de partager Natalie avec quiconque, surtout des amis qui estiment imprudent que je la fréquente. J'ai subi une bordée d'insultes par texto quand je leur ai annoncé que je ne voyageais pas avec eux, mais je les ai ignorées comme tout le reste.

Qu'est-ce que ce sera quand ils apprendront que je veux faire la postproduction du nouveau film à New York au lieu de Los Angeles comme prévu. Je vais en prendre pour mon grade, surtout avec Hayden. Je réglerai la question lundi, après les Globes.

J'attends devant l'école à 15 heures pile quand elle sort avec son sac en bandoulière en tirant une valise. Je pensais que Leah serait avec elle, mais elle est seule. Quand elle traverse la rue pour me rejoindre, je perçois presque les émotions qui émanent d'elle, hésitation, impatience, prudence, peur, curiosité et peut-être – peut-être – un rien de plaisir en me voyant.

Plaisir est un mot bien trop faible pour décrire ce que j'éprouve en la voyant. Soulagement, angoisse, ravissement, désir et excitation en vue de l'aventure dans laquelle je m'apprête à l'emmener. Je ressens tout cela en même temps, plus que je n'ai jamais éprouvé pour aucune femme, et au lieu de m'enfuir, j'ai envie de m'y plonger avec elle.

– Salut, dit-elle en arrivant.

– Salut, vous.

Je prends son sac et le jette sur la banquette arrière auprès du mien, puis je l'aide à monter dans la voiture. Je ne sais pas trop si je peux, mais c'est comme si je ne l'avais pas vue depuis une éternité, alors je me penche pour lui faire un baiser une fois qu'elle est installée.

Je prends comme un bon signe le fait qu'elle m'embrasse à son tour.

– Vous m'avez manqué.

– Vous m'avez inondée de textos, sourit-elle.

– Cela ne remplace pas votre présence.

J'ai envie d'enfouir mon visage dans ses cheveux, dans son cou, respirer son parfum, mais je n'en fais rien. Espérons que tout cela me sera accordé dans l'avion. Je me redresse et referme la portière et je lui prends la main à peine la voiture s'élance vers notre destination, Teterboro, dans le New Jersey.

Je lui demande :

– Comment s'est passée votre journée ?

– Agréablement, mais je n'ai pas arrêté. Nous faisons des interrogations cette semaine et comme les gosses détestent cela, ils sont intenables et nous sommes épuisés.

– Vous avez trois jours pour décompresser.

– Oh, je sais bien. J'ai hâte.

Je suis si content de l'entendre que je me retiens de pousser un cri de triomphe. Il est bien trop tôt pour crier victoire, surtout qu'elle n'a pas encore décidé si elle allait me donner ma chance.

Le trajet est ralenti par les embouteillages du vendredi après-midi sur l'autoroute. Je croyais que la circulation à Los Angeles était la plus pénible au monde jusqu'au jour où je suis venu à New York. La plupart des gens ne conduisent pas en ville, mais c'est un peu difficile pour moi de prendre les transports en commun et je suis bien obligé de m'accommoder des embouteillages.

Aujourd'hui, je suis agacé par tout ce qui retarde notre arrivée à l'aéroport et l'avion où je vais pouvoir être seul avec Natalie et me concentrer sur elle plutôt que sur la route.

– J'ai pensé à *Wicked* toute la journée. Merci encore pour ce cadeau.

– Mais de rien. Je suis ravi que cela vous ait plus à ce point.

– C'était… j'ai beau chercher de nouveaux mots pour qualifier tout ce qui touche à vous, mais j'en reviens toujours à incroyable.

– C'est plutôt un compliment.

– Non, mais j'enseigne à mes élèves qu'un mot trop souvent utilisé finit par devenir un cliché et je n'ai pas envie d'en devenir un pour vous.

– Impossible. (Je serre sa main dans la mienne en regrettant de ne pouvoir la regarder droit dans les yeux.) Tout en vous est nouveau, rafraîchissant et fascinant pour moi. Et tout ce qui se passe entre nous est à mille lieues d'un cliché. Il est tout à fait possible, d'ailleurs, que ma vie entière jusqu'à la semaine dernière ait été un vaste cliché et que vous m'ayez sauvé du ridicule.

Cela la fait rire, et j'en suis ravi. J'adore son rire. Il est tout à fait… incroyable. Comme je sais déjà qu'elle n'a pas beaucoup de raisons de rire, c'est particulièrement agréable d'être celui qui lui en procure, même si cela ne dure pas bien longtemps.

– D'où sortez-vous tout ça ?

– Malgré votre rire insultant, chacune de mes paroles était sincère.

Une fois que nous avons passé le Washington Bridge, la circulation commence à se faire moins dense. Enfin.

– Nous décollons de Newark ?

– Non, de Teterboro. C'est un petit aéroport régional.

– Oh. Les compagnies aériennes l'utilisent ?

– Nous ne prenons pas un vol commercial.

– Oh. *Oh !*

– Que je vous explique : comme tous les autres transports publics, les vols commerciaux peuvent être pénibles pour moi, et bien qu'étant très conscient que mon empreinte carbone est beaucoup plus importante qu'elle ne devrait, je n'ai pas vraiment le choix. Je n'ai pas peur de grand-chose, mais les foules et les bousculades me terrifient. On ne sait jamais qui on a autour de soi et ce qui se mijote.

– Je comprends tout à fait. C'est une question de sécurité plus qu'autre chose.

– Oui, d'une certaine façon. En plus, dis-je pour détendre l'atmosphère, ce n'est pas désagréable du tout de prendre un avion privé. Vous verrez de quoi je parle dans quelques minutes.

Comme je prends souvent cet aéroport, j'ai mes habitudes avec la compagnie aérienne. On m'attend et nous avons le droit de rejoindre le Gulfstream avec la voiture. S'il y a des avantages à la célébrité, c'est bien des moments comme celui-ci, où on nous traite comme des VIP en s'occupant avec rapidité et efficacité de nos bagages et de la voiture.

Les pilotes se présentent et me serrent la main en me disant qu'ils sont très fans.

– Les conditions de vol devraient être plutôt bonnes aujourd'hui, M. Godfrey, dit le commandant de bord. Il y aura quelques secousses au-dessus des Rocheuses, comme d'habitude, mais rien d'important.

– Parfait, merci beaucoup.

– À tout à l'heure à L.A., dit le premier officier en retournant au cockpit pour le décollage.

Le steward, Jacob, prend notre vestiaire et nous enjoint de nous mettre à notre aise dans les fauteuils côte à côte où nous devons nous installer pour le décollage. Ensuite, nous pourrons gagner le douillet canapé et nous mettre réellement à l'aise.

– Tout ça est complètement dingue, dit Natalie une fois que nous sommes seuls. Je parie que personne ne se plaindrait si tout le monde pouvait voyager comme cela. Pas de files d'attente, pas de fouilles.

– Cela a ses avantages.

Juste après le décollage, Jacob le confirme en sortant de l'office avec des flûtes de champagne et un plateau de fromages, biscuits, raisins, fraises et chocolat élégamment présentés.

– Vous vous inquiétez pour ce week-end ? demande Natalie pendant que nous savourons le champagne glacé et ses friandises.

Je lui jette un regard, ne sachant pas trop ce qu'elle demande. Suis-je inquiet de passer un week-end avec elle ? Non, je suis enchanté.

– Je parle des Globes, dit-elle, lisant apparemment dans mes pensées.

– Non, pas vraiment. Oui, ce serait agréable de gagner et de voir mon travail reconnu, mais si ce n'est pas le cas, ma vie sera toujours aussi géniale lundi.

– C'est une bonne manière de voir les choses.

– C'est la seule.

– Si vous voulez mon avis, vous méritez de gagner. *Camouflage* est votre meilleur film à ce jour. Sans conteste.

– Vraiment ? Vous le pensez ?

– Oui. C'était génial.

– Puis-je être tout à fait franc si vous promettez de ne pas répéter ce que je vais dire ?

– Mais certainement, dit-elle avec un sourire qui illumine son magnifique visage.

– Je suis d'accord avec vous. C'est mon meilleur film et j'ai vraiment, *vraiment* envie de remporter un Globe.

– Ah, la vérité se fait jour !

J'ai joué un officier des forces spéciales grièvement blessé en Afghanistan qui doit reconstruire sa vie à partir de rien. C'est inspiré d'une histoire vraie.

– Tourner ce film a été une expérience unique. Passer du temps à Walter Reed avec des soldats blessés, assister à leurs efforts pour reprendre leur vie en main, apprendre à vivre malgré leurs infirmités… Cela nous a changé la vie à tous.

– J'ai adoré ce film. De bout en bout. Je l'ai vu cinq fois.

– C'est vrai ?

Je suis émerveillé et flatté de savoir que ce film où j'ai mis tout mon cœur et toute mon âme pendant deux ans l'a touchée.

– Mais oui. Je pourrais le voir encore cent fois sans me lasser. C'était magnifique. Tout le monde mérite des récompenses, mais vous… vous étiez tout simplement… exceptionnel.

C'est sans le moindre doute le plus beau compliment que l'on m'ait fait dans une carrière pavée de louanges inconsidérées, et je suis profondément touché.

– Merci, dis-je d'un ton bourru. Cela représente beaucoup, venant de vous.

– On doit vous le dire tout le temps.

– Ce ne sont que des mots. Ce sont mes proches qui comptent le plus. Mes parents m'ont beaucoup parlé de ce film aussi, et c'est gravé en moi.

– Ils doivent être tellement fiers, dit-elle avec un rien de tristesse que je ne peux m'empêcher de remarquer.

– J'espère bien. Je n'oublie jamais ce qu'ils me disent. Je consulte mon père sur chaque nouveau projet avant de l'accepter. C'est ma référence.

– J'ai hâte de faire leur connaissance.

– Ils sont impatients de vous voir, eux aussi.

– Ah bon ? Ils savent qui je suis ?

– Oui, dis-je avec un petit rire. Ils le savent. Et ils savent aussi que je dois *vraiment* vous apprécier si je vous amène chez eux. Ce n'est pas souvent arrivé jusqu'ici.

– Oh.

Je me rends compte qu'elle est en train de comprendre ce que cela signifie.

– Vous voulez vous mettre à l'aise ?

– Nous ne le sommes pas déjà ?

– Plus à l'aise, dis-je en désignant le canapé qu'elle lorgne avec une certaine appréhension. Nous pouvons nous étendre et regarder un film. Tout sauf *La mélodie du bonheur*.

Elle se détend en se rendant compte que je ne propose pas de l'embrasser. Encore que si cela devait arriver… non. Il n'en sera rien. Je veux qu'elle me fasse confiance et soit à l'aise avec moi, et c'est mon objectif principal pour le week-end.

– Cela me paraît une bonne idée.

Nous débouclons nos ceintures de sécurité, enlevons nos chaussures et nous dirigeons vers le vaste et confortable canapé qui nous accueille largement tous les deux. Jacob surgit de nulle part avec un plaid en cachemire. Il me rappelle rapidement le fonctionnement de l'éclairage et du home cinéma avant de nous débarrasser des verres et du plateau.

– Puis-je vous apporter autre chose ?

J'interroge du regard Natalie qui secoue la tête.

– Je crois que nous sommes parés pour le moment, Jacob. Merci.

– C'est un plaisir. Si vous avez besoin de moi, appuyez sur ce bouton. Sinon, je vous laisse vous détendre.

J'adore qu'il nous fasse comprendre qu'il ne reviendra que si nous l'appelons. Il va avoir droit à un gros pourboire pour cette initiative.

– C'est la belle vie, déclare Natalie en se blottissant contre moi.

Tout en baissant les lumières et en faisant défiler la liste des films, j'opine. J'ai dans les bras tout ce dont j'ai besoin.

11
Natalie

Je suis totalement épatée par l'avion, le luxe et le confort décontracté de ce voyage avec Flynn. J'adore la manière dont il parle de ses parents et le fait qu'il m'ait avoué franchement son désir de remporter un Globe dimanche. Il le mérite vraiment après son époustouflante performance dans *Camouflage*. Je n'imagine même pas ce que ce sera d'être à ses côtés et d'attendre le verdict.

Tout ce que j'apprends de nouveau sur lui me dissuade progressivement de le quitter. Il ne me facilite pas la tâche, c'est certain. Prenons, par exemple, la manière dont il me prend dans ses bras, confortablement mais respectueusement. Sa main qui caresse mes cheveux est apaisante sans rien réclamer de plus.

Je ressens son affection pour moi chaque fois qu'il me regarde ou me touche. Il me rappelle ce que c'était d'être aimée par mes parents et mes frères et sœurs avant que tout change et que je les perde. Je suis si seule au monde depuis cette époque que l'affection de Flynn est comme un baume sur une blessure à vif que je porte partout où je vais.

Changer de nom et d'apparence et réécrire mon histoire, cela n'a été que superficiel. En moi, April continue de vivre et de respirer et ma vraie identité ne me quitte pas, elle non plus, jamais. Chaque minute que je passe avec lui me donne envie de tenter quelque chose que je croyais m'être interdit pour toujours. Chaque minute que je passe avec lui est un risque pour l'avenir pour lequel je me suis donné tant de mal.

Maintenant que ses doigts caressent mes cheveux et que sa main brûlante est posée sur mon dos, je ne me soucie plus de tout cela.

– Flynn ?

– Mmm ?

– Je me disais…

– Oui ?

– Ce qui s'est passé hier soir chez vous…

Je le sens se raidir.

– Quoi donc ?

– J'ai tellement honte de la manière dont j'ai réagi.

Nous n'en avons pas reparlé, mais cela m'a préoccupée.

– Je ne veux pas que vous soyez gênée. (Il se redresse pour que nous puissions nous regarder. Sa main est chaude et réconfortante sur ma joue.) Ne savez-vous donc pas le prix que j'accorde à la franchise ? Ni à quel point c'est rare de voir une réaction vraiment sincère chez une femme qui ne se préoccupe pas de ce que je représente dans mon milieu ou de ce que je peux faire pour sa carrière ?

– Je ne voyais pas les choses sous cet angle. (Je me détourne un instant de son regard brûlant pour trouver le courage de poursuivre.) Après ce qui est arrivé l'autre soir, je n'ai fait que penser à la manière dont j'allais pouvoir mettre un terme à cette histoire avant qu'elle aille plus loin.

Il ferme les yeux et tressaille. Puis, après un long moment, il les rouvre.

– Et à présent ?

– À présent, je me demande si vous m'embrasserez jamais de nouveau après ce qui s'est passé.

– Natalie, dit-il dans un souffle, vous n'imaginez pas à quel point j'ai envie de vous embrasser et vous caresser. Mais plus que tout, je veux que vous me fassiez confiance. Je veux que vous me disiez ce que je dois savoir afin de ne pas commettre d'erreur ou de faire quoi que ce soit qui vous perturbe plus encore.

Ses paroles sont comme une clé qui déverrouille mes secrets. Il est tellement sincère et si gentil.

– J'ai envie de vous faire confiance.

– Vous le pouvez. Je vous promets, sur tout ce que je possède et tout ce que je suis, que vous pouvez me faire confiance pour vous protéger. Je vous connais depuis une semaine et je suis déjà prêt à tout vous donner, si vous l'acceptez.

J'attire son visage vers moi et l'embrasse. Je constate qu'il est surpris et heureux de cette initiative.

Il m'embrasse à son tour, mais sans se montrer pressant, sans ce désir ardent comme la veille. Ce baiser, c'est une étape que nous franchissons ensemble.

J'interromps notre baiser et je ferme les yeux pour prendre du recul avant de parler.

– Vous avez sûrement dû comprendre que j'ai été victime d'un viol. C'est arrivé quand j'avais quinze ans. (Maintenant que j'ai décidé de les prononcer, je débite ces paroles d'une traite.) C'est une agression particulièrement cruelle et violente qui a causé en moi toutes sortes de blessures.

L'affaire ne se limite pas à cela, mais le reste, je préfère ne jamais en parler. Cela appartient au passé.

Il me faut une minute pour me ressaisir et rouvrir les yeux, et m'apercevoir que les siens sont embués de larmes.

– Je… je suis désolé que cela vous soit arrivé, ma chérie. (Il prend une profonde inspiration et je me rends compte qu'il a du mal à garder une contenance, ce qui ne fait que me rendre encore plus amoureuse de lui.) Je ne vous demanderai jamais de me faire part de choses qui sont trop douloureuses. (Il me frôle tendrement la joue de ses doigts.) Merci de me l'avoir dit. Je ne saurais même pas imaginer l'épreuve que cela a dû être pour vous.

– Je voulais que vous le sachiez… Ce qui est arrivé hier soir, ce n'était pas votre faute.

– Ni la vôtre non plus, répond-il.

Il est si adorable de me dire cela.

– Il m'a fallu des années de thérapie pour accepter que je n'étais pas coupable. Que je n'avais rien fait de mal. Que c'était à *moi* qu'on en avait fait.

Il m'attire contre lui et m'enlace. Je me sens aimée et protégée alors qu'une semaine plus tôt seulement, j'aurais été affolée qu'un homme veuille m'étreindre ainsi. Il n'y a pas de place pour la peur quand je suis dans ses bras.

– Nous allons essayer de régler cela ensemble. Jour après jour, pas à pas. Vous aurez tout ce qu'il vous faut dès que vous le demanderez. C'est vous dire à quel point je suis concerné, Nat.

– Il y a une semaine… l'idée que cela puisse arriver était inimaginable. Et à présent… tout semble possible.

– Ne me quittez pas, je vous en prie. Ne partez pas. Donnez-moi une chance. Donnez-la vous. S'il y a bien quelqu'un qui mérite d'être heureuse et aimée, c'est vous.

C'est un rêve qui devient réalité. C'est lui, mon rêve devenu réalité. Le rêve que je n'aurais jamais osé voir incarné dans un seul homme. Alors, je lui demande :

– Vous voulez bien m'embrasser encore ? S'il vous plaît.

– Seulement parce que vous l'avez demandé gentiment.

Nous sourions tous les deux quand nos lèvres se rejoignent. Je vois toutes les précautions qu'il prend, son hésitation. Il a peur de me pousser trop loin, de perdre la maîtrise de la situation. Je le connais déjà assez bien pour le déceler dans sa manière de m'embrasser. Je n'y sens rien de l'ardeur qui le consumait presque hier soir, et cela me manque. Malgré ma crainte, je veux la retrouver, mais je sais qu'il ne me l'accordera jamais après ce que je viens de lui confier.

Rassemblant le courage nécessaire pour obtenir ce que je convoite tant, je passe la langue sur sa lèvre et éprouve un vif plaisir en sentant tout son corps frémir.

– Qu'est-ce que vous me faites ? demande-t-il dans un souffle.

– Je vous embrasse.

Un rire résonne dans sa poitrine et ses lèvres.

– Je vois bien, petite coquine. (Je le titille de nouveau du bout de la langue.) *Natalie*.

– Oui ?

– J'ai très peur de commettre un impair. Aidez-moi.

Entendre cet homme plein d'assurance et de force me demander à *moi* de l'aider est impressionnant.

– Embrassez-moi simplement comme vous l'avez fait hier soir. Vous ne pouvez pas vous tromper. Je suis prête, cette fois.

– Dites-moi d'arrêter, quand vous le voulez. Un seul mot suffira pour que le jeu cesse.

– D'accord.

Il me regarde longuement, passionnément, les yeux brûlants de désir, d'affection et de tant d'autres choses que je ne saisis pas encore. Puis il s'empare de ma bouche. Il n'y a pas d'autre mot pour le dire : il s'en empare totalement. Alors que sa langue caresse la mienne, le feu s'allume comme la dernière fois et je suis emportée sur une mer de feu et de passion.

Sa main se noie dans mes cheveux, mais il ne me touche pas. Ce n'est pour l'instant qu'un jeu de lèvres et de langues et de désir désespéré. Sa jambe s'insinue entre les miennes et sa main descend dans mon dos pour me coller contre lui, si près que mon entrejambe est pressé sur sa cuisse puissante.

Je m'efforce de me coller plus encore à lui et de soulager la douleur qui me prend entre les cuisses. Chaque fibre de mon être le désire, et c'est une découverte saisissante pour quelqu'un qui a évité tout contact avec les hommes pendant les huit dernières années. Mais il se contente de m'embrasser sans relâche jusqu'à ce que mes lèvres me chatouillent et que l'air vienne à me manquer.

Suffoquant presque, j'interromps notre baiser et inspire avidement de longues goulées d'air pendant qu'il s'en prend à mon cou. L'avion passe dans un trou d'air qui nous tire de la torpeur sensuelle où nous avions glissé. Il lève la tête pour croiser mon regard et me sourit. J'adore ce sourire si sexy et irrésistible. Je pourrais le contempler toute la journée sans me lasser.

– Ça va ? me demande-t-il avec tendresse.

– Très bien. Et vous ?

– Je ne me suis jamais senti aussi bien.

– Mais bien sûr… dis-je avec un ricanement bien peu élégant.

– Nat.

– Oui ?

– Regardez-moi.

J'obéis et ce que je vois… Mon Dieu. Tout cela pour moi.

– Je ne me suis jamais senti aussi bien qu'en cet instant avec vous.

Bien que ce ne soit pas raisonnable, je le crois. J'ai peut-être tort, mais cela reste à voir.

– Pensez-vous que nous pourrions…

– Quoi, mon cœur ? Que voulez-vous faire ?

– J'ai un peu chaud avec ce pull.

J'avais mis un pull noir et une jupe pour l'école aujourd'hui, espérant avoir une allure assez élégante pour pouvoir embarquer pour ce voyage exceptionnel sans aller me changer.

Son regard se pose sur ma poitrine. Je vois presque qu'il essaie de deviner si je porte quelque chose dessous. Je n'ai rien, hormis mon soutien-gorge, bien sûr.

– Voulez-vous que je règle la température de la cabine ? (Je secoue la tête.) Natalie… je ne veux pas faire de faux pas. Si nous commençons à enlever des vêtements, la température va monter encore plus.

J'entends à son intonation le supplice intérieur auquel il est en proie. Sa voix est plus tendue que d'habitude, tout comme son corps pressé contre le mien. Il guette un encouragement de moi. Je saisis le bas de mon pull et le fais passer par-dessus ma tête. Il ne me reste plus que mon soutien-gorge noir.

– Mon Dieu, que vous êtes belle. Je n'ai jamais rien vu de plus sexy.

Là encore, je me dis que ce n'est pas possible, mais je le garde pour moi. J'ai tellement envie de le croire. Je glisse ma main sous son pull et la pose sur sa peau brûlante.

– Enlevez le vôtre aussi.

Après une petite hésitation, il obéit.

J'adore la sensation de ses poils sur ma peau. Mes yeux se ferment, le temps de savourer le plaisir simple de sa présence si proche. Cela remplit un vide en moi dont j'ignorais l'existence avant de le connaître.

– Je peux vous poser une question ? demande-t-il après un long silence.

– Bien sûr.

Que je réponde, en revanche, c'est une autre histoire.

– Y a-t-il eu quelqu'un depuis ce qui vous est arrivé ?

– Non.

– Le fait que vous m'ayez choisi pour cela fait de moi l'homme le plus chanceux du monde. Mais j'ai peur aussi de faire quelque chose qui vous effraie. Je ne supporterais pas de vous voir pleurer encore. Cela m'a tué.

– Je suis désolée.

– Non, dit-il en m'embrassant tendrement, ne vous excusez pas, ma chérie. Vous n'avez rien fait de mal. Vous n'êtes que beauté et perfection. Vous m'avez fait un cadeau sans prix en m'accordant votre confiance et je veux prendre toutes les précautions possibles. Seulement, dès que vous m'embrassez, j'oublie toute prudence.

– À quoi pensez-vous quand je vous embrasse ?

– Je ne peux pas vous le dire, répond-il en souriant. Si je vous le dis, vous allez prendre un parachute et sauter.

Je sais que je joue avec le feu, à agiter ainsi un chiffon rouge devant un taureau, mais je ne peux résister à l'envie de savoir.

– Dites-le moi. Je vous promets de ne pas sauter.

– Vous n'êtes pas prête à entendre ces choses-là.

– Vous ne pouvez pas me donner un tout petit indice ?

En gémissant, il enfouit son visage dans mes cheveux et pose ses lèvres sur mon cou.

– Je m'imagine totalement nu avec vous, vos longues et douces jambes enroulées autour de moi et vos seins magnifiques pressés contre ma poitrine tandis que je vous fais l'amour. Je m'imagine ce que ce serait de vous pénétrer si intimement que nos deux corps ne feraient plus qu'un. Ce que ce serait de pouvoir le faire chaque jour et chaque nuit, de savoir que vous êtes mienne et que je suis vôtre et qu'il n'y a personne d'autre au monde.

Je reste un moment sans répondre, trop abasourdie par le désir sans mélange que j'ai entendu dans sa voix. Puis je me rends compte qu'il attend que je dise quelque chose.

– Tout cela avec un simple baiser ?

Il acquiesce et me caresse les lèvres des siennes.

– Et je ne vous ai pas tout dit.

– Dites-moi le reste. Je veux tout savoir. Je veux être la femme que vous avez décrite. Je veux être cette femme qui est avec vous.

– Vous pouvez avoir tout ce que vous désirez de moi. Absolument tout. Il vous suffit de demander.

– C'est ce qui va être le plus difficile pour moi.

– Dites-moi ce que vous désirez, ma chérie. Dites-le moi afin que je puisse vous le donner.

– Ce que nous avons fait hier soir…

Il prend un sein dans sa main et en caresse le téton du pouce.

– Ceci ?

Je ne peux que hocher la tête, car son geste subtil a allumé un incendie en moi et me laisse sans voix.

– Cela vous a plu ?

– Oui, dis-je en posant ma main sur la sienne lorsque la sensation se fait trop intense.

Puis je respire un bon coup et retire ma main en espérant qu'il continue.

– Vous en voulez encore ?

– Oui.

Je me rends compte que je n'ai plus qu'un seul mot dans mon vocabulaire pour exprimer ce que je veux. Jamais je n'ai eu à le dire jusqu'ici.

Flynn fait glisser son doigt le long de la courbe de mon sein.

– Avec ou sans soutien-gorge ?

Je lève les yeux et croise un regard si plein de passion que toutes mes défenses s'écroulent.

– Sans.

Il passe la main dans mon dos, défait l'agrafe et mes seins sont libérés. Puis, dans un geste qui me donne de délicieux frissons, Flynn fait glisser la bretelle sur mon bras.

Mon unique objectif est de passer ce moment sans craquer une fois de plus. Je veux être comme n'importe quelle femme lorsqu'un homme qu'elle aime la touche. Je ne veux plus être une victime. C'est fini, cela. C'est alors qu'il prend mon sein dans sa main, son pouce allant et venant sur la pointe sensible, et je n'ai plus rien en tête que les sublimes sensations qui tourbillonnent en moi. Je me cambre contre lui.

Ses lèvres se referment sur mon téton, l'entraînent dans la chaleur de sa bouche où sa langue le titille. La sensation est irrésistible, mais je reste concentrée sur le présent au lieu de me laisser entraîner dans le passé comme la dernière fois qu'il est allé aussi loin. Je ne veux pas m'arrêter là. Je veux tout, mais j'ai si peur de ne pas pouvoir assurer lorsque le moment sera venu.

– Pourquoi êtes-vous aussi tendue, brusquement ? demande-t-il.

– Je… je ne veux pas que cela se reproduise.

– Vous avez l'impression que c'est possible ?

– Non, dis-je dans un souffle. Mais j'ai tout de même peur.

– Même si cela se produit cent fois, nous continuerons jusqu'à ce que cela cesse.

Là, dans mes bras, avec ce regard plein de tendresse, d'affection et de désir, j'ai l'homme que je ne pensais jamais trouver. Il est patient, doux et compréhensif. J'ai beau vouloir passer ce cap sans pleurer, mes yeux se remplissent de larmes.

– Qu'est-ce qu'il y a ? Que se passe-t-il ?

– C'est… C'est vous. Ce que vous venez de dire. C'était parfait.

– Alors, ce sont des larmes de bonheur ?

– Oui. (Je ferme les yeux jusqu'à ce que mes larmes cessent. Puis je les rouvre et je le vois penché sur moi.) Pourrions-nous ?

– Quoi, ma chérie ? Dites-le moi.

– Pourrions-nous continuer ?

Je lui ai dit que je ne voulais pas coucher avec lui si nous n'étions pas mariés, et je le pensais. C'est ma règle depuis huit longues années, une règle que j'ai dissimulée car je ne pensais pas être assez proche d'un homme pour envisager de l'épouser. Mais à présent… À présent, tout est différent, et c'est à cause de lui.

– Expliquez-moi. Jusqu'où voulez-vous aller ?

– Un peu plus loin ?

– Je peux.

Il m'allonge à plat sur le dos et s'installe entre mes jambes pour pouvoir accorder son attention à mon autre sein.

Je l'empoigne par les cheveux, car j'ai besoin de me cramponner à quelque chose alors qu'il déchaîne en moi une nouvelle vague de plaisir. Puis sa main glisse sur ma jambe et remonte jusqu'à l'intérieur de ma cuisse et m'ouvre. Je retiens mon souffle en attendant la suite.

– Respirez, ma chérie. Essayez de vous détendre. Je vous promets de ne jamais vous faire mal.

J'obéis, inspirant avidement de longues bouffées tandis que sa main se rapproche lentement de mon entrejambe. Je ne sais plus si j'ai envie de l'attirer à moi ou de le repousser. Tandis que sa main me fait endurer un supplice en glissant lentement, ses lèvres titillent mon téton et me rendent folle. C'est certainement ce qu'il cherche à faire, m'embrouiller afin que je ne puisse pas penser à autre chose et que tout ne soit plus que désir et plaisir.

– Ça va ? demande-t-il d'une voix rauque pendant que sa langue tourbillonne autour de mon téton.

– Mmm.

– Parlez, Nat. Dites-moi ce qu'il en est.

– Oui ! Ça va. *Flynn…*

– Quoi, ma chérie ?

– Caressez-moi. Je vous en prie, caressez-moi.

Jamais je n'ai rien désiré autant que le contact de ses grandes mains brûlantes.

Il pose ses doigts à l'endroit qui palpite et l'appelle et dont seule la mince étoffe de soie de ma culotte les sépare. Il sait très bien ce que je réclame, et le plaisir qui me consume m'arrache un nouveau cri.

Je soulève les hanches, lui demandant sans un mot de me donner davantage, mais il me distrait en agaçant de nouveau mon téton. Il m'entraîne vers un nouveau sommet qui était jusque-là sombre, mystérieux et hors d'atteinte. Il se contente de se presser contre moi en cadence tout en continuant de tourmenter mon téton. Le plaisir s'accroît jusqu'au moment où j'ai l'impression que je vais voler en éclats.

– Flynn…

– Tout va bien, ma chérie, murmure-t-il. Laissez-vous aller. (Il ne s'arrête que lorsque le plaisir irrésistible qui explose entre mes jambes m'arrache un cri et se répand dans tout mon corps comme la foudre.) Mon Dieu, c'était stupéfiant. Vous êtes si belle. J'ai hâte d'être en vous quand cela se produira.

Je me cramponne à lui en haletant tandis qu'il me calme en me caressant délicatement. Ses paroles pénètrent la brume qui noie mon cerveau, et pour la première fois depuis mon agression, la pensée de laisser un homme me pénétrer ne me hérisse pas d'horreur ou de dégoût. Au contraire, elle me consume de désir, surtout maintenant que je le sens durcir et palpiter contre ma jambe.

– Parlez, ma chérie. Dites-moi à quoi vous pensez, murmure-t-il à mon oreille d'une voix rauque qui me fait frissonner.

– J'ai l'impression que vous m'avez vidé l'esprit de tout ce qui n'est pas vous.

– Parfait, glousse-t-il. Cela veut dire que ma mission est accomplie.

Je colle mon bassin contre son sexe raidi.

– Ce n'est pas le cas de tout le monde. (Puis, passant la main sur sa poitrine musclée, je rassemble le courage pour prendre ce que je désire.) Pourrais-je… Vous accepteriez…

– *Natalie*, dit-il, les dents serrées. Bon sang, faites-moi ce que vous voulez. Caressez-moi n'importe où, quand vous voulez.

Je lui souris.

– Quand je veux ?

Il répond par un baiser sauvage et brûlant qui paraît contenir tout son désir accumulé. Je suis si désarçonnée que j'oublie presque ce qui l'a amené à m'embrasser ainsi. Puis la pression insistante de son érection contre ma cuisse me rappelle ce que je désirais faire. Ma bouche toujours sur la sienne, je glisse la main dans son jeans usé à la rencontre de son sexe long, épais et dur.

En gémissant, il reprend son souffle avec une expression douloureuse que je ne lui avais encore jamais vue. Il me prend la main et me montre comment m'y prendre, et il ferme les yeux quand je suis son exemple. Jamais je n'ai caressé un homme ainsi et c'est une révélation de voir un homme aussi robuste tomber ainsi à ma merci.

C'est alors qu'il écarte ma main.

– Je ne peux pas.

– Qu'est-ce qui ne va pas ?

– Rien. Rien du tout.

– Pourquoi me retenez-vous ?

– Cela devient insoutenable.

Soudain, je suis submergée par le regret et le désarroi. Combien de temps un homme aussi viril et dynamique que lui peut-il nier son désir ? Combien de temps avant de perdre son intérêt pour la femme traumatisée qui ne peut pas lui donner ce dont il a besoin ?

– Je ne sais pas ce que vous avez en tête en ce moment, mais n'y pensez plus.

L'intonation brusque me prend de court et j'essaie de m'écarter de lui. Il me retient.

– Pardonnez-moi. Je n'aurais pas dû vous parler sur ce ton. Je vois bien que vous me prêtez des pensées qui ne sont pas les miennes. Je me dis que j'adore être avec vous et rien de plus. Je vous le jure.

– Mais vous voulez aller plus loin.

– Bien sûr, Natalie. Vous êtes délicieuse, belle, sexy et intelligente. Je ne suis qu'un homme. Je ne vais pas le nier. Mais c'est vous qui décidez de la marche à suivre.

– Combien de temps attendrez-vous que je surmonte mes problèmes ?

– Je ne m'attends pas à ce que vous oubliiez ce qui vous est arrivé. Qui le pourrait ? demande-t-il en caressant ma joue du bout du doigt. Rien n'est planifié. Nous nous connaissons depuis une semaine et j'ai adoré chaque seconde que j'ai passée avec vous. L'aspect physique n'est pas tout. J'aime parler avec vous autant que vous embrasser. J'ai hâte de vous présenter à mes parents et de passer ce week-end avec vous, de tout faire avec vous. Peu importe que cela prenne une semaine, un mois ou un an… Je ne partirai pas tant que vous voudrez être avec moi.

Tant d'émotions tourbillonnent en moi, et tant de questions aussi.

– Je peux vous demander quelque chose ?

– Tout ce que vous voulez.

– Vous m'avez dit de ne pas croire tout ce que j'avais lu, et je m'y efforce.

– Mais ?

– Vous avez eu des tas de petites copines, de femmes…

– J'adore les femmes. Je ne vais pas le nier non plus.

– Vous aimez coucher avec les femmes.

– Oui.

– Le plus possible.

– Parfois.

– Mais pas avec moi ?

Il pose son front sur le mien et les poils de sa poitrine me chatouillent les seins.

– J'espère qu'un jour vous et moi nous coucherons énormément ensemble. J'espère qu'un jour vous et moi nous commencerons et finirons chaque jour enlacés. J'espère qu'un jour, peut-être, vous serez capable de faire ce que vous voulez avec moi quand il vous plaira, et que vous saurez que vous êtes toujours en sécurité dans mes bras, dans mon lit, dans ma vie. Et comme je sais que ce sera extraordinaire quand tout cela arrivera, je suis prêt à attendre. Aussi longtemps qu'il le faudra, dit-il en me donnant un baiser. Je vous attendrai.

– Flynn, comment pouvez-vous dire cela ? Vous ne savez pas à quel point je suis meurtrie.

– Vous n'êtes pas meurtrie. Vous êtes belle et je vous adore. Il vous est arrivé quelque chose d'horrible, mais ce n'est pas ce qui vous définit.

– Si, c'est ce qui m'a définie pendant ces huit dernières années.

– Cela ne veut pas dire que cela va durer éternellement. Vous ne vous limitez pas à cet épisode de votre vie et je vais vous aider à le comprendre. Même si cela doit me prendre le reste de ma vie, vous allez voir ce que je vois quand je vous regarde.

Je lui caresse la joue :

– Avez-vous peur d'éprouver cela pour quelqu'un ?

– Cela me fiche la trouille, mais pas pour les raisons que vous pensez. (Il marque une pause.) Cela me fait peur que vous ne pensiez pas comme moi, que vous essayiez de me quitter au lieu de reconnaître que je suis sincère quand je vous dis que je tiens à vous et que je vois le reste de ma vie à vos côtés. Oui, je le vois.

– J'éprouve la même chose, et cela me fait peur à moi aussi. Comment est-ce possible, alors que nous venons de nous rencontrer il y a six jours ? Si vous m'aviez dit vendredi dernier que je serais dans un avion privé, à moitié nue, avec un homme – n'importe quel homme –, je vous aurai traité de fou. Mais à présent… cela ne semble pas aussi insensé.

– Mais non. Parfois, c'est ce qui arrive, Natalie. Y a-t-il une logique ? Pas vraiment, mais quelle importance du moment que c'est agréable ?

– Cela vous est-il déjà arrivé ?

– Jamais. Pas de cette manière.

Mon cœur se met à battre plus fort en entendant cet aveu.

– Que voulez-vous savoir d'autre ? demande-t-il avec une lueur d'amusement dans les yeux.

– À quand remonte la dernière fois où une femme vous a fait attendre pour coucher avec elle ?

– En dehors de ce soir ?

Je lui donne dans le ventre un petit coup qui lui arrache un rire.

– Soyez sérieux.

– Cela fait un moment, mais un petit peu d'humilité pourrait me faire du bien.

– Personne ne vous fait jamais attendre quoi que ce soit.

– Non, en effet, mais ne voyez-vous pas à quel point c'est rafraîchissant pour moi de devoir me donner du mal pour obtenir ce que je désire avec vous ? De devoir consacrer du temps, des efforts et de l'affection pour que nous y parvenions ensemble, au bon moment ? (Il m'attire de nouveau contre lui.) Cessez de réfléchir autant. Vous étreindre comme maintenant est encore plus agréable que coucher avec d'autres femmes qui ne sont rien pour moi. Essayez de vous détendre et de suivre le mouvement. Quand viendra le moment d'aller plus loin, nous le saurons.

Ses paroles dont je perçois la sincérité m'apportent une paix dont j'ai longtemps été privée depuis que je suis partie de chez moi. Fuir le passé est épuisant, surtout quand on ne peut pas courir assez vite ou assez loin pour véritablement échapper à ses démons. Mais là, dans ses bras, bercée par le bourdonnement des moteurs de l'avion, je parviens à fermer les yeux, rassurée de savoir qu'il est là et n'a pas l'intention de partir. En tout cas, pas tout de suite.

12
FLYNN

SI UN HOMME pouvait mourir d'un désir inassouvi, je serais en train d'agoniser. La voir se disloquer dans mes bras a été le moment le plus érotique que j'aie jamais vécu, notamment parce que je soupçonne que je viens de lui donner le premier orgasme de sa vie. Je suis honoré et aux anges de l'étreindre et de sentir qu'elle commence à me faire confiance.

Je trace lentement des cercles sur sa peau douce pendant qu'elle s'assoupit.

Je pensais chacun des mots que je lui ai dits, mais elle a raison sur un point : je n'ai pas l'habitude de nier des besoins sexuels supérieurs à la moyenne. Le désir que j'ai pour elle continue de vibrer en moi et mon sexe toujours dur de palpiter. Il faut que je me reprenne.

Lentement, pour ne pas la réveiller, je quitte le canapé et la recouvre du plaid. Ses lèvres remuent pendant qu'elle s'enfonce dans le sommeil : elle est tellement adorable.

Dans la petite salle de bains, je m'asperge le visage d'eau glacée en essayant de reprendre le sang-froid dont j'ai besoin devant elle. Repenser à ce qu'elle m'a raconté tout à l'heure, son agression et son viol à quinze ans, me rend fou de rage et ivre de vengeance. Je veux retrouver ce salaud et lui infliger deux fois la souffrance qu'elle a subie. Pourrit-il dans une prison comme il le mérite, ou bien continue-t-il sa vie comme si de rien n'était ?

Cette dernière possibilité me fait bouillir de fureur. J'ai tant de questions, mais je ne peux pas les poser sans m'aventurer dans un territoire qu'elle a interdit. Je pourrais engager quelqu'un et obtenir en quelques jours les réponses dont j'ai tant besoin, mais je ne le ferai pas non plus. Jamais je ne violerais sa vie privée ainsi.

Si elle me le reprochait, ce serait pire que de ne pas savoir. Mais cela me chagrine de ne pas connaître toute l'histoire. Comment puis-je la protéger si je ne connais pas mon ennemi ? Ces sentiments passionnés pour une femme et la certitude que je pourrais tuer pour la protéger, tout cela est nouveau pour moi.

J'ai toujours été quelqu'un de tolérant. J'ai bâti une carrière phénoménale sans laisser aucune hostilité dans mon sillage. Mon père m'a appris très jeune que notre milieu est tout petit et qu'il a bonne mémoire. « Sois un gentleman en toutes circonstances, m'a-t-il enseigné, et n'oublie pas que le réalisateur que tu dédaignes aujourd'hui pourrait devenir le producteur que tu courtises demain. »

C'était un bon conseil et je le suis au quotidien. Certes, j'ai mes détracteurs tandis que d'autres envient ma carrière qui a décollé alors que la leur stagnait. Certains de mes pairs insinuent sournoisement que je suis là grâce à mes parents. J'ai toujours méprisé ces racontars. Mes parents m'ont-ils aidé quand j'ai fait mes premiers pas ? Sans aucun doute. Mais j'ai fait tout le reste seul et je me suis donné du mal pour obtenir tout ce que j'ai.

Mais je sais déjà que je ferai tout pour bâtir un avenir avec la femme magnifique qui dort en ce moment sur le canapé. Je rassemble tout le sang-froid qu'il me faut pour affronter cette situation et je contemple le miroir, surpris de reconnaître à peine l'homme qui me regarde.

Je lis de la crainte dans ses yeux et de la tension sur son visage. Je sais pertinemment que je suis le dernier type au monde avec qui devrait être Natalie. Quand on est branché sur le genre de relations sexuelles dont j'ai besoin, il n'y a pas de place pour une femme qui a été traumatisée par le sexe. Le fait que je sois prêt à mettre de côté mes désirs pour lui apporter ce dont elle a besoin prouve la force de mes sentiments pour elle. Mais pourrai-je faire cela éternellement ? Je ne peux répondre à cette question, et c'est pour cela que je redoute de nous conduire au désastre.

La sonnerie de mon portable m'arrache à ma contemplation. Surpris de capter un signal à cette altitude, je le sors de ma poche arrière. C'est Hayden.

– Quoi de neuf ?

– Où tu es ?

– En vol. Et toi ?

– On vient d'atterrir. On sort au club ce soir. On te verra ?

– Pas ce soir. J'ai des trucs à faire une fois sur place.

– Pas ce soir, pas hier soir, pas la semaine dernière. Qu'est-ce qui se passe, Flynn ? On t'a froissé ?

Eh bien, on peut dire ça… songé-je, mais je me garde bien de le dire. Hayden a beau être pénible, c'est mon plus vieil et plus proche ami.

– Ne dis pas de bêtises. Rien à voir avec vous. Mais tiens, pendant que je t'ai au téléphone, je voulais te dire que je préférerais faire la postproduction à New York plutôt qu'à L.A. (Un long silence accueille la nouvelle.) Hayden ?

– Je suis là. Je me demandais simplement où tu es, toi.

– Qu'est-ce que ça veut dire ?

– Tu détestes le froid, Flynn, presque autant que moi. Tu files à L.A. dès que tu termines un film, ça ne manque jamais. Et voilà que tu me sors que tu veux qu'on passe les prochains mois à se les geler à New York alors qu'on pourrait surfer à L.A. ? Et c'est à moi que tu demandes ce qui ne va pas ?

– Tu sais très bien pour quelle raison je veux être à New York en ce moment, dis-je en essayant de ne pas exploser.

– Et tu sais très bien pourquoi moi je ne veux pas.

– Parfait. Dans ce cas, je ferai des allers-retours. Passons à autre chose.

– Arrête, mon vieux. Parlons-en, au moins.

– Qu'est-ce qu'il y a à dire de plus ? Je veux être à New York. Toi non. Comme personne ne veut changer d'avis, je vais m'arranger.

– Cette fille t'intéresse à ce point ?

– Ce n'est pas une fille, c'est une femme. Incroyablement forte, pugnace, intelligente.

– Et comme par hasard, c'est aussi une putain de bombasse.

– Ta gueule, Hayden ! Ne parle pas comme ça d'elle.

– On parle *toujours* comme ça des femmes.

J'ai honte d'admettre que c'est vrai.

– Pas de celle-ci.

– Mec, je ne sais même plus quoi te dire, en ce moment. Tout ce que je fais, c'est mal, et tu es constamment sur la défensive. Qu'est-ce que tu as ?

Il a raison. Je ne peux pas le nier. J'ai changé après ma rencontre avec Natalie et compris qu'elle était peut-être différente des autres. Ce n'est pas la faute d'Hayden si nos règles habituelles ne sont plus en vigueur, et j'ai oublié de le lui dire.

– J'ai juste besoin d'un petit peu de temps pour régler quelques trucs. Ça n'a rien à voir avec toi. On est toujours aussi potes.

– Tu es sûr ? Parce que depuis une semaine, ce n'est pas vraiment l'impression que j'ai. On est plutôt sur le mode «Flynn est fâché contre moi et ne veut pas me dire pourquoi». Et je m'en fous un peu parce que si tu es fâché, ça te passera tôt ou tard. Comme toujours. Mais j'ai l'impression que c'est autre chose.

– C'est autre chose. Elle est différente. Il faut que tu respectes ça et que tu me laisses un peu d'air.

– Combien et jusqu'à quand ?

– Je n'en sais rien. Je te dirai. Mais je ne serai pas très visible la semaine prochaine.

– Je croyais que tu resterais à L.A. jusqu'aux SAG.

Il parle des Screen Actors Guild Awards qui ont lieu deux semaines après les Globes.

– Je retourne à New York entre les deux.

– Tu es cinglé, mon vieux, mais bon, peu importe. Fais ce que tu veux. Rappelle-toi simplement qu'on a un film à terminer et pas beaucoup de temps.

– Je suis conscient de tout ça.

– Je peux te demander une dernière chose ?

– Vas-y.

– Tu l'as préparée pour ce qui va se passer une fois qu'elle aura été vue en public avec toi ? La sécurité, tout ça ?

– Addie s'en occupe, mais merci de t'en soucier.

– De rien. Alors on se verra dimanche, donc.

– À dimanche.

Un déclic, et Hayden a raccroché.

Je joue avec le feu à tous égards en faisant passer à l'arrière-plan ma réputation, ma carrière et les gens avec qui je travaille, mais Natalie vaut ce risque.

Je suis angoissé qu'Hayden ait mentionné ces histoires de sécurité. Avec ce qu'elle a subi dans le passé, il va falloir que je la mette de nouveau en garde contre le déchaînement des médias dès notre première sortie publique. Il faut que je sois sûr que cela ne posera aucun problème pour elle, avec tout le mal qu'elle s'est donné pour se bâtir une nouvelle vie. Avec ce qu'elle m'a confié tout à l'heure, je ne devrais pas l'emmener avec moi dimanche. Il faut que je lui épargne ce cirque en lui laissant la possibilité de se décommander.

En salaud égoïste que je suis, je ne supporte pas l'idée qu'elle puisse décider de ne pas m'accompagner. Mais elle a déjà subi un viol, et c'est exactement ce qu'elle connaîtra de nouveau si la presse apprend que j'ai une nouvelle femme dans ma vie et que c'est du sérieux.

Je prends une profonde inspiration et je me prépare à affronter la déception qui suivra sa décision. Mais ce n'est pas mon bien-être qui compte, c'est le sien. Je ferai ce qu'il faut pour elle, quoi qu'il m'en coûte – à tous égards.

Avec la sourde pulsation dans mes veines qui me rappelle ce que je ne peux pas avoir, je ne saurais dire à quel niveau cela me coûtera le plus : émotionnel ou physique ?

NATALIE

Flynn me réveille avec des baisers qu'il sème de mon épaule au bout de mes doigts, laissant un sillage de frissons qui réveillent le désir.

– Nous atterrissons dans une heure, belle endormie.

Je me sens parfaitement détendue.

– Combien de temps je me suis assoupie ?

– Dans les trois heures.

– Oh, mon Dieu, je suis désolée. Vous avez dû trouver le temps long.

– Ce n'est pas grave. J'ai regardé un film quand je ne vous regardais pas dormir.

Je suis immédiatement gênée à la pensée qu'il m'ait observée dans mon sommeil.

– Vous étiez adorable, comme toujours, me rassure-t-il en me caressant le front du bout du doigt.

Je m'étire sous le plaid, et le contact de la laine sur mes seins me rappelle que je suis à moitié nue. Mes tétons se raidissent et je suis certaine qu'il a vu que mon corps réagissait à sa présence.

Comme d'habitude, il garde sa réserve, mais je vois bien qu'il se force. C'est un homme qui prend ce dont il a envie, et il est évident qu'il a envie de moi. Le fait qu'il ne puisse pas m'avoir, en tout cas pas de la manière qu'il voudrait, ne l'a pas fait fuir.

– Je donnerais tout ce que je possède pour savoir ce qui se passe dans votre jolie tête quand vous me regardez comme ça.

– Et comment je vous regarde ?

– Comme si vous aviez un million de questions à me poser sans pouvoir vous y résoudre. (Il se penche et me frôle le nez du sien.) Je préférerais que vous me les posiez plutôt que de vous ronger pour des choses qui n'ont probablement aucune importance.

– Mais pour moi, tout ce qui arrive en a énormément. Vous n'imaginez même pas.

– Je crois que j'ai ma petite idée – et sachez que cela a une énorme importance pour moi aussi. Au cas où vous auriez pensé le contraire.

– J'ai l'impression d'être Cendrillon au bal, que l'horloge va sonner les douze coups de minuit d'une seconde à l'autre et que le prince charmant va se volatiliser à jamais.

– Vous savez très bien que le prince est venu le lendemain avec sa pantoufle et qu'ils ont vécu longtemps sans plus jamais se quitter.

– C'est toujours ainsi dans les contes de fées, mais pas dans la vraie vie.

– Je ne veux pas me flatter, mais si je joue le rôle du prince dans votre conte de fées, je peux vous assurer que je ne disparaîtrai pas. Rien ni personne ne pourra m'arracher à vous. Alors, dites-moi ce qui vous préoccupe. Cela vous fera une chose de moins à penser.

Avec lui, c'est tellement facile de se dévoiler dans tous les sens du terme. Il me vient à l'esprit des choses que je n'imaginerais pas dire à quiconque, même pas à lui, mais comme tout est si facile, je les lui dis.

– Je vois bien la manière dont vous me regardez.

– Et comment je vous regarde ?

– Comme si vous mouriez de faim et qu'il n'y avait rien d'autre que moi à manger.

Un immense sourire éclaire son séduisant visage.

– C'est vrai que vous m'affamez. Serions-nous passés de Cendrillon au Grand Méchant Loup ? demande-t-il avec un grondement qui me fait rire.

– Je tiens à ce que vous sachiez que… j'ai conscience de vos… besoins… et que si vous vouliez aller voir ailleurs…

– Natalie ! Bon sang. Pour quoi me prenez-vous ? Un fauve en rut incapable de se maîtriser ?

Irrité et crispé, il se lève et se passe une main dans les cheveux avec impatience.

– Ce n'est pas ce que je voulais dire.

Je me mords les doigts de l'avoir contrarié.

– Cela vous serait égal si j'allais baiser avec quelqu'un d'autre parce que vous n'êtes pas prête ? C'est ce que vous êtes en train de me dire ?

Son langage cru me choque, mais pas autant que le feu de la jalousie qui m'embrase à la simple pensée qu'il couche avec une autre femme. Manifestement, je n'avais pas bien réfléchi.

– Il me semblait bien, dit-il avec un sourire plein de supériorité masculine.

– Vous avez dit cela pour me rendre jalouse ?

Il revient au canapé et pose les mains de chaque côté de moi.

– Non, petite sotte, j'ai dit cela pour vous montrer combien vous êtes ridicule. C'est vous que je veux. Vous seulement. Quand j'ai dit que j'attendrais, cela ne voulait pas dire en attendant qu'un vagin plus accommodant passe par là et m'incite à la débauche.

Même si je trouve cela scandaleux, je hoquette en riant :

– C'est immonde ! Je n'en reviens pas que vous ayez dit cela. Même si je ne sais pas combien de vagins accommodants vous avez connus dans votre vie.

– Ils sont plutôt tendance à se bousculer pour les grandes stars de cinéma comme moi.

Cela me plaît qu'il rie si facilement de lui-même et de sa vie. Qu'il tienne suffisamment à moi pour vouloir me rendre jalouse.

– Vous aviez raison.

– À propos de quoi ?

– J'étais jalouse à l'idée que vous soyez avec quelqu'un d'autre.

– Tant mieux. Il y a intérêt. Je suis tout à vous. (Il marque une pause et prend une profonde inspiration.) Et comme vous êtes toute à moi et que je veux vous protéger, il faut que nous reparlions de dimanche. Pendant que vous dormiez, Hayden a appelé, et quand nous avons parlé des Globes, il m'a demandé si j'avais engagé des gardes du corps et si je vous avais préparée aux conséquences.

– Vous avez engagé des gardes du corps ? Pour moi ?

– Vous pensez bien que oui. Les médias ne vous lâcheront pas quand ils auront compris ce qu'il en est entre nous. Comme je ne pourrai pas être avec vous à chaque minute, je ne vais pas prendre le risque qu'il vous arrive quoi que ce soit. (Je frémis à l'idée que je vais me retrouver traquée.) Et puis, hésite-t-il, comme ce que vous m'avez dit tout à l'heure pourrait faire la une des journaux, je me demande si nous ne devrions pas modifier nos projets de dimanche.

– Il n'y a aucun risque que cela finisse en une. C'est tellement enfoui que personne ne le trouvera.

– Ma chérie, quand il y a quelque chose à dénicher, les médias trouvent toujours.

– C'est impossible.

– Vous en êtes sûre ?

– Totalement. Mais je comprendrai si vous ne voulez pas compliquer la situation ou avoir des frais supplémentaires. Je peux regarder la cérémonie à la télévision et vous acclamer quand même.

– Je me fiche du prix que coûte la sécurité – ou des complications. Je veux que vous veniez avec moi, mais je ne ferai rien qui vous fasse souffrir encore. Vous en avez déjà subi assez.

– Je ne vous mentirai pas. La perspective d'être traquée par des journalistes me stresse, mais j'aimerais vraiment vous accompagner. Si vous êtes d'accord.

– Je suis plus que d'accord. Nous allons passer un moment merveilleux.

Je lui souris et il se penche pour m'embrasser. Il fouine sous le plaid pour retrouver mon soutien-gorge et mon pull.

– Et si nous dînions ?

– Bonne idée.

Sans chichis, il m'aide à me rhabiller. L'étincelle de désir qui passe dans ses yeux à la vue de mes seins nus ne m'échappe pas. Savoir qu'il me désire à ce point est follement excitant.

Une fois que je suis décente, il appelle Jacob et nous savourons un délicieux filet mignon accompagné d'un gratin dauphinois.

– Ce gratin sera mon plat préféré à partir d'aujourd'hui, lui dis-je.

– Il est délicieux, répond-il en remplissant nos verres.

Entre le capiteux vin rouge, le délicieux plat en compagnie d'un homme sexy après une sieste reposante, je n'ai pas été aussi détendue depuis des années, et je lui en fais part, alors que j'ai en général plutôt tendance à garder mes pensées pour moi.

– Je suis ravi de l'entendre. Je veux que vous vous déteniez et savouriez tout ce week-end. Vous méritez tellement qu'on vous choie.

– Je ne sais pas si je le mérite, mais je ne vais pas le refuser.

– Nous allons énormément nous amuser, je vous le promets.

L'approche de l'aéroport est compliquée par le vent et je me cramponne à sa main. Quand le train d'atterrissage touche enfin la piste, je peux à nouveau respirer normalement.

– Ça va ?

– Bien mieux maintenant que nous avons atterri.

– Moi aussi.

– Vous n'aimez pas l'avion ?

– Ce n'est pas mon activité préférée, mais un mal nécessaire dans ma vie.

Nous prenons congé et remercions Jacob avant de débarquer sur le tarmac où une voiture nous attend. Durant les quelques minutes où nous sommes en plein air, j'apprécie la chaleur après le froid glacial de New York.

Flynn m'aide à monter dans une nouvelle voiture de sport noire pendant que l'on s'occupe de nos bagages qui arrivent très vite.

Nous quittons l'aéroport peu après.

– Tout ça est très impressionnant.

– Quoi donc ?

– L'efficacité avec laquelle vous voyagez.

– C'est un autre mal nécessaire. La dernière fois que j'ai pris un avion de ligne, la compagnie m'a « invité » à ne pas voyager de nouveau avec elle car ma présence dans l'avion a causé une heure de retard au départ et déclenché une émeute à l'aéroport, ce qui n'est pas aussi agréable qu'on peut le penser.

– Ils sont venus vous voir pour vous demander carrément de ne pas voyager de nouveau avec eux ?

– C'était mieux formulé, mais le message était parfaitement clair. Apparemment, je provoque du désordre.

– Eh bien…

– Vous voyez de quoi je parle quand je vous dis que ce n'est pas que champagne et smokings ?

– Je commence à comprendre que la célébrité a ses inconvénients.

– Cela dit, je ne vais pas me plaindre d'avoir une vie vraiment fantastique.

– Vous êtes toujours obligé de rajouter cela, hein ?

– Je ne voudrais surtout pas qu'on pense que je ne suis pas reconnaissant d'avoir une carrière et une vie vraiment géniales. Le seul inconvénient a été de ne plus être anonyme et de ne pas pouvoir me déplacer comme bon me semble. Chaque sortie doit être soigneusement chorégraphiée, et cela peut lasser. Mais encore une fois, je ne me plains pas, je dis simplement ce qu'il en est.

– Encore un aspect de la vie des célébrités dont les sites et les émissions d'infos ne parlent pas.

– Exactement. Parce que s'ils en parlaient, ils seraient obligés de reconnaître que ce sont eux qui suscitent ce désir insatiable d'information sur les célébrités. Ils devraient aussi endosser leur part de responsabilité dans les dangers qu'ils nous font souvent courir – et qu'ils courent – pour décrocher un scoop. C'est sans issue pour eux.

– C'est vraiment très intéressant pour moi de voir les choses de votre point de vue.

– Nous choisissons ce métier en sachant que cela en fait partie, mais tant qu'on ne l'a pas vécu, on ne peut pas savoir à quel point c'est envahissant. Et c'est pour cela que je suis si inquiet de vous le faire subir.

– J'apprécie cette sollicitude, vraiment. Mais si je dois choisir entre supporter l'attention des médias et ne jamais vous revoir, je prends le risque de la presse.

– Je vous protégerai, ma chérie, dit-il en me prenant la main. Je vous le promets.

– Je sais bien. Bon, qu'est-ce que c'est comme voiture ?

Je préfère orienter la discussion sur un sujet moins délicat.

– Cette petite beauté est une Aston Martin Vanquish.

– Il n'y a pas à dire, vous adorez les voitures.

– C'est l'une de mes deux drogues. Aussi légales l'une que l'autre.

Quand nous quittons l'autoroute, je demande :

– Où allons-nous ?

– À ma maison dans les collines, ce soir et demain. Dimanche, nous resterons en ville. Cela vous va ? demande-t-il en me jetant un regard.

– Bien sûr, cela me paraît bien.

Bien qu'il m'ait plusieurs fois répété qu'il n'attendait rien, ce qui s'est passé dans l'avion a changé mon point de vue. Je veux être intime avec lui. Je veux le laisser faire. J'ai envie de choses que je n'ai encore jamais désirées. Suis-je prête à tout lui donner ? Non, pas encore. Mais je ne veux pas me contenter de trop peu.

– Allons, à quoi pensez-vous ?

– Je ne sais pas comment le dire.

– Je vous ai déjà expliqué : il suffit de vous exprimer. Et nous réglerons la question.

– Vous vous rappelez quand vous m'avez demandé de vous accompagner en m'assurant que nous aurions chacun notre chambre ?

– Je n'ai pas oublié. Il y a quatre chambres chez moi en plus de la mienne. Vous n'avez qu'à choisir.

– Et si je choisis la vôtre ?

– Pas de problème, je peux dormir dans une autre.

En voyant qu'il n'a pas saisi, je me mets à rire. Son regard perplexe me fait encore plus rire.

– Qu'est-ce que vous trouvez si drôle ?

– Vous. Nous. J'essaie de vous dire que j'ai envie de dormir dans le même lit que vous et je me débrouille très mal.

– Oh, vous voulez ?

– Oui. C'est possible ?

– Ma chérie, je ne pouvais pas rêver meilleure nouvelle.

– Je ne suis pas en train de vous dire que j'ai envie de, vous savez, tout faire. Mais je veux être auprès de vous.

– Moi aussi, et j'ai hâte de dormir avec vous dans mes bras.

Je frissonne d'impatience à l'idée de passer toute une nuit avec lui – quelque chose que je n'aurais jamais imaginé vouloir d'aucun homme avant que celui-ci arrive et me montre que c'est encore possible malgré tout ce que j'ai enduré. Je reconnais aussi que je suis en train de tomber amoureuse de lui, petit à petit. Il semble me comprendre spontanément, comme personne. Et le fait qu'il accepte de me laisser dicter le tempo est un cadeau sans prix pour moi.

La maison de Flynn est tout en haut d'Hollywood Hills, à un endroit que je serais incapable de retrouver. Il compose un code qui ouvre les énormes grilles de fer protégeant la propriété, entre sur une allée circulaire et se gare devant l'entrée.

Une jeune femme blonde aux cheveux longs sort précipitamment pour nous accueillir.

– Vous êtes là ! Bienvenue chez vous. (Elle serre Flynn dans ses bras avant d'en faire autant avec moi.) Quel plaisir de faire votre connaissance, Natalie.

– Euh, pour moi aussi.

– Natalie, je vous présente Addison, mon assistante.

Je suis surprise qu'elle soit aussi jeune et belle.

– Tout le monde m'appelle Addie.

– Heureuse de faire votre connaissance, Addie. Flynn m'a dit qu'il serait perdu sans vous.

– Il a intérêt à dire cela.

– Je ne dis que la vérité, répond Flynn en homme prudent.

Addie me prend par le bras.

– Nous allons passer un week-end fantastique. Les stylistes font la queue pour pouvoir vous habiller dimanche. Et dans deux semaines, aussi. Elle vient aux SAG, Flynn ?

– Nous n'en sommes pas encore là, dit-il en nous suivant dans la maison avec les bagages.

– Les SAG ?

– Les Screen Actors Guild Awards. À la fin du mois. C'est la saison des récompenses.

– Oh, eh bien, je doute de pouvoir obtenir deux week-ends en un mois.

– C'est ce que je me suis dit, mais j'avais l'intention de vous demander.

– Désolée de t'avoir devancé, plaisante Addie. Quoi qu'il en soit, je voulais juste être là quand vous arriveriez. J'ai fait les courses, donc il y a tout le nécessaire. Je serai là demain vers 10 heures pour que Natalie puisse choisir sa robe. C'est bon ?

– Parfait. (Flynn lui fait un baiser sur le front.) Merci pour tout et pour avoir amené la voiture à l'aéroport.

– C'est Johnny qui s'en est chargé, balaie-t-elle. Il refuse que je conduise l'Aston, ajoute-t-elle pour moi.

– Je ne fais que protéger la voiture.

– Il suffit qu'une fille ait deux trois accrochages dans l'année et tout d'un coup, plus personne ne veut la laisser conduire sa voiture à deux cent cinquante mille dollars. Ce n'est pas juste.

Je ne peux pas m'empêcher de m'esclaffer. Elle est à mourir de rire.

– C'est tout ce qu'il y a de plus juste. Maintenant, file avant que je te fiche dehors.

– Oui, oui, j'y vais. J'ai mieux à faire un vendredi soir que te supporter.

À les écouter, je trouve qu'ils font plus frère et sœur qu'amants et je suis soulagée.

Addie s'en va en me laissant seule avec Flynn dans une magnifique maison de plain-pied.

– Que direz-vous d'une rapide visite ?

– J'adorerais.

Il laisse nos sacs dans l'entrée et me prend la main pour me conduire dans une chaleureuse et confortable cuisine dont je tombe immédiatement amoureuse.

– C'est fabuleux !

Tout est en bois foncé et marbre que je caresse avec vénération. L'îlot central est entouré de tabourets de bar et j'imagine tout de suite une réunion entre amis.

– La cuisine est neuve, mais je devrais commencer par donner son pedigree. La maison a appartenu à Marlena Davis. Elle l'a vendue à Frank Thompson et je l'ai achetée à ses héritiers.

– Sacré pedigree, en effet. Trois des plus grandes stars de cinéma de l'Histoire y ont vécu.

– Regardez la vue.

Il me conduit aux baies vitrées qui donnent sur une piscine surplombant Los Angeles dans toute sa gloire.

– C'est encore mieux que celle que vous avez de votre appartement à New York.

– Je sais. J'adore. Le jour, d'ici, on peut voir jusqu'au Pacifique. Venez voir le reste.

Il me montre son bureau encombré, la pièce qui sert à la fois de salle de jeu et de cinéma, et les quatre chambres d'amis, toutes impeccables et joliment décorées, chacune avec sa salle de bains.

– Et voici la mienne, dit-il en allumant la lumière d'une vaste pièce jouissant de la même vue sur Hollywood Hills que le salon.

– Je n'ai jamais vu un lit aussi immense.

– C'est la norme en Californie.

– J'aurais dû me douter que vous faisiez tout en mieux et en plus grand, ici.

– Je vous répondrais bien quelque chose.

– Mais vous n'en ferez rien.

– En effet. (Il me dépose un baiser sur le nez, puis les lèvres.) Le lit est si grand que vous ne saurez pas que je suis là.

– Quel intérêt ?

Il ouvre la bouche, puis il se ravise.

– Vous voulez vous baigner ?

– Maintenant ?

– Pourquoi pas ?

– Eh bien, oui, faisons cela.

– Ne bougez pas, je m'occupe des sacs.

J'en profite pour regarder de plus près sa chambre, notamment les photos de famille disposées bien en vue sur la commode et la table de chevet. Il est manifestement proche de sa tripotée de nièces et neveux, qui s'agglutinent autour de lui sur les photos. J'en prends une où il a trois petits blondinets sur les genoux, et le sourire qu'il arbore me touche profondément. C'est un homme qui ne compte pas son amour.

– Ce sont les enfants de ma sœur Annie : Connor, Mason et Garrett. De vrais petits singes.

– Ils sont adorables, dis-je en reposant la photo sur la table de chevet.

– Oui, vraiment, dit-il en ouvrant la porte d'un immense dressing. Je pose votre sac ici, d'accord ?

– Parfait.

– Est-ce trop espérer que de vouloir trouver un tout petit bikini là-dedans ? demande-t-il avec un sourire salace.

– Peut-être que oui, peut-être que non.

Je suis vraiment contente d'avoir avec moi ce bikini que je considère comme très sexy, quand il m'a demandé de prendre un maillot de bain. Je l'ai acheté sur le Net en espérant qu'il m'irait et la livraison m'a coûté le double pour qu'il arrive à temps pour le voyage.

– Mmm, ne m'infligez pas trop longtemps ce suspense, dit-il en me laissant avec un baiser. Je vous attends dehors. La porte est dans le salon.

– J'arrive.

Il me faut une minute pour sortir ma trousse de toilette que je laisse dans l'immense salle de bains attenante. Après m'être brossé les cheveux et les dents, je sors mon maillot et les mains un peu tremblantes, j'enfile le bikini rouge. Selon les critères de Leah, il est extrêmement réservé. Selon les miens, il est osé. Peut-être un peu trop, mais je n'en ai pas d'autre. Penser à Leah me rappelant qu'il faut que je prenne des nouvelles de Flocon, j'envoie un rapide texto à ma coloc, qui a gentiment accepté de s'en occuper tout le week-end.

Elle répond aussitôt. *Tout va bien ici. Elle a décidé de dormir avec moi puisque tu n'étais pas là.*

– Oh, comme elle t'aime.

– Non c'est toi qu'elle aime, mais tu l'as abandonnée pour Hollywood. Comment ça se passe là-bas ? Je parie que c'est génial.

– C'est vraiment sympa. Nous sommes chez lui à L.A. et on va aller se baigner dans la piscine.

– Je te déteste. Tu le sais ?

– Ha ! Je t'ai dit que nous sommes venus en jet privé ?

– Non, mais là je te déteste vraiment.

– Je t'adore aussi. Bisous à toi et Flocon. Occupe-toi bien de ma petite chérie.

– Promis. Envoie des photos et amuse-toi bien !

– Bisous.

13
NATALIE

JE SORS le débardeur que j'ai acheté pour aller avec le maillot, contente d'avoir fait cette dépense supplémentaire. Je n'aurais pas pu me balader dans la maison seulement vêtue d'un bikini. Soudain ce qu'il m'a dit dans l'avion me revient et me rappelle les possibilités qui s'offrent à nous. *J'espère qu'un jour vous et moi nous coucherons* énormément *ensemble. J'espère qu'un jour vous et moi nous commencerons et finirons chaque jour enlacés. J'espère qu'un jour, peut-être, vous serez capable de faire ce que vous voulez avec moi quand il vous plaira, et que vous saurez que vous êtes toujours en sécurité dans mes bras, dans mon lit, dans ma vie. Et comme je sais que ce sera extraordinaire quand tout cela arrivera, je suis prêt à attendre. Aussi longtemps qu'il le faudra, je vous attendrai.*

Je frissonne comme lorsqu'il me l'a dit. Moi qui suis d'un naturel sceptique, lui, je le crois quand il dit qu'il m'attendra, aussi longtemps qu'il faudra. Il attendra. Cette certitude soulage la pression et me permet de me détendre suffisamment pour savourer l'aventure dans laquelle il m'emmène.

Je traverse la maison jusqu'au salon et je remarque la porte qu'il a laissée ouverte pour moi. La piscine allumée éclaire la terrasse où Flynn m'attend, en short de surf. Il me tourne le dos, mais je vois qu'il consulte son téléphone.

– Coucou.

Il fait volte-face et, une fois de plus, ouvre la bouche et se ravise. Puis, après m'avoir brièvement regardée en silence :

– Que vous êtes belle, Nat. Vous m'avez littéralement coupé le souffle.

– Vous êtes très beau aussi, dis-je en le rejoignant, fascinée par sa poitrine dessinée et ses abdominaux saillants que j'ai envie de caresser du bout des doigts – et de la langue.

– Je n'ai rien d'exceptionnel.

– Je connais quelques millions de femmes qui ne seraient pas d'accord.

Il passe un bras autour de ma taille et m'attire contre lui.

– La seule qui compte est ici.

Je me hausse sur la pointe des pieds pour lui faire un baiser.

– Qu'est-ce que j'ai fait pour mériter cela ?

– Vous êtes tellement charmant.

– Non, vraiment pas du tout, se renfrogne-t-il.

– Mais si.

– Natalie… dit-il, l'air préoccupé et comme hésitant à s'ouvrir davantage.

– Qu'est-ce qu'il y a ?

– Rien, ma chérie, dit-il en me donnant un baiser sur le front. Allons nous baigner.

Malgré ses dires, je vois bien que quelque chose le tracasse. Je décide d'attendre une autre occasion pour l'interroger.

Nous nageons, nous nous faisons des câlins sous l'eau, nous rions et nous nous embrassons – énormément. Comme promis, c'est un parfait gentleman. Ses mains ne s'égarent jamais ailleurs que sur mes hanches ou mon dos. Quand nous sortons de la piscine plus d'une heure après, j'ai la peau toute ridée et je meurs d'envie qu'il m'offre à nouveau le présent qu'il m'a fait dans l'avion.

Mon premier orgasme. C'est plus que gênant à avouer, à moi-même et à lui en particulier, qu'à presque vingt-quatre ans, je n'aie jamais eu ce bonheur jusqu'à ce qu'il me le fasse connaître. J'ai tellement l'habitude de tout garder pour moi que confier quelque chose de ce genre va nécessiter un courage que je ne possède pas encore tout à fait.

Cependant, je commence à croire que je vais y parvenir. Enfin. Je commence à croire que viendra le jour où je partagerai avec lui toutes mes pensées.

Le soleil est couché depuis longtemps, l'air du soir est frais. Flynn m'enveloppe d'un grand drap de bain et me conduit à l'immense douche dans la chambre principale. Il y a tout une quantité de robinets, valves et pommes de douche diverses et une famille de six personnes y tiendrait à l'aise.

– Il va me falloir une formation pour l'utiliser.

– Je m'occupe de tout.

Il ouvre les robinets et règle la douche sur pluie tropicale.

– J'ai laissé le shampooing sur le comptoir. Vous voulez bien me le passer ?

– Pas de problème. (Il revient avec le shampooing et le flacon de conditionneur qu'il a ouvert pour le sentir.) Mmm, voilà donc d'où provient cette odeur incroyable.

Je lui prends les flacons, mais il n'a pas l'air de vouloir s'en aller.

– Vous voulez un coup de main pour le shampooing ?

– C'est une métaphore ?

– Non, répond-il avec un rire qui résonne dans la salle de bains. C'est une tentative non déguisée de plonger les mains dans vos magnifiques cheveux.

– Dans ce cas, venez.

Toujours en short de surf, il entre dans la douche et me prend le shampooing. Il me masse longuement le cuir chevelu et me savonne les cheveux sur toute leur longueur. Le temps qu'il en ait terminé avec le conditionneur, je suis appuyée contre lui car mes jambes se dérobent sous moi.

Le nuage de vapeur qui nous enveloppe rend l'atmosphère encore plus sensuelle. Chacun de ses gestes et caresses m'embrase et me donne envie de choses que je n'aurais jamais pensé désirer d'un homme. Mais dans ses bras, j'ai découvert que sous les traumatismes et les blessures de mon âme se trouve une jeune femme normale qui a les mêmes désirs que les autres.

Je me retourne, fais glisser mes mains de sa poitrine à ses épaules et attire son visage vers le mien.

– Flynn ?

– Mmm ? fait-il, les yeux fermés et les dents serrées.

– Chaque fois que vous me touchez, je vole en éclats. Et à chaque baiser, je redeviens moi-même.

– Mon Dieu, Natalie… vous me faites le même effet. Vous l'avez si bien formulé, dit-il en me prenant le visage entre les mains. Je suis en train de succomber.

– Moi aussi.

– Cela vous fait peur ?

– Je suis terrifiée.

– Vous n'avez aucune raison. Vous êtes en sécurité avec moi. je vous le promets.

Il me serre contre lui sous la chaude averse. Son sexe dressé qui appuie avec insistance sur mon ventre me rappelle ce qu'il désire. Ce qui m'aurait terrifiée il y a une semaine m'intrigue à présent. J'ai envie de caresser son entrejambe. De le caresser partout.

Avec un tendre baiser sur mon front, il me laisse terminer ma douche. Quand j'en sors quelques minutes plus tard, je trouve une pile de serviettes et un peignoir. Il est sexy, délicat et plein d'attentions. Je voudrais ne pas m'angoisser à la perspective de partager le même lit, mais je suis tout de même sur le qui-vive. Je réalise surtout que c'est cruel de dormir avec lui sans l'autoriser à aller plus loin.

Le peignoir est si grand qu'on pourrait y loger deux comme moi. Ma ceinture nouée et les serviettes mises à sécher, je m'aventure dans sa chambre. Il est allongé sur le flanc dans le lit, soutenu par une montagne d'oreillers, seulement vêtu d'un ample pantalon de pyjama. Des lunettes à monture noire sur le nez, il tripote son téléphone. Les lunettes sont sexy. Terriblement. Il surprend mon regard et sourit.

– Des lunettes ?

– J'ai enlevé mes lentilles.

– Ah. Elles me plaisent bien.

– Vraiment ?

J'acquiesce et je vais prendre dans le dressing mon sèche-cheveux et de quoi m'habiller pour dormir. Le temps que tout cela soit terminé et que je revienne dans la chambre, il a délaissé son téléphone pour une tablette. En me voyant, il écarte les couvertures de l'autre côté du lit pour m'inviter à le rejoindre.

Je me glisse entre les draps doux et frais, en ne sachant pas trop où je dois poser mes mains ni ce qui va se passer maintenant que nous sommes ensemble dans un vaste et confortable lit.

Il pose sa tablette, enlève ses lunettes et se rapproche de moi en posant une main sur les miennes.

– Ne soyez pas aussi nerveuse, Nat. Nous sommes tous les deux, et je suis si heureux que vous soyez là.

Je me retourne vers lui en pressant sa main.

– Comment faites-vous pour savoir exactement ce qu'il faut me dire ?

– Je ne sais rien du tout. J'ai toujours peur de dire ou faire quelque chose qui vous ferait fuir.

Il tend les bras pour m'inviter à me rapprocher.

Je glisse sous les draps soyeux et soupire d'aise quand il m'enveloppe de ses bras.

– Vous fuir, c'est la dernière chose qui me viendrait à l'esprit en ce moment.

À chaque minute qui passe, j'ai de plus en plus de mal à me passer de lui, et je trouve idiot d'avoir voulu ne plus le revoir quelques jours plus tôt.

– Vous devez être très fatiguée, souffle-t-il dans mes cheveux. Il est plus d'1 heure du matin à New York.

– J'ai fait une sieste de trois heures.

– C'est vrai.

Il me lâche un instant, le temps d'éteindre la lumière, puis il me reprend dans ses bras.

Je lui demande :

– Vous êtes fatigué ?

– Pas vraiment. Je suis un peu un oiseau de nuit.

– Nous ne sommes pas obligés de nous coucher tout de suite si vous ne voulez pas.

– Natalie, dit-il en riant, même les plus acharnés ne pourraient pas me tirer de ce lit, en ce moment.

– C'est votre manière charmante de dire que cela vous plaît que je sois dans votre lit ?

– J'adore vous avoir dans mon lit, ma douche et ma piscine. Dans ma vie en général.

Du bout du doigt, je me mets en devoir de suivre le contour des muscles de son bras.

– Parlez-moi de votre famille, dit-il.

La demande me prend de court. Comment répondre sans trop dévoiler…

– C'est permis d'aborder ce sujet ?

– Oui, bien sûr. J'ai deux sœurs, Candace et Olivia.

Je ne précise pas que je ne les ai pas vues depuis huit ans, qu'elles me manquent chaque jour, que Candace a dû terminer le lycée l'an dernier et que je n'étais pas là pour fêter cela avec elle. Elles étaient encore fillettes quand je suis partie, quand je me suis sacrifiée pour les sauver.

– Et vos parents ?

– Mon père travaille pour l'administration de l'État. (Du moins était-ce encore le cas quand j'ai vérifié il y a trois ans.) Et ma mère pour une compagnie d'assurances.

– Vous êtes proches ?

– Pas vraiment. Nous avons eu… quelques problèmes quand j'étais jeune et je ne les vois pas beaucoup.

Je ne peux pas lui dire que mes parents m'ont laissée tomber au moment où j'avais le plus besoin d'eux, quand j'étais brisée et livrée à moi-même. Je ne veux pas qu'il sache que je suis la fille de gens comme eux.

– Pardonnez-moi. Je ne voulais pas toucher un sujet pénible.

– Mais non. La question est naturelle.

Il me caresse la joue et m'embrasse.

– Vous n'êtes plus seule, Natalie. J'espère que vous le savez.

– Bien sûr. Et cela me réconforte. Merci.

– Ne me remerciez pas, mon ange. Être avec vous me rend si heureux. Plus que jamais.

– Je n'en reviens toujours pas de vous faire cet effet.

– Croyez-le. Et je le suis encore plus de jour en jour.

Il m'embrasse, avec plus d'insistance cette fois, et j'écarte les lèvres pour l'accueillir. Ses baisers m'écorchent vive et la force du désir m'étourdit à chaque fois.

Flynn s'interrompt brusquement.

– Excusez-moi, murmure-t-il. Je ne voulais pas me laisser emporter à ce point.

– Cela me plaît quand vous vous laissez emporter.

– *Natalie*… gémit-il. Vous me tuez. Vous en êtes consciente, n'est-ce pas ?

– J'aimerais être comme les autres femmes et vous donner ce que vous désirez, mais…

Il me fait taire d'un doigt sur les lèvres.

– Je vous en prie, ne dites jamais cela. Vous êtes parfaite telle que vous êtes, et je ne veux pas que vous soyez comme tout le monde. Fermez les yeux et détendez-vous. Je suis là et tout va bien.

Il ne saura jamais tout ce que cela signifie pour moi de l'entendre dire cela, combien j'ai attendu que quelqu'un m'apaise ainsi. Malgré le désir qui court dans mes veines, je finis par m'assoupir.

14
FLYNN

J'AI LES NERFS tellement à fleur de peau que j'ose à peine bouger. Tenir Natalie dans mes bras pendant qu'elle dort est à la fois un paradis et un enfer. J'ai tellement envie d'elle, mais pas seulement physiquement. Je veux la posséder corps et âme. Je veux partager sa vie et ses passions. Je veux tout faire avec elle, et c'est pour cela que j'ai mis fin à ce baiser qui menaçait de déraper.

Je sais tout le courage qu'il lui a fallu pour me dire qu'elle voulait dormir avec moi. Je ne veux pas profiter de sa proximité en la poussant à faire des choses pour lesquelles elle n'est pas prête.

Je suis en ébullition, et la tension du désir qui s'est emparé de moi me tient en éveil comme si j'avais avalé des litres de café. Avec la douce chaleur de Natalie entre mes bras, je laisse libre cours à mes pensées. La dernière fois que j'ai tenté une relation comme celle qui s'annonce avec Natalie, c'était avec mon ex-femme, Valerie. C'est seulement au bout de deux ans de mariage que je lui ai dévoilé l'étendue de mes désirs sexuels. J'étais incapable de continuer à les refouler. Quand je lui ai dit ce que je désirais – ce que je voulais vraiment –, elle a été horrifiée et m'a traité de dépravé. Peu après, elle m'a fait comprendre que tout était fini entre nous en s'arrangeant pour que je la surprenne au lit avec un autre.

Notre mariage a été un désastre à bien des égards, et c'est pour cela que j'ai déclaré publiquement que je ne me remarierai jamais. Malgré les sentiments passionnés que j'éprouve déjà pour Natalie, je crois toujours qu'il vaut mieux que je ne me remarie pas. Que penserait la charmante et délicieuse Natalie, elle qui a tant souffert, si je lui disais que je veux l'attacher, lui mettre des pinces à seins, claquer ses jolies fesses et les écarter pour qu'elles accueillent un énorme plug. Je veux la baiser à lui en faire perdre la tête et je veux la voir me sucer pendant que je la fouette.

Oui, je n'ai aucun mal à imaginer ce que donnerait la conversation. Frustré et excité par le tour qu'ont pris mes pensées, je me passe une main dans les cheveux. Hayden a raison. Quand j'essaie de nier ce que je suis, cela tourne généralement mal pour moi et les femmes qui ont le malheur d'être avec moi. La majorité d'entre elles ont appris que tout était fini entre nous sans jamais savoir réellement pourquoi je n'étais pas satisfait de ce que nous faisions ensemble.

Même en étant conscient que c'est une mauvaise idée de poursuivre cette histoire, je ne peux déjà plus imaginer une journée sans Natalie. J'essaie de me voir en train de lui dire, après tout ce que nous avons partagé, que j'ai décidé que nous n'étions finalement pas compatibles du tout. Ces paroles lui feraient du mal, peut-être si profondément qu'elle ne tenterait plus jamais sa chance avec un homme, et cette perspective me fait de la peine.

Je suis un salaud sans cœur parce que je sais que je ne la laisserai jamais partir, malgré toutes ces raisons de le faire.

Je lutte contre le sommeil qui me gagne, car je ne veux pas manquer une seconde du délicieux plaisir de l'enlacer pendant qu'elle dort. Finalement, incapable de résister plus longtemps, je sombre dans un sommeil agité, où je rêve que je cours après quelque chose que je ne peux obtenir. Chaque fois que je m'en approche, cela s'enfuit. Je ne peux ni voir ni toucher ce que je poursuis, mais je sens tellement dans ma chair la douloureuse intensité du désir que c'est un miracle si j'arrive encore à respirer.

Puis je me retrouve dans notre club de New York. Il est plongé dans le noir, hormis la petite lumière qui éclaire la table où se trouve Natalie, vêtue de la robe que je lui ai offerte et effrayée de ce que je vais lui faire. J'aime qu'elle ait peur. Même si elle est venue ici de son plein gré, cette peur qu'elle éprouve décuple mon désir.

Dans mon rêve, elle n'a jamais été victime d'un viol. Elle n'est pas traumatisée. Ni fragile ni hésitante. Je sais qu'elle peut supporter ce que je lui réserve. Je lui ordonne d'un ton sans réplique :

– Ôtez la robe !

Elle n'a plus aucun pouvoir. Elle est ma soumise et c'est moi qui commande.

Elle balaie du regard la pièce remplie de gens dont la plupart attendent avec impatience la suite de la scène que nous préparons depuis des mois. Nous avons passé des heures à jouer à la maison, pour atteindre le point culminant ce soir, en public chez Quantum. J'ai toujours voulu l'amener ici dans mon domaine, avec mes amis qui nous regardent et nous soutiennent, et mon rêve est maintenant exaucé.

D'une main tremblante, elle dénoue le lacet, et la robe qui s'ouvre révèle la peau laiteuse qui alimente tous mes fantasmes depuis le premier instant où je l'ai vue. Mon regard descend sur son minou couvert d'une mince trace de poils clairs. Comme je la préfère nue, la première tâche va consister à la raser. Je lui ai dit que je voulais le faire, mais je ne lui ai pas annoncé que ce serait fait ici ce soir.

– La robe, je répète en la regardant attentivement pendant qu'elle la fait glisser sur ses épaules et la retient un long moment avant de la laisser tomber à ses pieds.

Elle est exquise, avec ses seins généreux et voluptueux, ses tétons comme des baies rouge sombre qui se dressent. Inquiète, elle se tord machinalement les mains.

– Sur la table, ma chérie.

Elle me jette un regard hésitant avant de faire ce que je lui ai demandé.

– Dites-moi votre mot de code.

Nous l'avons négocié avant, en même temps que ses limites. Je sais jusqu'où je peux la pousser, ce qui la briserait et ce qui la laissera indemne. Mais je n'ai aucune envie de la briser. Je préfère bien davantage la vénérer du mieux que je peux.

– Flocon, murmure-t-elle.

– Et quand devons-nous l'utiliser ?

– Si quelque chose va trop loin pour moi ou me fait mal.

– Et que se passera-t-il si vous prononcez ce mot ?

– Tout s'arrêtera.

– Très bien.

Je lui fais un petit baiser rassurant et l'aide à s'allonger sur la table, en remarquant le tremblement qui lui agite les cuisses.

Ce spectacle m'excite et me fait bander plus que jamais. Amener Natalie dans mon univers et lui dévoiler ce qu'il y a en moi est le point culminant de tous mes fantasmes. C'est ainsi que doit être pour moi le véritable amour. Rien n'est caché, nié ou fui. Je l'ai possédée et j'ai eu tout ce que je désirais, aussi. Avant Natalie, j'avais le sentiment de ne jamais tout posséder, et à présent, j'ai tout.

M'étant préparé pour notre scène, je lui écarte les jambes, place ses pieds dans des étriers et lui amène les fesses au bord de la table. La bassine d'eau chaude, la crème et le rasoir m'attendent. Quand je commence à l'enduire de mousse, elle lève la tête pour regarder.

– Que… que faites-vous ?

– Je vous prépare.

Je fais glisser la lame sur sa peau si sensible, et le gémissement qu'elle pousse me traverse comme une décharge électrique jusqu'à mon sexe dressé. Je prends mon temps pour la raser entièrement avec des gestes lents et réguliers.

Je remarque que ses cuisses tremblent de plus en plus, me forçant à la maintenir d'une main sur son bas-ventre. Il ne faudrait surtout pas que je la coupe ou que je lui fasse mal. Ce n'est pas le but recherché.

Le temps que je termine, elle a les yeux clos et les lèvres entrouvertes avec un air suppliant qui me fait palpiter la queue. J'essuie le reste de crème à raser avec un linge tiède et prends le tube de lubrifiant. J'en enduis mon index et mon majeur que j'introduis ensuite dans son cul pour la préparer à prendre le plug.

– Non, résiste-t-elle. Pas ici.

– Si, ici. Ne bougez pas.

Je force les muscles qui tentent de me retenir, lui arrachant un gémissement de protestation, mais pas le mot de code. C'est la première fois que je m'aventure là et je constate qu'elle est aussi surprise qu'excitée. C'est une lutte, mais elle finit par se rendre et me laisser la pénétrer. Rien ne me comble davantage que ses gémissements qui excitent le fauve qui est en moi et me donnent envie de la dévorer. Sans ôter mes doigts, je me penche pour lui lécher la chatte et je passe la langue sur son clitoris jusqu'à ce qu'elle se contorsionne sous les vagues de plaisir.

– Ne jouissez pas, dis-je d'un ton impérieux. Je suis le Maître de votre orgasme et je vous dirai quand je vous le permets.

– Flynn…

– Ce n'est pas mon nom, ici.

– Maître… S'il vous plaît… Laissez-moi jouir.

– Seulement quand je vous le dirai.

Autour de nous, tout s'est arrêté dans le club et nous sommes le centre d'intérêt. Comme je veux qu'elle le voie, je lui ordonne d'ouvrir les yeux et de regarder autour d'elle. Quand elle se rend compte que tout le monde me regarde lui doigter le cul tout en lui refusant l'orgasme, elle s'empourpre de la tête aux pieds.

– Ma petite chérie aime qu'on la regarde ?

– Non.

– Vous me mentez ?

Elle se tortille pour essayer de déloger mes doigts. Je les enfonce encore plus et elle se cambre.

– *Non.*

Je glisse ma main entre ses cuisses et je constate qu'elle mouille considérablement.

– J'ai découvert la preuve du contraire.

Le besoin de jouir fait frissonner Natalie, mais c'est un besoin dont je ne la libérerai que lorsque je serai prêt.

– Savez-vous ce qui arrive aux petites vilaines qui mentent à leur Dominateur ?

– Non, gémit-elle.

– Elles reçoivent la fessée jusqu'à ce que leur joli petit cul soit si rouge qu'elles ne peuvent plus s'asseoir pendant une semaine et que cela leur rappelle constamment leur punition. (En m'entendant, elle mouille de plus belle.) Mmm… cette perspective vous excite, n'est-ce pas ?

– Non !

Je lui donne sur le cul une bonne claque qui lui arrache un cri et la fait mouiller encore plus. Mon Dieu, elle est parfaite. Elle réagit comme personne. Je retire mes doigts, presque jusqu'au bout. Natalie retient son souffle en attendant ce que je vais faire. Je ne la laisse pas en suspens bien longtemps. Je les enfonce à nouveau et lui suçote le clito en même temps, déchaînant un hurlement et un orgasme qui contracte son cul et emprisonne mes doigts.

J'ai hâte de sentir cet anneau enserrer ma bite.

– Il ne me semble pas vous avoir donné la permission de jouir, dis-je alors qu'elle revient lentement à la réalité. Vous savez ce que cela veut dire, n'est-ce pas ?

– Non, dit-elle en s'humectant les lèvres. Quoi ?

– Cela veut dire que vous devez être punie pour votre mauvaise conduite.

Je libère si vivement mes doigts de son cul qu'elle pousse un cri. Après m'être essuyé la main avec une serviette, je prends l'une des pinces à seins incrustées de pierreries posées sur mon plateau. Je me penche sur elle et titille son téton gauche jusqu'à ce qu'il se dresse bien droit, et j'y fixe la pince avant qu'elle ait eu le temps de comprendre ce que je m'apprêtais à faire.

La pince lui arrache un cri.

J'inflige le même traitement à l'autre sein, puis j'essuie ses larmes.

– Voulez-vous dire le mot de code, ma chérie ?

Elle se mord la lèvre en secouant la tête. Elle est si courageuse et volontaire, la femme de mes rêves. Celle que je ne pensais jamais avoir la chance de trouver. Je l'aime plus que la vie elle-même.

– Tournez-vous.

Une fois qu'elle a obéi à mon ordre, je lui place les pieds au sol et la penche sur la table, avec précaution pour ne pas tirer sur les pinces. D'une main, je presse ses fesses pour en éprouver la souplesse.

Sa tête retombe sur ses bras croisés tandis que ses jambes continuent de trembler.

Je lui donne une vive claque sur le bas de la fesse gauche. En dehors d'une brève inspiration et d'un frémissement, elle ne réagit pas. Je lui claque les fesses jusqu'à ce qu'elles soient écarlates, puis je les pétris afin que la chaleur de son cul se répande dans tout son corps.

Je lui écarte les fesses et découvre son anus encore luisant de lubrifiant. Je prends le plug que j'ai choisi pour elle et l'appuie sur l'orifice. Il est gros, mais je n'ai rien à lui envier et je veux la préparer à m'accueillir. Enfin.

– Mon Dieu, Flynn, je ne peux pas.

– Comment devez-vous m'appeler ici ?

– *Maître*… Je vous en prie, Maître… je ne peux pas.

– Si, vous le pouvez.

– *Non*.

– Ai-je entendu le mot de code, Natalie ?

Comme elle s'entête à ne pas répondre, avec un sourire de satisfaction, j'enfonce le plug en elle tout en massant ses fesses et en la faisant se tortiller.

– C'est la portion la plus épaisse, lui dis-je. Détendez-vous et laissez-la entrer.

– *Je ne peux pas.*

Je lui assène une autre claque sur la fesse gauche, et elle cède immédiatement au plug en poussant un cri quand il se met en place.

– Courageuse fille.

Je sème une traînée de baisers depuis ses épaules jusqu'à ses fesses qui luisent du traitement que je leur ai infligé. Je lui écarte les fesses et lui lèche la chatte en remontant jusqu'aux chairs obscènement distendues par le plug. Elle est trempée. Comme je suis dans mon rêve et que nous sommes fidèles l'un à l'autre, je ne m'embarrasse pas d'un préservatif et j'enfonce ma bite en elle, lentement et avec précaution, puisque le plug monopolise l'espace.

Elle enchaîne geignements et gémissements tandis que sa chatte étroite se contracte sur ma bite comme dans un orgasme continu.

– Parlez-moi, ma chérie. Qu'éprouvez-vous ?

– C'est serré.

– Mmm… c'est bon.

J'enfonce encore le plug pour lui rappeler qu'elle est pénétrée des deux côtés, et sa chatte se crispe sur ma bite si implacablement que je manque jouir. Je lui empoigne les hanches pour la pilonner impitoyablement et je me perds en elle comme jamais encore. Je suis transporté, j'ai quitté la pièce et je suis au paradis. Un frémissement me remonte des reins tout le long de l'échine et j'accélère l'allure alors qu'approche le plaisir. Comme je veux qu'elle jouisse en même temps que moi, je passe la main pour atteindre son clitoris durci que je pince sans merci entre mes doigts.

Comme elle est manifestement au bord d'un orgasme phénoménal, de l'autre main j'enlève les pinces et elle pousse un cri quand le sang afflue de nouveau dans ses tétons meurtris à l'instant même où elle jouit. La pression sur mon sexe est si violente que je suis pris de vertige alors que je me vide en elle.

Je me réveille en sursaut en constatant que j'ai joui dans la réalité comme dans mon rêve. Mon sexe palpite encore, mon pantalon de pyjama est trempé et je suis en nage. À côté de moi, Natalie continue à dormir paisiblement. Je suis ébranlé et sous le choc. Je n'ai pas fait de rêve humide depuis mon adolescence. Et même à cette époque, c'était rare.

D'excitantes bribes du rêve me reviennent… Natalie nue au milieu de Quantum. La peau pâle de ses fesses rougissant sous ma main. Mes doigts glissant dans son cul pour la préparer au plug.

Je recommence à bander quand ces souvenirs reviennent me torturer l'un après l'autre, comme si je ne venais pas d'avoir l'orgasme le plus retentissant de ma vie. Avec d'infinies précautions pour ne pas la réveiller, je sors du lit pour gagner la salle de bains et enlever mon pantalon souillé.

– Bon Dieu !

Qu'est-ce que c'était que ça ? Je m'asperge le visage d'eau froide jusqu'à ce que ma respiration et les battements de mon cœur se calment. J'ai honte et je suis effaré d'avoir rêvé ainsi de Natalie, mais au fond, je suis incroyablement excité par l'idée de vivre un tel moment avec elle.

Puis l'abattement me gagne immédiatement : je sais que cela ne se fera jamais. Elle aura déjà assez de mal à accepter des pratiques sexuelles ordinaires sans aller jusqu'aux miennes. Je me répète que je peux m'en contenter du moment que je suis avec elle, mais dans mon for intérieur, le doute me ronge cruellement.

Je prends une longue douche pendant que des images du rêve continuent de me narguer et m'exciter. Je suis à vif quand je sors de la douche et enfile un pantalon de pyjama propre. Si j'étais seul, je dormirais nu, mais par respect pour Natalie, je m'habille. Je gagne le salon et me sers deux doigts de Bowmore que j'emporte avec moi jusqu'aux baies vitrées qui surplombent les lumières d'Hollywood.

Je suis en proie aux pires tourments, incapable de décider ce que je dois faire avec elle. Le rêve m'a permis de voir à quel point cette relation est hors de portée. Il faut que je la quitte pendant que je le peux encore. Ce week-end terminé, je ferai ce que j'aurais dû faire dès les premières minutes dans le square.

Je la quitterai, même si cela me tue. Cela vaut mieux pour elle.

15
NATALIE

JE ME RÉVEILLE SEULE, ce qui me déçoit beaucoup maintenant que j'ai franchi le cap et dormi avec lui. Je ramasse au pied du lit le peignoir qu'il m'a prêté hier soir, je l'enfile et noue la ceinture. Je passe à la salle de bains et me brosse dents et cheveux avant de m'aventurer dans le couloir à la recherche de Flynn.

Il n'est pas dans le bureau, mais j'en profite pour regarder à la lumière du jour les photos accrochées aux murs, où il est accompagné de célébrités du milieu et arbore le grand sourire séducteur dont je suis tombée amoureuse.

Comme son bureau new-yorkais, celui-ci est envahi de piles de scénarios, de documents et dossiers. Je suis en train de me demander pourquoi il n'y a personne qui vient ranger tout cela quand Addie fait son apparition sur le seuil.

– Il refuse que je touche à quoi que ce soit là-dedans, dit Addie en me tendant un mug de café fumant. J'ai improvisé pour le lait et le sucre.

– C'est parfait, merci.

– Je vous en prie. Alors, pour ce qui est du bureau… la cata, non ?

– C'est un peu la pagaille, oui.

– Il dit qu'il a son système de rangement bien à lui et refuse que j'y pose ne serait-ce qu'un doigt. J'aimerais bien le connaître, son système, tiens.

– Où est-il, lui ?

– Il est parti courir. Il sera rentré dans une heure.

Je suis surprise qu'il soit sorti sans me le dire et qu'Addie soit là plut tôt que prévu, mais je ne me garde bien de le dire. Je préfère parler d'autre chose :

– Comment vous êtes-vous connus ?

– Il ne vous a pas raconté ? dit-elle, appuyée contre le chambranle avec son mug à la main. Eh bien, ma mère est morte quand j'avais douze ans et je me suis retrouvée avec un père qui ne savait pas quoi faire de moi. C'est un cameraman qui a beaucoup travaillé pour Quantum, la compagnie de production de Flynn. Son amie Marlowe Sloane s'est intéressée à moi, elle m'emmenait acheter mes robes pour le bal du lycée, elle était comme ma bonne fée. Quand j'ai eu mon diplôme à l'UCLA et que je n'arrivais pas à trouver un boulot, elle a suggéré à Flynn de m'engager comme assistante. Cela fait cinq ans et c'est un job super cool. Je ne sais jamais d'avance ce qu'il va falloir faire. Comme quand il m'a appelée pour me dire qu'il venait aux Globes accompagné d'une cavalière qui avait besoin qu'un styliste s'occupe de sa tenue. Alors, j'ai fait passer le mot et tous les stylistes d'Hollywood – et tous les couturiers du monde – me lèchent les bottes depuis le début de la semaine. Vous voyez pourquoi j'adore mon boulot ?

Elle est tellement adorable et charmante que je ne peux m'empêcher de rire devant son entrain. Elle a quelques années de plus que moi, mais j'ai l'impression d'être son aînée, pour une raison inconnue. Elle dégage une bonne humeur communicative et, du coup, je me détends et m'enthousiasme à l'idée de tous ces stylistes.

– Alooors, vous voulez voir quelques robes ?

– Tout de suite ?

– Oui, là maintenant tout de suite.

– D'accord.

– Par ici.

Je la suis dans le salon, qui a été transformé en boutique de mode pendant que je dormais. J'étouffe un cri de ravissement à la vue des robes de toutes les couleurs possibles accrochées à des portants élégamment disposés tout autour de la pièce.

J'en perds presque la tête et je ne sais pas par où commencer.

– Ne vous stressez pas. Tenley est en route. C'est la meilleure styliste d'Hollywood et Flynn m'a dit de prendre uniquement le top.

Je souris, même si je suis un peu agacée qu'il m'ait laissée seule avec des gens que je ne connais pas pour ma première matinée à L.A. Il ne faudrait pas que cela gâche mon plaisir, mais cela m'ennuie quand même.

On sonne à la porte et Addie va répondre pendant que je resserre la ceinture du peignoir. Si j'avais su comment allait se dérouler la journée, je me serais levée plus tôt et je me serais habillée.

Addie revient accompagnée d'une grande femme aux longs cheveux bruns dont les yeux noirs se braquent immédiatement sur moi. Elle porte un jeans ultra-skinny avec de vertigineux talons aiguilles et un blazer bleu sur un débardeur très moulant. Elle porte un énorme sac en cuir qui a l'air d'un Vuitton. Je suis tout de suite intimidée.

– Oh, il ne rigolait pas. Vous êtes éblouissante, dit Tenley en s'approchant de moi avec un regard de démente qui me fait reculer.

– N'ayez pas peur, s'amuse Addie. Elle ne mord pas vraiment, vous savez.

– Pas le moindre défaut. J'espère que vous êtes prête à être la prochaine fille à la une, parce que dès que la presse va vous apercevoir, elle ne vous lâchera plus.

– Ne l'effrayez pas, Tenley, la réprimande Addie. Flynn veut qu'elle s'amuse.

– Oh, mais nous allons nous amuser. Énormément.

♦♦♦

Malgré ma première impression, Tenley est avisée et futée. Elle examine chaque robe avec un œil critique et réduit le choix aux deux qu'elle estime les mieux adaptées pour moi. L'une, d'une fabuleuse couleur prune, est extrêmement moulante et ne laisse plus rien à imaginer. Elle est à la fois sexy et réservée. Je l'adore.

Addie me fait un signe admiratif.

– Sensationnelle.

– Totalement d'accord, dit Tenley en ajustant le corset et la taille. Mais je veux voir la noire aussi, dit-elle en s'en emparant. Vous allez avoir besoin d'aide pour l'enfiler.

Je n'ai jamais dormi chez des camarades de classe. Je n'ai jamais joué à des sports d'équipe. J'ai seulement passé un an au lycée. En dehors de l'unique fois que j'aimerais vainement pouvoir oublier, je n'ai jamais montré mon corps à des gens que je ne connais pas et j'hésite.

Tenley s'en aperçoit aussitôt et me rassure.

– C'est mon travail, ma petite. Tout restera entre nous, je vous le promets.

Pour respecter la vie privée de Flynn, je l'emmène dans l'une des chambres d'amis. Elle me fait enfiler la robe en deux temps trois mouvements. Celle-ci découvre nettement plus ma poitrine et ma jambe gauche, étant donné qu'elle est fendue presque jusqu'à la taille.

J'ai beau tirer sur le corset, il refuse de monter plus haut.

– Je ne suis pas très chaude pour celle-ci.

– Sortez vous regarder dans les miroirs. Vous n'aurez pas la même sensation.

J'en doute, mais je la suis tout de même.

– Oh, Natalie ! s'extasie Addie. L'autre était jolie, mais celle-ci est sublime. C'est la bonne.

Je me plante devant le double miroir qui a été installé avec les robes, et je vois immédiatement ce qu'elles veulent dire. Cette robe est unique. Je suis méconnaissable. J'ai l'air d'une femme intrépide, volontaire, prête à aborder une toute nouvelle existence qu'elle n'aurait jamais imaginée.

– Vous êtes à l'aise dedans, Natalie ? demande Tenley. Sinon, la robe prune est parfaite pour vous aussi.

– La prune, c'est un choix sans risque. (Je n'arrive pas à détacher mon regard du miroir. Je n'en reviens pas que ce soit moi. On dirait les femmes que l'on voit sur le tapis rouge dans les magazines.) Celle-ci est un peu plus audacieuse.

– C'est vrai, opine Tenley. Mais elle a aussi beaucoup de classe et elle est sexy.

– C'est une quoi ? demande Addie.

– Gucci Couture.

– Gucci ? C'est une vraie ?

– On ne peut pas faire plus vraie et c'est un modèle unique. Qu'on pourrait croire fait pour vous.

– Et il va m'arriver quoi à minuit ?

Dans le miroir, je les vois échanger un regard perplexe.

– Vous parlez de demain soir ? demande Addie.

– Je parle de Cendrillon et de ce qui lui est arrivé aux douze coups de minuit.

– À Hollywood, dit Tenley, c'est l'heure à laquelle tout commence à peine à devenir intéressant. (Elle baisse la fermeture Éclair de la robe.) En vous voyant, tout le monde restera sur le cul.

– C'est *lui* qui va rester sur le cul, ajoute Addie.

J'aime bien l'idée.

– Très bien, Mesdames. Ce sera donc Gucci.

– Fantastique, commente Tenley, manifestement satisfaire. Maintenant, voyons les chaussures.

16

NATALIE

TENLEY ET ADDIE sont parties depuis longtemps quand Flynn rentre enfin, en nage et hors d'haleine. Jamais je n'ai trouvé la sueur plus sexy.

– Oh, vous êtes levée, dit-il en fonçant sur le réfrigérateur pour prendre une bouteille d'eau qu'il descend en trois goulées.

– Oui, et on m'a habillée, aussi.

– Tenley est déjà passée ?

– Oui, et tout est réglé.

– Qu'est-ce que vous avez choisi ?

– Vous aurez le droit de la voir demain. Elles l'ont emportée pour quelques retouches et nous devons retrouver Tenley demain en ville pour la récupérer.

– Vous en êtes contente ?

La question me fait rire.

– Oui, Flynn, je suis contente de la robe Gucci Couture que je vais porter demain soir aux Golden Globes.

Et je suis folle de joie des sandales Valentino que je mettrai avec ce modèle unique.

– Tant mieux. Si vous êtes contente, je le suis aussi.

Il a le même ton que d'habitude, mais je perçois une petite différence.

– Tout va bien ?

– Oui, pourquoi ?

– Vous avez l'air… je ne sais pas… distrait.

– Pardon. J'ai dû m'occuper de questions professionnelles ce matin et j'y pense encore. Je vais me changer les idées sous la douche et ensuite, je vous préparerai le petit déjeuner. Cela vous va ?

– Je peux aussi préparer le petit déjeuner pendant que vous prenez votre douche.

– Uniquement si je peux faire la vaisselle.

– Ça marche.

– Je vais faire vite.

Je voudrais savoir ce qui s'est passé et qui le tracasse à ce point, mais je me dis qu'il m'en parlera s'il en a envie. Cela m'ennuie, mais je suis déçue que quelque chose ait changé depuis notre merveilleux après-midi et notre délicieuse soirée de la veille.

Tout en sortant une boîte d'œufs et en commençant à préparer une omelette au fromage, à la tomate et au poivron, je me demande si c'est ma faute. Mais qu'est-ce que j'aurais bien pu faire de mal alors que je dormais ?

Oh, mon Dieu… Et si j'avais *dit* quelque chose ? Est-ce que j'ai parlé de mon agression ? Je suis arrachée à mes pensées par une douleur cuisante. Du sang coule abondamment du bout de mon index. Je le passe vainement sous l'eau, mais j'ai du mal à me concentrer sur ma blessure tellement j'ai peur d'avoir dit quelque chose dans mon sommeil.

Vêtu d'un short de sport et d'un t-shirt gris, Flynn revient dans la cuisine au moment où je m'enveloppe le doigt d'un morceau de papier absorbant.

– Qu'est-ce qui vous est arrivé ? dit-il en venant examiner ma blessure.

– Je me suis coupée. J'étais distraite. (Je n'arrive pas à le regarder en face, paralysée par l'angoisse qui me panique et me donne le vertige. Je ne veux pas connaître la réponse, mais il faut que je lui demande.) J'ai dit ou fait quelque chose dans mon sommeil qui vous a déplu ?

Il relève le nez, interloqué.

– Quoi ?

– Il s'est passé quelque chose. Vous êtes changé. Je veux savoir si c'est moi…

– Mais non, voyons, Natalie.

– Alors qu'est-ce qui ne va pas ? Vous rentrez de votre jogging et tout paraît différent. Vous ne voulez plus que je sois là ? Parce que si vous avez…

– Non, dit-il en me prenant dans ses bras qui m'enveloppent de l'odeur fraîche de la douche. Je n'ai pas changé d'avis. J'ai juste fait un rêve qui m'a contrarié. J'ai très peu dormi cette nuit et je suis désolé de ne pas avoir été là quand vous vous êtes réveillée. Comme je pensais que vous dormiriez tard, je suis parti courir. Voyant Addie arriver quand je partais, j'ai su qu'elle serait là pour accueillir Tenley et vous la présenter.

– Vous… vous voulez me parler de votre rêve ?

– Je… Non, pas vraiment.

– Vous m'avez dit que je pouvais vous faire confiance ? Et bien, c'est réciproque, vous savez.

– Je le sais, ma chérie. Je vous fais confiance. Sinon, vous ne seriez pas là.

– Vous me confiez votre maison et j'en suis honorée. Mais ce n'est qu'un bien matériel. Si vous ne me confiez pas ce qu'il y a là-dedans, dis-je en posant la main sur son cœur, le reste n'a pas beaucoup d'importance.

Il pose sur moi son regard passionné et dévorant.

– Vous m'avez dit qu'il y avait des choses dont vous ne pourrez jamais parler, n'est-ce pas ?

– Oui.

– J'en ai quelques-unes du même genre aussi.

– Je comprends.

– Peut-être qu'un jour nous pourrons nous lancer dans l'échange de nos secrets.

– Peut-être.

– En attendant, je suis un peu mort de faim.

– Moi aussi.

Après avoir mis une pommade antibiotique sur ma coupure et un pansement, nous savourons l'omelette ainsi que les toasts et les fruits qu'il a l'habitude de manger quotidiennement au petit déjeuner. Nous découvrons que nous avons le même goût pour le café : avec du lait et un soupçon de sucre. Du vrai. Pas de ces trucs artificiels. Et après cela, je me change et mets un short et un débardeur.

– Il va vous falloir ceci, dit Flynn en me donnant un tube de crème solaire, et cela, ajoute-t-il en me coiffant d'une casquette.

– Pourquoi donc ?

– Nous prenons la décapotable pour faire un petit tour.

Une nouvelle voiture d'un magnifique rouge vif nous attend devant la maison. Celle-ci, me dit-il, est une Porsche Boxster.

– Elle est neuve ?

– Non, elle est de 96. Boxster de première génération. C'est un peu une collector's.

– Votre manie des voitures remonte à un bon bout de temps, alors ?

– Oh oui, dit-il en m'ouvrant la portière.

– Vos sœurs ont peut-être raison de vouloir vous désintoxiquer.

– Puis-je vous rappeler encore une fois que je pourrais avoir des addictions plus graves. Héroïne, cocaïne, meth, alcool, cachets, femmes et…

– Très bien, j'ai compris.

Il démarre la voiture qui s'élance en trombe.

– Je préfère considérer cela moins comme une addiction que comme une collection.

– Et combien de voitures compte cette collection ?

– Vous voulez un chiffre ?

– Oui, dis-je en riant devant sa gêne évidente. Un chiffre, ce serait bien.

– Je ne sais pas. Une soixantaine, peut-être ?

– Vous possédez soixante voitures ?

– C'est une *collection*. Quand on collectionne des choses, c'est fréquent d'en avoir beaucoup.

– Oui, mais soixante voitures…

– C'est une estimation.

– Parce que cela pourrait faire plus ?

– Ou moins.

Je me mets à rire. Il est tellement mignon quand il est gêné comme cela.

– Je donne beaucoup d'argent à des organisations humanitaires de toutes sortes, surtout pour l'aide à l'enfance, alors ne me dites pas qu'il y a des tas de gosses qui pourraient bénéficier de l'argent que je dépense dans mes voitures. Ils passent avant.

– On dirait une ligne de défense bien rodée, dis-je en essuyant mes larmes.

– C'est à cause de mes sœurs, qui trouvent ma collection « obscène ». Elles aiment aussi à me rappeler qu'avec ou sans jouets, quand on est mort, on est mort.

– Je crois qu'on va bien s'entendre, elles et moi.

– Je dois reconnaître qu'elles aident leur petit frère à garder les pieds sur terre, glousse-t-il. Elles ne me passent pas grand-chose. Et sérieusement, les enfants sous-alimentés, c'est une cause qui compte beaucoup pour moi.

– C'est ce que j'avais déjà lu à votre sujet.

– C'est la seule chose publiée sur moi qui soit vraie. Je ne supporte pas que des enfants aient faim dans un monde d'abondance. Je n'en reviens pas qu'un pays qui dispose de nos ressources puisse encore connaître des problèmes de malnutrition. Alors, je fais mon possible pour alerter l'opinion publique sur la question.

– J'ai des enfants qui viennent à l'école le ventre vide le matin. J'ai des barres protéinées et des jus de fruits dans mon tiroir. Ils savent tous qu'ils peuvent se servir sans demander la permission. Cela me brise le cœur chaque fois que je les vois en prendre. Même à cet âge-là, ils sont gênés.

– Bon Dieu, je déteste ça, dit-il, les mains crispées sur le volant. Ça me rend fou de savoir qu'il y a encore des problèmes de sous-alimentation dans ce pays.

– Moi aussi.

– Si la célébrité peut servir à quelque chose, c'est bien à cela. Je ne manque jamais une occasion de collecter des fonds ou d'alerter l'opinion. Nous sommes tous là comme des imbéciles repus et contents de nous pendant que des gosses meurent de faim dans tout le pays. D'ailleurs, je suis en train de financer une fondation pour donner l'exemple.

– C'est vrai ?

– Oui. Ça me fout hors de moi que la majeure partie de ce que je verse aux autres organismes soit englouti dans les frais de fonctionnement. Je déteste aller retrouver ces snobs à leurs coûteuses réceptions de collectes de fonds. Qu'ils aillent se faire voir ! Les gens qui meurent de faim n'ont pas besoin que les riches et célèbres organisent des soirées sur leur dos. C'est de la *nourriture* qu'il leur faut. Et sans attendre. Je veux faire en sorte que ce soit plus efficace. Développer des réseaux dans le pays, m'appuyer sur mes connaissances pour recueillir des fonds. Ce genre de choses.

– J'adore cette idée.

– On dirait que ça commence à prendre forme. J'ai vu récemment des gens à L.A. et New York pour évaluer ce qui sera nécessaire pour se lancer. Nous envisageons de commencer par les grosses métropoles et essaimer ensuite. Nous devons nous revoir prochainement.

– Un tel projet bénéficierait à tellement de gens.

– C'est le but. Alors, je suis pardonné pour ma collection de voitures ?

– Vous ne m'avez pas parlé de cette idée de fondation dans l'espoir que j'oublierai les voitures, j'espère ?

– Loin de là, s'esclaffe-t-il. Je peux vous présenter des gens qui attesteront que cette fondation est en chantier depuis bien longtemps.

– C'est vraiment admirable, Flynn. Sérieusement, j'adore cette idée.

– J'en suis heureux. Cela me fait du bien.

– Ça ne m'étonne pas. Au début, à New York, je donnais de l'argent à tous les mendiants dans la rue jusqu'au jour où Leah m'a dit d'arrêter sinon j'allais finir fauchée. Cela me tue chaque fois que je passe devant un sans-abri, surtout l'hiver.

– Je faisais la même chose quand je pouvais encore me promener incognito dans les rues.

Je lui souris en découvrant ce nouveau point commun.

– Alors, vous m'emmenez où ?

– Comme c'est votre première fois à L.A., je me suis dit que nous pourrions faire un peu de lèche-vitrines en commençant par Beverly Hills et Rodeo Drive. Ensuite, nous descendrons sur la côte pour que vous voyiez Santa Monica et Malibu. Cela vous tente ?

– Génial. Ce sont des endroits dont j'ai entendu parler depuis toujours sans jamais y être allée.

– Le seul problème, hésite-t-il, c'est que nous ne pourrons pas vraiment descendre de voiture. Je ne sors plus tellement en public sans gardes du corps. C'est pour cela que pour *Wicked, nous* sommes entrés dans la salle une fois les lumières éteintes et ressortis avant qu'on rallume. Après ce qui s'est passé à Londres l'an dernier…

– Qu'est-ce qui vous est arrivé ?

Il pousse un long soupir.

– Je serrais les mains des fans à la première de *Camouflage* quand un type m'a attaqué avec un couteau. Il a réussi à me donner un coup dans les côtes avant que la sécurité arrive et le maîtriser. Tout s'est passé très vite, mais j'ai eu la peur de ma vie.

– Comment se fait-il que je n'en aie jamais entendu parler ?

– Nous n'avons pas voulu ébruiter l'affaire. Le type était un malade mental et je ne voyais aucune raison de lui rendre la vie plus difficile qu'elle ne l'était déjà. Heureusement, il m'a juste éraflé et après m'avoir mis un pansement et une chemise neuve, on m'a renvoyé en piste. Mais j'ai eu les mains qui tremblaient pendant toute la soirée.

– Mon Dieu, mais vous auriez pu vous faire tuer.

– J'ai vraiment eu la trouille et je ne me laisse pas facilement effrayer. Depuis, les foules me mettent mal à l'aise et je ne sors pas beaucoup sans sécurité, sauf en voiture. C'est le seul moment où je peux être totalement libre, vous voyez ?

– Et moi qui vous taquine à cause de votre obsession pour les voitures. Je comprends, à présent.

Nous traversons Beverly Hills, où il me fait voir l'imposante demeure où il a grandi. Deux étages, grès blanc, volets noirs et grille en fer forgé.

– Mes parents sont sortis déjeuner aujourd'hui, sinon nous serions allés les voir. Nous les retrouverons ce soir.

– Je ne suis pas vraiment habillée pour rencontrer Max Godfrey et Estell Flynn.

– Ils ne se soucient pas des apparences, alors vous n'avez aucune raison de vous inquiéter de votre tenue avec eux.

– Comme vous voudrez. C'est vous leur fils. Évidemment que c'est important, ce que je porte en leur présence.

– Je vous assure qu'ils s'en contrefichent. Vous n'avez vraiment pas à vous soucier de cela avec eux. Ils vont vous adorer.

– Avec ce que vous m'en avez dit, ils me plaisent déjà.

– Je les adore aussi. Je savoure chaque minute que je peux passer avec eux et mes sœurs, même si elles me font tourner en bourrique.

– C'est grâce à elles que vous restez humble.

– Ça, vous pouvez le dire.

Nous passons devant le célèbre lycée avant de descendre lentement Rodeo Drive, où se trouvent toutes les boutiques des plus célèbres griffes. Toute la rue n'est que luxe, depuis les bâtiments et les voitures jusqu'aux femmes sur les trottoirs, et je suis fascinée.

– Désolé que nous ne puissions pas descendre nous promener.

Il a l'air de vraiment le regretter et j'ai de la peine pour lui.

– Ce n'est pas grave. Cela me fait déjà très plaisir de voir tout cela.

Nous prenons le Pacific Coast Highway et passons à Santa Monica avec sa célèbre grande roue sur la jetée, avant de remonter au nord sur Malibu. Je contemple avec envie la plage qui est pleine de monde en cette journée particulièrement ensoleillée. Le Pacifique immense et bleu étincelle devant moi à perte de vue.

– Qu'est-ce que vous dites de ce premier coup d'œil sur l'océan ?

– C'est magnifique.

– J'ai passé mon enfance sur ces plages à faire du surf, la fête et savourer la vie, en gros.

– Vous me croirez si je vous dis que je n'ai jamais mis les pieds sur une plage ?

– *Sérieusement ?*

– Croyez-le si vous voulez, mais il n'y a pas beaucoup de plages dans le Nebraska.

– Eh bien, nous allons devoir remédier à cela. Immédiatement. (Il prend son téléphone et passe un coup de fil.) Tu es décente ? demande-t-il. Je vais passer avec une amie qui n'est encore jamais allée à la plage. (Un silence, puis il reprend.) Eh oui, je sais. Je lui ai dit que nous allions y remédier sur-le-champ. À tout de suite, Mo.

Je trépigne presque sur mon siège à l'idée d'aller à la plage. Peu après, nous remontons une allée et Flynn compose un code sur un clavier devant des grilles.

– Chez qui est-ce ?

– Marlowe Sloane, dit-il d'un ton détaché, comme s'il ne parlait pas de la plus grande star féminine de cinéma du monde.

– La vraie Marlowe Sloane ?

– La seule et unique. C'est l'une de mes meilleures amies. (Il coupe le moteur devant un bungalow en bois sombre beaucoup plus petit que ce que j'aurais imaginé pour une star de l'envergure de Marlowe. Mais en même temps, je ne connais rien aux stars et à leur vie.) Venez, nous allons visiter le petit coin de paradis de Marlowe.

Il frappe un coup bref et entre sans attendre de réponse. Je le suis en hésitant, inquiète de la déranger. Cela n'a pas l'air de le gêner, lui.

– Mo ! Tu es où ?

– Au fond ! Venez.

La maison de plain-pied est bien plus grande qu'elle n'y paraît depuis l'allée et la vue sur la plage et l'océan est à couper le souffle. Nous trouvons Marlow sur la terrasse, étendue sur une chaise longue avec une tasse de café. Elle porte des lunettes d'aviateur et un bikini minuscule. Ses magnifiques cheveux roux sont ramenés en un vague chignon sur le dessus de sa tête.

– Quelle délicieuse surprise ! s'extasie-t-elle en sautant au cou de Flynn.

– Mo, je te présente Natalie. Natalie, voici Marlowe, mais nous l'appelons tous Mo.

Elle soulève ses lunettes sur son front, découvrant des yeux verts et chaleureux. Elle m'étreint avec le sourire tout en dents qui a contribué à faire d'elle une star.

– Quel plaisir de vous connaître. Tous les amis de Flynn ne parlent que de sa nouvelle petite amie et j'avais hâte de faire votre connaissance ce week-end.

– Merci. (J'ai le bec cloué que Marlowe Sloane me considère comme la petite amie de Flynn Godfrey.) Je suis une grande fan.

– Oh, comme c'est gentil. Venez, installez-vous et faites comme chez vous.

– Votre maison est incroyable, dis-je.

Je me sens aussitôt toute idiote de déclarer une telle évidence. Comme si elle ne le savait pas déjà.

– N'est-ce pas ? C'est mon petit coin préféré de la planète. Passer une journée sur cette terrasse, c'est le paradis pour moi.

– Tu es sûre qu'on ne te dérange pas ? demande Flynn en faisant effectivement comme chez lui.

Il va prendre de l'eau dans le réfrigérateur extérieur et me tend une bouteille. Nous nous asseyons à côté de Marlowe. Je meurs d'envie d'envoyer un texto à Leah pour lui dire où je suis. Elle serait toute retournée. Peut-être que je pourrais prendre une ou deux photos avant de repartir.

– Mais pas du tout. Je suis contente que vous soyez passés. (Elle remet ses lunettes et se rallonge sur sa chaise longue.) Tu es dans quel état pour ce soir ?

– C'est étonnant, mais je suis un peu à cran, avoue Flynn. C'est ma cinquième nomination et je n'ai encore jamais gagné, m'explique-t-il.

– C'est le favori, cette fois, dit Marlowe. Et à juste titre.

– Ne me porte pas la poisse, l'arrête-t-il.

– Touche du bois tant que tu veux, mais je te prédis le grand chelem pour cette année : Globe, SAG, Oscar.

– Merde, Marlowe, grommelle-t-il.

Elle éclate d'un rire bonhomme qui me fait sourire tellement il est communicatif. Elle touche ostensiblement l'accoudoir en teck de son fauteuil.

– Ça va mieux, maintenant ?

– Nettement.

Je suis surprise et enchantée de découvrir le côté superstitieux de Flynn. Je n'aurais pas imaginé cela de lui qui a toujours l'air plein d'assurance.

– Alors, Natalie, parlez-moi de vous, dit Marlowe. Vous êtes institutrice, je crois ?

– Oui, de cours moyen, à New York.

– Mon Dieu, mais comment vous faites pour être avec des gosses toute la journée ?

Sa franchise me fait rire.

– J'ai eu beaucoup de chance avec mes élèves cette année. Ils sont adorables. On m'a dit que ce ne serait pas toujours le cas chaque année, alors je savoure tant que ça dure.

– On devrait tous admirer les institutrices comme Natalie, dit Flynn en me faisant un sourire chaleureux. C'est grâce à elles que les enfants de la prochaine génération ne seront pas des abrutis.

– On peut dire cela comme ça, oui, dis-je.

Ils éclatent de rire.

– C'est vraiment vrai que vous n'êtes jamais allée à la plage ? demande Marlowe.

– Oui. Comme je l'ai dit à Flynn, il n'y a pas beaucoup de plages au Nebraska, là où j'ai grandi.

– Eh bien, on va vous emmener à la plage, alors ! (Elle se lève d'un bond et va prendre des serviettes de bain dans un placard.) Vous voulez que je vous prête un maillot si vous voulez nager ? J'en ai des tonnes, ne vous gênez pas.

– C'est très gentil à vous, mais je vais me contenter de tremper les pieds.

– Comme vous voulez. Allons-y.

Elle ouvre une barrière de la terrasse qui donne sur un escalier descendant directement sur la plage.

J'essaie de dissimuler mon excitation, pour qu'ils ne me prennent pas pour une idiote. Mais quand je vois Flynn me sourire, je me rends compte que je ne peux rien lui cacher.

Pour la première fois de la journée, il me prend la main alors que nous descendons sur le sable chaud et enlevons nos chaussures.

– Vous pouvez les laisser sur place, dit Marlowe. Personne n'y touchera.

Je tombe immédiatement amoureuse de la sensation du sable entre mes orteils, de l'air pur et de ces odeurs toutes nouvelles pour moi. Dans le ciel sans nuages, des mouettes piaillent.

– Vous avez de la chance, il fait un temps idéal pour venir à L.A. dit Marlowe. En janvier, il peut faire 15 comme 25 degrés. Vous êtes bien tombée.

– C'est magnifique et cela change tellement du froid glacial de New York.

– J'y étais la semaine dernière et je me suis gelé les fesses. Je ne sais pas comment les gens font pour supporter tout un hiver là-bas.

– Vous allez me prendre pour une folle, mais j'adore l'hiver à New York.

– Vous avez raison, vous êtes dingue.

J'éclate de rire. J'adore de plus en plus cette femme si célèbre qui a su rester si simple que j'ai l'impression de la connaître depuis toujours. Elle m'a immédiatement mise à l'aise et elle n'imagine pas à quel point j'apprécie cela.

Nous gagnons le bord de l'eau, où je patauge avec bonheur dans l'eau glaciale. Elle est tellement froide que j'ai rapidement les pieds tout engourdis. Mais cela m'est bien égal et je contemple l'immensité du Pacifique dont les petites vagues qui ne cessent de déferler sur la plage m'hypnotisent.

Flynn vient se planter derrière moi et pose les mains sur mes épaules.

– À quoi pensez-vous ?

– Je suis folle amoureuse de cette plage et de Marlowe. Merci pour tout cela.

– C'est un plaisir.

– La semaine a été merveilleuse, Flynn. Merci encore.

– Elle l'a été tout autant pour moi. C'est moi qui devrais vous remercier.

Il m'enserre dans ses bras et je m'appuie contre lui, savourant le soleil et l'eau avec une sérénité que j'ai rarement connue dans ma vie.

17
Flynn

Mais qui peut croire un seul instant que je pourrai mettre fin à cette histoire avec Natalie une fois le week-end passé ? À chaque seconde avec elle, je brûle de savourer jusqu'à mon dernier jour sa douceur et son entrain communicatif. Cela m'a fait un coup de la voir danser devant l'océan pour la première fois de sa vie en sachant que c'était moi qui lui offrais cet émerveillement tout neuf.

En cet instant, alors que je la tiens dans mes bras et que nous contemplons l'infini bleu de l'océan, l'idée de ne plus être avec elle m'angoisse. Cette peur me rappelle celle qui a suivi l'agression au couteau à Londres l'an dernier, comme si quelque chose avait irrémédiablement changé.

Je suis déchiré par le débat qui fait rage en moi entre ce qui vaut mieux pour elle et ce que je désire chaque instant de plus en plus. Quand je lui ai parlé de ma fondation contre la faim, ses réflexions m'ont comblé, moi qui cherche depuis si longtemps une femme capable de la même compassion que moi envers les démunis. Trop de femmes superficielles qui ne pensaient qu'à l'argent et leur carrière ont traversé ma vie pour que je sache reconnaître l'exception.

Et Natalie est une perle sans défaut.

Elle a immédiatement senti mon malaise ce matin et m'a fait remarquer que quelque chose avait changé. Elle est attentive, elle s'intéresse à celui que je suis vraiment, comme jamais personne avant elle, pas même celle que j'ai épousée.

Une fois qu'elle est rassasiée de l'eau glaciale du Pacifique, nous remontons retrouver Marlowe et les serviettes étalées sur le sable. Le soleil brûlant est impitoyable, mais l'air frais venu de l'océan rend la température agréable.

Je suis heureux de voir ces deux femmes bavarder comme de vieilles amies et non comme si elles venaient de faire connaissance. J'apprécie que Marlowe soit si chaleureuse et se préoccupe si peu de son statut de star. Nous apprécions cela l'un chez l'autre, et même si nous avons été ensemble pendant une brève période, nous avons vite découvert que nous étions meilleurs amis qu'amants.

Cela déplairait-il à Natalie d'apprendre que Marlowe et moi avons été plus qu'amis à une époque ? Personne ne le sait vraiment. C'est arrivé au début de nos carrières, longtemps avant que les journalistes nous traquent. Malgré tout le mal que nous nous sommes donné pour garder notre relation secrète, quelques personnes l'ont découverte tout de même. Les paparazzis ne cessent de spéculer sur la véritable nature de nos relations.

– À quoi tu es en train de penser, toi ? me demande Marlowe.

– Je profite de la plage, c'est tout, mais il faut que nous rentrions bientôt. Nous emmenons mes parents dîner pour leur anniversaire de mariage. (Je me rends compte que j'aurais dû inviter Marlowe, qui adore mes parents et n'a pas beaucoup de famille de son côté.) Tu veux venir ?

– Je ne vais pas m'imposer dans une soirée familiale.

– Tu fais partie de la famille, Mo. Viens, si ça te fait plaisir. J'aurais dû y songer plus tôt.

– Bien sûr que j'adorerais aider mes parents adoptifs à fêter une nouvelle année de bonheur conjugal. Merci de l'invitation.

– Je vais demander Addie de modifier la réservation, dis-je en envoyant aussitôt un texto à mon assistante qui répond immédiatement qu'elle s'en occupe. C'est réglé.

– Je suis tellement jalouse de son Addie, confie Marlowe à Natalie. Il vous a dit que je la lui avais pratiquement cédée ?

– Non, mais elle me l'a raconté, répond Natalie.

– Il te faut une Addie toi aussi, lui dis-je.

Cela fait des années que dure le débat.

– Je sais, je sais. Un jour.

Nous secouons les serviettes et nous retournons à la maison. Natalie s'éclipse aux toilettes. À peine sommes-nous seuls que j'interroge ma vieille amie du regard pour connaître son opinion sur Natalie.

– Éblouissante et charmante, dit-elle à mi-voix. (Le fait qu'elle approuve Natalie et lui trouve les mêmes qualités que moi m'enlève un poids sur la poitrine.) Elle est jeune, mais étonnamment mûre, ajoute-t-elle.

– Elle a connu des tas d'épreuves. Je ne suis pas sûr d'être idéal pour elle.

– Mais tu es quand même tombé amoureux d'elle.

– Dès la première seconde où je l'ai vue la semaine dernière, je crois.

– Tu n'es pas obligé de décider quoi que ce soit tout de suite, dit-elle en me prenant le bras. Cela ne fait que sept jours.

– Je sais. (Je suis d'accord avec elle malgré mes réserves. Plus je passe de temps avec Natalie, plus mes sentiments pour elle se renforcent, et je sens qu'elle en dirait autant me concernant. Nous ne nous connaissons que depuis une semaine, mais il s'est passé beaucoup de choses durant ce bref laps de temps. J'ai assez d'âge et d'expérience pour voir que ce n'est pas comme avec les autres.) Je l'aime déjà plus que je n'ai jamais aimé Val.

Marlowe reste bouche bée, mais avant qu'elle ait pu répondre, Natalie revient. Je suis bien conscient d'avoir stupéfié mon amie, mais toute mon attention est de nouveau sur Natalie.

– Vous êtes prête ?

– Quand vous voulez.

– Merci de nous avoir reçus, dis-je à Mo en l'embrassant.

– C'était un plaisir. Tout comme de faire votre connaissance, Natalie.

– C'est moi qui suis tout éblouie, dit-elle avec cet adorable sourire que j'ai appris à adorer.

– À ce soir au dîner, dit Marlowe en l'étreignant.

Une fois que nous avons repris la voiture et que nous sommes en route, Natalie m'interroge :

– Alors, vous avez parlé de moi tous les deux pendant que j'étais aux toilettes ?

– Un tout petit peu. Elle vous aime beaucoup.

– Elle est vraiment sympa. Je me suis donné un mal fou pour ne pas me comporter en fan transie.

– Jamais je n'aurais deviné que vous étiez fan. Vous aviez l'air sereine.

– Je cachais mon jeu.

– Avec tout ce talent, vous ne faites peut-être pas le bon métier.

Je songe à un million d'endroits où je pourrais l'emmener déjeuner, mais devant les complications que cela va entraîner, je prends le chemin de la maison. Nous préparons des sandwichs que nous mangeons sur la terrasse au bord de la piscine et nous passons l'après-midi au soleil.

À présent, je trouve ridicule la décision de rompre avec elle que j'avais prise la nuit dernière. Je préfère nettement vivre sans ce dont j'ai rêvé que sans elle. Elle est devenue aussi essentielle pour moi que l'air que je respire.

– Faites-moi de la place, je viens vous rejoindre.

NATALIE

Je m'écarte pour laisser Flynn s'allonger à côté de moi sur la chaise longue. Ce qui le tracassait en début de journée semble avoir disparu. Je suis soulagée et excitée qu'il ait envie d'être à côté de moi. Délicatement, il s'installe pour que je sois allongée dans ses bras, nos jambes sont emmêlées et ses lèvres frôlent les miennes.

– Bonjour, vous, fait-il avec ce sourire sexy qui me désarme.

– Comment ça va ?

– On ne peut mieux. C'est la plus agréable journée que j'aie jamais passée.

– Moi aussi. De toute ma vie.

– Je meurs d'envie de vous embrasser.

– C'est moi qui en meurs d'envie.

– Ah bon ?

Je hoche la tête en me mordillant la lèvre.

Il me soulève le visage d'une main tout en se baissant vers moi. Le baiser commence lentement par un léger frôlement, mais le feu qui couve en nous se réveille comme à chaque fois. Ses mains s'égarent sur moi tandis que sa bouche prend possession de la mienne. Il se tourne pour que je me retrouve sur lui.

C'est une position nouvelle pour moi, mais il sait très bien ce qu'il fait. Des deux mains sur mes fesses, il m'attire contre son sexe gonflé.

J'essaie de me coller encore davantage à lui et il pousse un grognement sourd qui vibre contre mes lèvres.

Puis il plaque ses mains sur mes seins et les caresse en faisant rouler mes tétons entre ses doigts. Le haut de mon bikini disparaît alors que je m'étourdis dans notre baiser.

Il abandonne mes lèvres et commence à titiller mon téton avec insistance jusqu'à me rendre presque folle de désir et je n'ai plus qu'une seule envie, me coller tout contre lui.

– Flynn…

Les mains dans ses cheveux, je plaque sa tête contre mon sein qu'il continue de téter.

– Quoi donc, ma chérie ?

– Je veux…

– Dites-moi. Tout ce que vous voudrez, je vous le donnerai.

– J'en veux encore. Davantage.

– J'ai envie de vous caresser, dit-il tandis que sa main contourne ma hanche et s'enfonce entre mes cuisses. Ici.

– Oui. *Oui.*

Il défait délicatement le nœud qui retient le bas de mon maillot et l'étoffe tombe, me laissant nue pour lui.

– Vous êtes une déesse, Natalie. Une véritable déesse.

Ses doigts glissent dans mon entrejambe moite et il sait précisément à quel endroit me toucher. J'ai l'impression que je vais voler en éclats.

– Natalie, je voudrais enfoncer mes doigts en vous. Vous me laissez faire ?

– *Oui.*

Je suis heureuse qu'il m'ait demandé la permission, qu'il prenne toutes ces précautions avec moi. Cela prouve qu'il tient à moi.

Ses doigts s'insinuent en moi et je me retiens de crier de plaisir. Puis il les recourbe et appuie à un endroit dont j'ignorais jusqu'à l'existence. Je jouis dans une explosion en manquant de lui arracher les cheveux. Puis je redescends lentement en flottant et je me rends compte qu'il tremble et que ses doigts sont toujours enfoncés en moi.

– Flynn… (Je passe ma langue sur mes lèvres desséchées. Sous ma main posée sur sa poitrine, je sens battre son cœur. Il a les yeux fermés et sa mâchoire crispée palpite comme chaque fois qu'il tente de se maîtriser.) Vous me faites oublier que je me suis juré de ne rien faire de tout cela avant le mariage.

– Vous me faites penser à Vegas.

– Vegas ? Pourquoi donc ?

– Les chapelles de mariage. Il y en a des tas là-bas.

Comment puis-je éclater de rire quand je suis toute nue dans les bras d'un homme – de mon plein gré – pour la première fois de ma vie, et qu'il a les doigts enfoncés en moi ?

– Natalie… continue-t-il, les yeux toujours fermés. J'ai tellement envie de vous. Je sais que tout est arrivé très vite et que je dois faire très attention avec vous.

– Vous n'y avez pas manqué.

Je l'embrasse et il ouvre les yeux pour plonger son regard dans le mien.

– J'ai peur de vous effrayer en commençant à demander plus que vous n'êtes prête à donner. Vous me mettez sur des charbons ardents.

– Je suis affreusement cruelle avec vous.

Il retire ses doigts et j'étouffe un cri, puis je suis sous le choc en le voyant les porter à sa bouche et les lécher. Jamais je n'ai vu faire quelque chose d'aussi sensuel et naturel.

– Pas du tout. Vous m'enseignez que ne pas avoir tout de suite ce que je désire forge le caractère. Vous me montrez que tout ce qui vaut la peine d'attendre est réellement précieux. Et que je peux tenir à quelqu'un plus que je ne tiens à moi-même.

Ses paroles me touchent profondément.

– Flynn… je tiens à vous moi aussi. J'espère que vous savez que je désire tout autant que vous ce que vous demandez.

Une étrange expression passe fugitivement dans son regard.

– Nous devrions nous préparer pour le dîner.

Il m'aide à remettre mon maillot, et ses doigts qui me frôlent avec insistance finissent par me donner la chair de poule.

Nous rentrons ensemble et il prépare la douche pour moi, mais il ne vient pas m'y rejoindre, cette fois. Tout en me lavant, je songe à ce qui vient de se passer et à ce que j'ai ressenti quand il m'a serrée contre lui et caressée. Je n'ai éprouvé ni peur ni inquiétude. Seulement un plaisir comme je n'aurais jamais imaginé pouvoir en connaître avec lui.

Je vacille, c'est évident. Moi qui avais juré d'éviter les hommes et le sexe, je suis ébranlée par un homme d'une beauté et d'une douceur incroyables, mais je ne dois pas oublier que je ne le connais que depuis une semaine. Comment des années de farouche détermination peuvent-elles être anéanties si rapidement ?

J'ai besoin de Leah, mais elle est de jour au bar, aujourd'hui. À peine ai-je terminé ma douche que je file prendre mon téléphone pour lui envoyer un texto.

– *Tu peux parler, là ?*

– *Oui, c'est mort. Appelle-moi.*

Elle décroche aussitôt.

– Alors, c'est comment, L.A. ? Raconte-moi tout.

– Je le ferai dès que tu m'auras dit comment va ma chère petite Flocon.

– Elle s'est comportée en petite garce toute la journée parce que sa maîtresse est partie et l'a abandonnée.

– Je t'interdis de parler d'elle comme ça !

– Elle est toujours aussi grincheuse, mais je tiens le coup. Maintenant, raconte-moi L.A. !

– C'est génial. J'ai fait la connaissance de Marlowe Sloane, aujourd'hui.

Je dois écarter le téléphone de mon oreille tellement elle piaille.

– *Nooon ?* Elle est comment ?

– Imagine-toi, c'est la fille la plus cool qui soit.

– Oh, mon Dieu, je suis tellement jalouse, je suis verte. D'abord Flynn et maintenant *Marlowe*. C'est trop dingue. Vous vous amusez bien ?

– Énormément. C'est… Leah, je ne sais pas où j'en suis.

– Comment ça se fait ?

– J'ai envie de coucher avec lui.

– Super ! Il serait temps, merde !

– Ça fait *juste une semaine*, Leah.

– Oui, mais c'est *Flynn Godfrey*, Natalie.

– Ça n'a rien à voir. Je me fiche de son statut. C'est à *lui* que je tiens.

– Si tu tiens à lui, Nat, il n'y a rien de mal à coucher avec lui.

Je ne me fatigue pas à préciser que c'est déjà fait, parce que je sais que ce n'est pas ce qu'elle veut dire.

– Nat ?

– Oui, je suis là.

– Écoute, je ne connais pas tous les tenants et aboutissants, mais j'ai à peu près compris que tu avais subi un traumatisme. Je suis désolée de ce qui t'est arrivé. Mais si tu tiens à ce mec, si tu tiens vraiment à lui et que lui aussi, il n'y a rien de mal à être avec lui. Tu en es consciente, n'est-ce pas ?

– Je sais, je sais.

Des larmes commencent à ruisseler sur mes joues. Je les essuie avec agacement.

– Tout va bien ?

– Oui, je crois.

– Je suis là si tu as besoin de moi.

– Merci. Tu m'as dit exactement ce que j'avais besoin d'entendre.

– Ce pauvre garçon ne va pas comprendre ce qui lui arrive quand il se retrouvera au lit avec une Natalie déchaînée après des années passées à se retenir.

– À ce sujet… (Son rire qui éclate à l'autre bout du fil me fait sourire.) Nous allons dîner avec ses parents.

– Nom de Dieu ! *Tu vas rencontrer Max et Estelle ?*

– Eh oui, dis-je en riant de sa réaction. C'est leur anniversaire de mariage.

– Je crois que je viens de m'évanouir. Amuse-toi bien et ne fais rien que je ne ferais pas, ce qui revient à te donner la permission de faire tout et n'importe quoi.

Je ris encore quand nous nous disons au revoir et qu'elle promet d'embrasser Flocon pour moi. Je me sèche les cheveux et prends le temps de me maquiller soigneusement en couronnant le tout avec du gloss. Je mets la même robe noire qu'une semaine plus tôt pour mon premier soir avec Flynn. Et en jugeant de l'effet produit dans le miroir, je repense que je lui avais demandé de me raccompagner chez moi après être passés voir Leah au bar.

Je suis heureuse qu'il m'en ait dissuadée, car j'aurais manqué tout ce qui s'est passé depuis.

On frappe un petit coup à la porte. Je prends une profonde inspiration en vue de la soirée qui m'attend.

– Entrez.

Il apparaît, vêtu d'un splendide costume gris avec une chemise noire sans cravate. Il est magnifique.

– Natalie… vous êtes parfaite.

– C'est drôle, je me disais la même chose à votre propos.

– Allons-y, dit-il en me tendant la main.

– Flynn, dis-je en la prenant.

– Quoi donc, ma chérie ?

– Tout à l'heure, quand nous rentrerons, je crois que j'aurai peut-être envie d'essayer.

Il se raidit.

– Par *essayer*, vous voulez dire…

– Je veux faire l'amour. Avec vous. Ce soir.

– Et vous voulez que je reste calme ce soir après m'avoir annoncé ça ? demande-t-il en me prenant par la taille et en m'attirant contre lui si près que je sens son excitation.

– Je ne sais pas si j'en serai capable.

– Ma chérie, dit-il en posant la tête sur mon épaule. Ne faites pas cela parce que vous pensez le devoir. Vous n'êtes pas obligée. J'étais sincère en vous disant que je ne suis pas pressé. À vrai dire, je pense que nous devrions attendre. Je veux que vous soyez sûre de votre décision.

– Je le suis.

– Je peux nous décommander à ce dîner que j'ai organisé ?

– Certainement pas. Allons-y.

18
Natalie

Je le prends par la main et l'entraîne hors de la chambre.

Une fois dehors, je découvre que la voiture de la soirée est une grosse Mercedes argent.

Une fois que nous roulons, je me risque à lui demander :

– Il y en a une pour chaque occasion ?

– Pratiquement.

– D'où sortent-elles ?

– J'ai un garage pas loin et un autre en ville. Et il y en a aussi à New York.

– J'aime bien celle-ci, dis-je en caressant le cuir noir sur la portière.

– Considérez-la comme vôtre chaque fois que vous êtes à L.A.

– Je n'ai pas le permis.

– *Quoi* ? s'étonne-t-il en manquant faire une embardée.

– Flynn ! Regardez ce que vous faites !

– Vous ne savez vraiment pas conduire ?

– Je saurais sûrement si j'étais obligée, mais je n'ai pas le permis. Je ne l'ai pas passé.

Je ne lui précise pas que j'ai quitté le domicile familial avant d'avoir l'âge de le passer et que j'étais trop occupée à travailler pour vivre et suivre me études pour me soucier de ce genre de chose.

– Vous voulez le passer ?

– Je finirai par le faire à un moment ou un autre, mais pour l'instant, je n'en ai pas besoin. Je peux aller partout à pied ou en métro.

– Il va falloir que je vous apprenne à conduire. Vous le savez, n'est-ce pas ?

– Il va *falloir* ?

– Oui.

– J'accepterai peut-être, mais seulement si j'ai le droit de prendre la Bugatti.

– Oh, eh bien…

J'éclate de rire devant ses bafouillages.

– Détendez-vous. Je plaisantais. Je serais sûrement morte de trouille à l'idée d'abîmer votre magnifique voiture.

– Oh, Dieu merci. Moi qui essayais de trouver un moyen poli de refuser.

Je me moque de lui en l'imitant :

– Tout ce que vous voudrez, Natalie. Tout sauf ma précieuse Bugatti.

– Vous êtes une sale gosse, dit-il en riant.

– Au moins, vous ne pensez pas à ce que je vous ai dit tout à l'heure.

– Comment se fait-il que vous ayez fini par me battre à mon propre jeu, Natalie Bryant ?

Ravie d'avoir remporté une manche, j'essaie de me préparer à rencontrer ses parents.

– Ne soyez pas inquiète, dit-il en me prenant la main, ayant une fois encore lu dans mes pensées. Ils vont vous adorer.

Je ne sais pas ce que je m'imaginais quand Flynn a demandé à Addie d'organiser un dîner pour ses parents, mais ce n'était sûrement pas Frankie's Steakhouse.

– Bienvenue, M. Godfrey, dit le voiturier. Heureux de vous revoir.

– Moi aussi, Anton, dit Flynn en serrant la main du jeune homme et en lui glissant un billet. Occupez-vous bien d'elle.

– Comme toujours. Comment va la Bugatti ?

– Elle est ravie d'être à New York.

– Oh, dommage que ce soit si loin. Passez une bonne soirée.

– Merci encore, dit Flynn en posant la main sur mes reins pour gagner le restaurant.

L'endroit n'a rien de particulièrement snob, au contraire l'atmosphère est chaleureuse et accueillante. Un vieux bonhomme aux cheveux blancs clairsemés clopine avec sa canne pour nous accueillir.

– Flynn, quel plaisir de te revoir, mon garçon.

– Moi aussi, Frankie, dit Flynn en l'étreignant. Merci d'avoir tout organisé pour nous ce soir.

– C'est toujours un plaisir de vous recevoir en famille.

– Voici mon amie Natalie. Nat, je vous présente Frankie, une légende d'Hollywood.

Il s'incline galamment pour me baiser la main.

– Une légende, je ne sais pas, mais préparer des steaks du feu de Dieu, ça je sais.

– C'est bien vrai, confirme Flynn. Tout le monde est déjà arrivé ?

– Ils vous attendent dans l'arrière-salle.

– Tu seras des nôtres ?

– Je ne manquerais ça pour rien au monde. À tout à l'heure.

La main toujours sur mes reins, Flynn ne semble pas remarquer tous les gens qui le suivent du regard pendant que nous traversons la salle.

– Mes parents ont eu leur premier rendez-vous amoureux ici. C'est leur endroit préféré depuis. Chaque événement important dans la famille est fêté chez Frankie's.

Le fait qu'ils soient fidèles à leurs traditions et à leurs amis me fait apprécier ses parents encore davantage avant même de les avoir rencontrés.

– Frankie est l'un des meilleurs amis de mon père. Ils jouent régulièrement au poker avec quelques autres potes depuis cinquante ans. Sa femme est morte l'année dernière et il ne va plus très bien depuis. Papa se fait du souci pour lui.

– Cela va lui remonter le moral d'être avec des amis.

– J'espère. (Il ouvre une porte sur une salle remplie de monde qui se retourne pour le saluer. Une horde de gamins l'entoure, le forçant à me lâcher.) Holà ! Du calme, petits sauvages. Vous allez faire peur à mon amie.

– Tonton Flynn, porte-moi, réclame un blondinet.

Tonton Flynn obéit et hisse le gamin sur ses épaules.

– Natalie, voici Mason. Il a quatre ans.

Le petit garçon lève quatre doigts et je tombe amoureuse de son adorable petite frimousse, et en voyant Flynn le porter, cela me rend toute chose. Il fera un père merveilleux un jour. Beurk ! Mais d'où sort cette idée ?

Avant que j'aie le temps de songer à l'étrange direction qu'ont prise mes pensées, nous sommes entourés par trois belles femmes, toutes plus blondes, grandes et élégantes les unes que les autres. Aucune ne ressemble à leur frère.

– Natalie, ces diablesses sont mes sœurs : Aimée, Ellie et Annie. Mesdames, voici Natalie. Essayez de ne pas être vous-mêmes pour ne pas l'effrayer.

– Tais-toi, Flynn, et laisse-nous passer, dit Annie.

Elles m'étreignent et me saluent tour à tour, et l'une d'elles – Ellie, peut-être – demande ce qu'une gentille fille comme moi fait avec un salaud comme Flynn.

– Merci, Ellie, dit Flynn en riant. Merci beaucoup.

Elles parlent toutes en même temps et me bombardent de questions. Elles sont si chaleureuses que j'ai l'impression de faire déjà partie de la famille.

– Jeunes filles, dit une sévère voix de femme derrière elles. Écartez-vous pour me laisser saluer Natalie.

Elles obéissent et en voyant Estelle Flynn s'avancer, je me retrouve totalement désarçonnée.

– Maman, je te présente Natalie. Nat, voici ma mère, Estelle.

Elle m'étreint dans un nuage de parfum délicieux.

– C'est un plaisir de vous rencontrer, Natalie. Nous sommes ravis que vous ayez pu vous joindre à nous ce soir.

Je sais que je devrais dire quelque chose, mais je suis totalement éblouie. D'une main dans mon dos, Flynn me soutient et je retrouve ma langue.

– Je suis très heureuse de faire votre connaissance, Mme Flynn. Merci de m'accueillir.

– Tout le plaisir est pour nous. Et puis appelez-moi Stella, voyons.

Je vais m'évanouir. Je suis incapable de garder ma contenance en présence d'une femme aussi stupéfiante. Elle est d'une beauté frappante, avec ses cheveux blond pâle magnifiquement coiffés qui soulignent son joli visage. J'essaie de ne pas trop la dévisager, mais j'ai un mal fou. Elle étreint chaleureusement son fils en souriant.

– Quel plaisir de te voir, mon chéri.

– Moi aussi, Maman. Heureux anniversaire de mariage.

– Merci, et aussi d'avoir tout organisé.

– Tout le mérite en revient à Addie.

– En effet, dit Addie qui est derrière Marlowe.

– Laissez-moi voir mon fils.

La voix retentissante précède Max Godfrey qui arrive et broie dans une étreinte implacable son fils, qui la lui rend avec enthousiasme.

Max est à peu près de la même taille que Flynn, avec une crinière de cheveux poivre et sel et les magnifiques yeux bruns de Flynn. Il est tout aussi bel homme que son fils, qui lui ressemble énormément. Le regarder, c'est voir Flynn dans trente ans.

– Salut, Papa.

Max lâche son fils et lui prend le visage dans les mains.

– Tu as une sale tête, mon garçon. Qu'est-ce qu'on te donne à manger à New York ?

Comme Flynn a tout sauf une sale tête, je ne peux m'empêcher de rire.

– Papa, voici Natalie. Nat, mon père, Max, qui ne mâche jamais ses mots.

J'ai droit à la même étreinte que son fils, mais plus délicate. Je découvre rapidement que c'est une chose de voir des photos de Max Godfrey dans les magazines et une tout autre affaire que de le voir en vrai. Je n'ai jamais rencontré personne d'aussi magnétique dans ma vie, en dehors peut-être de son fils.

– Natalie, dit-il en me prenant par les épaules. Bienvenue dans la famille.

– Papa…

– Tais-toi donc. Laisse-moi parler à ta copine.

D'un geste vif, il m'arrache à Flynn et m'entraîne vers le bar. Malgré ma circonspection habituelle avec les inconnus, je ne peux qu'être charmée par Max Godfrey.

– Qu'est-ce que je peux vous offrir, ma petite ?

– Du vin blanc, ce serait parfait.

Il commande un scotch et une fois servi, reprend :

– Parlez-moi de vous.

– Il n'y a pas grand-chose à raconter à part que je suis originaire du Nebraska et que je suis institutrice à New York.

– Et comment avez-vous rencontré Flynn ?

Je lui raconte l'anecdote du square le week-end dernier et il éclate de rire quand j'arrive à Flocon mordant le bras de son fils.

– Ce n'était vraiment pas drôle, vous savez.

– Oh mais si, dit-il en s'essuyant les yeux. Vous avez sûrement vu comment les gens lui lèchent toujours les bottes, alors l'idée qu'un cabot de dix kilos ait eu le dessus avec lui ne peut que me faire rire.

– Eh bien, étant la maîtresse de Flocon, je n'ai pas du tout apprécié son comportement. Heureusement que Flynn n'a rien eu.

– Papa, arrête d'accaparer ma cavalière, dit Flynn en nous rejoignant.

– On commence tout juste à faire connaissance. Laisse-nous tranquilles.

– Pas question, dit Flynn en me prenant par la taille.

– Moi qui m'amusais, voilà qu'il gâche tout.

Je suis totalement sous le charme de Max Godfrey et je comprends de qui son fils tient son humour et son entrain.

Je fais la connaissance des beaux-frères de Flynn : Trent, qui est marié à Aimée, et Hugh, à Annie. J'apprends qu'Ellie, le célibataire, est une des responsables de Quantum, la compagnie de production de Flynn. Annie est avocate. Et Aimée possède un studio de danse. Je suis présentée au neveu de Flynn, Ian, qui a onze ans et une ressemblance frappante avec son célèbre oncle, ainsi qu'à ses nièces India et Ivy, sept et neuf ans, les filles d'Annie. Contrairement à leurs cousins, elles ont les cheveux et les yeux bruns.

Nous nous asseyons pour dîner et Hugh se retrouve à ma gauche, tandis que Flynn, à ma droite, est absorbé par la conversation avec ses parents. En face de moi se trouvent Addie et Marlowe, et je suis rassurée par la présence de ces visages familiers.

– Ne vous laissez pas impressionner par les Godfrey, me souffle Hugh avec des airs de conspirateur. Ils sont inoffensifs, au fond.

– C'est bon à savoir. Merci.

Sans s'interrompre dans sa conversation, Flynn prend ma main sous la table et la serre dans la sienne. La chaleur de ce geste me donne une sensation de sécurité que je n'ai plus éprouvée depuis que j'ai quitté la maison familiale. Je commence à avoir la très agréable impression que nous nous appartenons l'un à l'autre.

Je me sens sereine en contemplant cette incroyable famille. Tout le monde rit, plaisante et parle de la fondation de Flynn. Ses trois sœurs comptent apparemment y jouer un rôle, tout comme ses parents, ce qui semble lui faire particulièrement plaisir.

Alors qu'on nous sert une délicieuse Caesar Salad préparée devant nous, la conversation arrive sur les Globes.

– Tu vas gagner, dit brusquement Ellie, ce qui lui vaut une grimace de son frère. Quoi ? Je dis ce qui est, c'est tout. Personne n'a approché ta performance dans *Camouflage*, et tout le monde le sait.

– Je suis d'accord, renchérit Max.

– Moi aussi, dit Frankie qui vient de nous rejoindre.

– Et moi donc, ajoute Marlowe en souriant et en levant son verre en l'honneur de Flynn.

Il se bouche les oreilles en faisant mine de ne pas les entendre. J'adore son côté superstitieux.

On nous sert une côte à l'os rôtie accompagnée d'énormes pommes de terre au four et d'asperges qui fondent dans la bouche. Je n'ai jamais rien mangé d'aussi délicieux, et je complimente Frankie, qui rayonne de plaisir.

– Merci, ma petite. Il faut que tu la gardes, celle-ci, dit-il à Flynn. Elle est de premier ordre.

– Je suis bien d'accord, dit-il avec un sourire chaleureux qui me donne des papillons dans le ventre.

– Jamais il n'amène personne aux soirées familiales, me confie discrètement Hugh. Jamais.

Je lui souris en me disant que Hugh est mon nouveau meilleur ami.

Une fois que le très efficace personnel de Frankie a débarrassé la table, Flynn me lâche la main et se lève en brandissant son verre.

Ses sœurs se mettent à gémir en chœur.

– Ça y est, se lamente Annie.

Sans leur prêter attention, Flynn se tourne vers ses parents.

– Je voudrais simplement souhaiter un heureux anniversaire de mariage à mes parents, Max et Stella. Vous donnez depuis quarante-quatre ans l'impression que le mariage, c'est facile, et nous aimerions tous avoir la chance de connaître le même bonheur. Nous vous adorons tous les deux.

– Il faut reconnaître qu'il sait y faire, concède Annie à contrecœur en levant son verre pour ses parents qui rayonnent de plaisir.

– C'est un pro, dit Aimée.

Ses sœurs se mettent à rire et Flynn lève les yeux au ciel en se rasseyant et en reprenant aussitôt ma main.

– C'était charmant, lui dis-je.

– Merci.

– Merci à toi, mon fils, dit Stella. Je suis d'accord avec Natalie. C'était charmant.

– Il vous a dit qu'il était le préféré de Maman ? demande Ellie. Le petit Flynn était son petit ange toujours sage.

– C'est parce qu'il se tenait bien depuis le premier jour, réplique Stella. Et vous pourriez toutes en prendre de la graine.

Pendant que ses sœurs font des grimaces écœurées qui font rire les enfants, Flynn sourit de leur petit cinéma.

– Oui, vous devriez suivre mon exemple.

Ses sœurs lui balancent leurs serviettes à la tête.

– Les filles ! s'écrie Stella en me lançant un regard désolé. Nous avons une invitée, ce soir, et vous vous montrez sous votre pire jour.

– Et encore, on ne se lâche pas, dit Aimée dans un concert de rires.

– C'est bien vrai, répond Max, manifestement ravi de ce chahut. Demandez à Frankie. Il nous connaît bien.

– Oh, je ne vois rien et je ne dis rien, esquive Frankie.

– En homme sage, dit Flynn qui a pris sa nièce India sur les genoux.

On nous sert un délicieux gâteau au chocolat avec du café et des digestifs.

Flynn nous commande un cocktail au café.

– Vous allez adorer, m'assure-t-il.

Et il n'a pas menti : j'adore la douce chaleur du Bailey's, que je n'ai jamais goûté avec du café.

La soirée s'achève, Annie annonce que c'est l'heure pour les enfants d'aller se coucher. Le plus jeune, Garrett, suce son pouce, endormi sur l'épaule de Hugh, qui lui caresse le dos.

En les voyant, je suis envieuse. Comme ce serait agréable de voir l'homme que j'aime s'occuper ainsi de notre enfant endormi. Je n'ai jamais vraiment eu envie d'enfant, n'ayant pas le temps de penser à l'avenir tellement j'étais occupée à refaire ma vie.

Mais à présent…

Flynn me prend dans ses bras et je me tourne vers lui.

– Vous êtes prête à rentrer ? demande-t-il.

– Quand vous voulez.

Mon cœur se met à battre à la pensée de ce qui m'attend quand nous serons rentrés.

Nous prenons congé, et ses parents me disent qu'ils assisteront aux Globes demain. Je suis heureuse de savoir que je vais les revoir rapidement.

– Merci de m'avoir invitée ce soir. Votre famille est merveilleuse.

– Cela leur arrive, dit Stella en me serrant dans ses bras. Nous sommes absolument ravis d'avoir fait votre connaissance, Natalie. J'espère que nous vous reverrons souvent.

– Maman…

– Quoi ? Je ne fais que dire la vérité, dit-elle en embrassant son fils. Et épargne-moi les « Maman ».

– Filons d'ici avant qu'ils ne vous fassent changer d'avis sur mon compte.

– Merci de cette agréable soirée, dis-je pendant qu'il m'entraîne.

– C'est nous qui vous remercions, lance Max.

Une fois de plus, Flynn fait tourner les têtes alors que nous retraversons la salle pour sortir. La voiture attend devant la porte et il m'aide à monter. Je le vois glisser un autre billet dans la main d'Anton. Tout se fait avec une facilité et une simplicité déconcertantes.

– J'espère que vous vous êtes amusée, dit Flynn sur la route, après avoir pris ma main dès la seconde où nous avons quitté le restaurant.

– C'était génial. Votre famille est sensationnelle, mais vous êtes au courant, évidemment.

– Oui, même s'ils me font tourner en bourrique, parfois.

– J'ai bien aimé Hugh. Il a l'air vraiment sympa.

– C'est un type génial. Trent aussi. Nous jouons beaucoup au basket tous les trois quand je suis à L.A. Je dis toujours à mes sœurs qu'elles ont fini par se rendre utiles quand elles m'ont ramené les deux frères dont j'avais tant besoin ainsi que quelques nièces et neveux.

– Elles doivent adorer vous entendre.

– Vous savez que c'est sans méchanceté, n'est-ce pas ? Je ferais tout – et je dis bien *tout* – pour elles, et vice versa. Toutes les trois, elles tueraient pour moi, et elles ont failli le faire en plusieurs occasions.

– J'ai bien compris. Vous ne vous laissez rien passer parce qu'au fond, vous êtes soudés par l'amour et le respect que vous ont inculqués vos parents.

– Oui, dit-il en me regardant avec un drôle d'air.

– Quoi ? J'ai dit une bêtise ?

– Non, ma chérie, vous avez dit exactement ce qu'il fallait. La dernière femme que j'ai fréquentée… a vu Annie et Aimée une seule fois et décrété que c'étaient des mégères à cause de leur manière de me parler. Elle n'avait rien compris, vous oui.

Il est clair que je comprends mieux que beaucoup de gens comment la dynamique familiale peut vous porter ou vous briser. Il a eu droit à la première, moi à la seconde, mais avoir vu les Godfrey ce soir m'a rendu ma foi dans l'institution familiale, même si de mon côté, j'en ai souffert.

Nous rentrons en silence, mais une légère tension vibre entre nous maintenant que nous sommes de nouveau seuls. Quand nous arrivons chez lui, la peur m'a mise sur les nerfs. Et si je n'y arrive pas ? Et si je me mets à paniquer ou…

– Nat, dit-il doucement. Venez par là, que je vous parle.

Il me conduit au canapé et s'assied auprès de moi.

– Quelque chose ne va pas ?

– Non, ma chérie, tout est parfait. Ce soir était une occasion spéciale pour moi, j'ai pu vous présenter à ceux qui me sont les plus chers et vous voir vous intégrer parfaitement comme si vous faisiez partie de la famille. Mes parents vous ont adorée, exactement comme je l'imaginais. (Il passe une main dans mes cheveux et m'attire contre lui.) J'ai pensé toute la soirée à ce que vous m'avez dit tout à l'heure. C'est un miracle que j'aie pu articuler deux mots.

– Je ne cherchais pas vous distraire.

– Si, glousse-t-il. Je crois que c'est ce que vous cherchiez, et vous y êtes parfaitement parvenue. Mais voilà… je crois que nous devrions attendre un peu pour faire l'amour. Il y a une semaine, vous étiez inébranlable sur le sujet et je refuse d'être celui qui vous aurait forcée à faire quelque chose pour quoi vous n'êtes pas prête, simplement parce que vous pensez que c'est ce que je désire.

– Mais il n'y a pas que vous qui le désirez. Moi aussi, je le veux.

– Je sais, ma chérie, mais malgré tout… je pense que nous devrions attendre. J'ai senti que vous deveniez une boule de nerfs dès la seconde où nous sommes montés dans la voiture pour rentrer.

– Je ne vais pas nier que je suis nerveuse, mais cela ne veut pas dire que je ne veux pas.

– Il y a des tas de choses agréables que nous pouvons faire sans aller jusqu'au bout. Je veux que vous soyez sûre, et j'ai promis de respecter vos limites. Je redoute tellement de faire quelque chose qui vous effraierait, Natalie. Vous n'imaginez pas à quel point. Plus je passe du temps avec vous, plus vous devenez essentielle pour moi. (Il me prend dans ses bras.) Je ne vous laisserai pas. Nous avons tout le temps que les choses se fassent une fois que nous serons prêts tous les deux.

– Je veux être normale. Je veux être comme toutes les femmes qui ont trouvé un homme qu'elles aiment.

– Vous êtes parfaite telle que vous êtes. Tout ce que vous avez vécu vous a endurcie et rendue incroyablement mature pour votre âge. J'admire tout cela en vous. Et quand le moment sera venu, nous le saurons. Il n'y aura ni peur, ni inquiétude, ni ombres du passé. Il n'y aura que vous et moi et tout ce que nous éprouvons l'un pour l'autre.

– J'ai l'impression que je vis un rêve. Jamais je n'aurais imaginé rencontrer quelqu'un comme vous qui me comprenne si intimement.

– J'éprouve exactement la même chose. Après avoir fréquenté des tas de femmes qui se préoccupaient plus de ce que je pouvais faire pour elles que de moi, c'est une bouffée d'air frais de trouver quelqu'un comme vous et de se sentir compris.

– Si nous devons attendre, cela veut-il dire que vous ne voulez pas que nous couchions dans le même lit ?

– J'adorerais cela, si vous voulez bien de moi.

– Oui, Flynn, je veux bien de vous.

Je lui souris, curieusement soulagée de ce répit. J'avais envie d'essayer, mais attendre me convient aussi.

Il m'embrasse et je sens qu'il se retient pour que ce baiser reste délicat sans rien d'impérieux.

– Allons nous coucher et regarder un film.

– D'accord.

Nous nous couchons et nous retrouvons tous les deux au milieu du lit. Il porte un bas de pyjama qui a l'air neuf, ce qui m'amène à me demander ce qu'il porte d'ordinaire pour dormir. J'ai un débardeur et un pantalon de pyjama léger. Il passe la main dans mes cheveux que j'ai pris le temps de brosser et qui sont tout soyeux.

Tout mon corps se met à vibrer de sa présence.

– Je croyais que nous allions regarder un film.

– C'est ce que nous allons faire.

– Euh… eh bien…

– Je préfère nettement vous regarder plutôt qu'un film.

Je le prends dans mes bras et me laisse aller à un baiser qui commence lentement et sensuellement pour s'embraser en quelques secondes. Le temps que nous reprenions notre souffle, nos jambes sont entremêlées, sa main s'est refermée sur mon sein et son sexe dur palpite contre mon ventre.

Il recule, comme dégoûté de lui-même.

– Flynn ?

– Excusez-moi. Je vous ai fait tout un discours en vous disant qu'il fallait attendre, et voilà que je vous agresse presque.

– Euh, je crois que nous nous sommes mutuellement agressés.

– Malgré tout…

– Je sais que vous êtes plus âgé que moi et que vous avez bien plus d'expérience, mais tout ce qui se passe entre nous, nous sommes deux à le désirer. Ce n'est pas seulement vous. J'en ai envie aussi. J'ai envie de *vous*.

– Moi aussi, Nat. Terriblement. Je n'ai jamais désiré personne autant que vous. Mais je ne vous désire pas seulement au lit, je vous désire totalement. Je veux que tout se passe bien.

– Je le veux aussi.

– Peut-être qu'il ne vaut mieux pas que je dorme avec vous si je ne peux pas m'empêcher de vous toucher.

– Vous avez dit tout à l'heure qu'il y avait des tas d'autres choses agréables sans devoir aller jusqu'au bout.

– Oui, j'ai dit cela, en effet.

– Oui, oui. (Je caresse du bout de l'index ses abdominaux saillants et je suis fascinée de les voir trembler sous mon doigt.) De quoi parliez-vous ?

Il pousse un long soupir, manifestement mal à l'aise.

– Je vais devoir être honnête avec vous.

– Le contraire m'ennuierait.

– J'ai peur de vous faire ce dont je brûle d'envie. De me laisser emporter et d'oublier ce dont nous sommes convenus. (Il enfouit son visage dans le creux de mon cou.) Vous me rendez fou, Natalie.

Je le prends dans mes bras et je m'aperçois qu'il tremble de tout son corps.

– Je peux vous caresser ?

– Vous pouvez me faire ce qu'il vous plaira, quand vous voulez.

Je commence par laisser glisser mes mains sur son dos dans l'espoir de l'apaiser. Mais quand je sens ses doigts se crisper sur mon propre dos, je me rends compte que c'est un échec. Je me penche pour lui baiser la poitrine. Il m'empoigne par les cheveux et la vive douleur me fait frémir de désir. Même dans cette position, je le sens qui lutte pour se contrôler. Je descends le long de son ventre en suivant de la langue les contours de ses abdominaux.

– *Natalie…*

– Oui ?

– Remontez.

– Je suis très bien là où je suis.

– *Merde.*

Je souris et continue de l'embrasser et le lécher. Je n'ai pas la moindre idée de ce que je fais, mais comme il a l'air de réagir positivement, je continue jusqu'au moment où je me retrouve au-dessus de la ceinture de son pyjama, où la forme de son sexe dressé est clairement visible. Alors que j'essaie de rassembler le courage nécessaire pour poursuivre, il prend ma main et la pose dessus.

– Montrez-moi comment je dois faire, lui dis-je.

Avec un grognement, il fait aller et venir nos mains, plus vite et plus brutalement que je ne l'aurais fait moi-même. C'est là qu'il baisse son pantalon.

Mon Dieu, il est énorme et je suis à la fois intimidée et curieuse à l'idée de l'accueillir en moi.

– Bon sang, murmure-t-il en continuant le va-et-vient de nos mains.

La peau de son sexe est étonnamment douce et je suis surprise de le sentir durcir et grossir encore. Me voilà curieuse de choses qui me terrorisent depuis des années. J'ai envie de tout faire avec lui, alors que cette idée m'aurait rendue malade rien que la semaine dernière.

Et plutôt que de m'appesantir sur le sujet, je me penche sur lui, repousse sa main et le prends dans ma bouche.

– *Putain*, marmonne-t-il. Natalie, vous ne pouvez… aah, merde.

Là encore, je n'ai pas la moindre idée de ce que je fais, mais sa main qui se crispe dans mes cheveux m'indique que je dois bien m'y prendre.

– Servez-vous de votre langue, dit-il.

– Comme ceci ?

Je lèche les pourtours du gland avec application.

– Oui. Bon Dieu, *oui. Nat…*

– Dites-moi ce que je dois faire. Montrez-moi.

Haletant, il baisse les yeux vers moi.

– Ouvrez plus grand la bouche. Enfoncez ma queue le plus loin possible. (Il referme ma main sur la base de son sexe.) Caressez-moi en même temps.

Malgré tous mes efforts, je n'arrive à l'engloutir qu'à moitié, et je me demande comment je vais faire quand nous allons vraiment faire l'amour.

Et surgi de nulle part, un flash-back me revient. Le souvenir d'avoir été forcée à faire cela. De m'être étranglée et d'avoir suffoqué et…

Je me redresse et porte la main à ma bouche pour étouffer un sanglot. J'ai la poitrine serrée alors que j'essaie de chasser les souvenirs du passé venus envahir un présent qui n'a évidemment rien de commun avec cette horreur.

Flynn se redresse et me prend dans ses bras.

– Respirez, ma chérie. Allons. (Il me secoue gentiment et me tire de cet abîme de souvenirs douloureux où j'ai sombré.) Respirez.

– Excusez-moi, dis-je dans un souffle.

– Surtout, ne vous sentez jamais obligée de vous excuser pour quoi que ce soit, dit-il en m'attirant contre lui et en posant ma tête sur son épaule.

Je suis furieuse de ces larmes qui roulent sur mes joues. J'en veux à ce passé qui continue de pointer sa tête hideuse pour me rappeler que quelque chose est brisé en moi, alors même que je me crois guérie. Je suis accablée de me rendre compte qu'il n'en est rien huit ans plus tard.

Flynn me berce doucement en me frôlant le front du bout des lèvres.

– Natalie, ne pleurez pas. Tout va bien.

– Non, rien ne va ! Vous ne voyez pas ? Si je n'y arrive pas, comment pourrai-je faire le reste ?

– Nat… C'est la première fois que vous essayez. Peut-être que cela n'a pas été concluant cette fois, mais que vous réussirez la prochaine ou la suivante.

– Et si je n'y arrive jamais ? Si je n'arrive pas à avoir des relations normales avec vous ?

D'une main sous le menton, il me relève la tête pour que je le regarde.

– Je vous aime. Je suis fou d'amour pour vous. Nous y arriverons ensemble. Petit à petit, jusqu'à ce que les fantômes du passé aient été exorcisés et qu'il ne reste plus que vous et moi.

Cela fait bien longtemps qu'on ne m'a pas dit cela. Et mes larmes redoublent en entendant ces mots qui remplissent tout ce vide en moi.

– Je vous aime, Natalie. Je vous ai aimée dès la première seconde où vous avez levé les yeux vers moi dans le square. Dès l'instant où Flocon m'a mordu et où j'ai couru derrière vous. Et même si cela doit nous prendre toute la vie, nous y arriverons, je n'en doute pas un instant.

– Vous n'en savez rien, dis-je en essuyant mes larmes. Vous ne savez même pas ce qui m'est arrivé.

– En effet, je l'ignore. Si vous voulez bien me le dire, je vous écouterai, je compatirai et je serai furieux, et absolument rien ne changera pour moi à part que je vous aimerai probablement encore plus.

– Je ne veux pas vous le dire. Je ne veux plus jamais en parler.

– OK. (Il dépose un baiser sur mon front, sur le bout de mon nez puis sur mes lèvres.) Si je n'ai aucun doute que nous y parviendrons, c'est parce que nous sommes déjà près du but. Ce que nous avons fait cette fois était différent et j'ai réveillé un souvenir en vous.

– Je voulais le faire. Je voulais vous offrir quelque chose de spécial.

– Vous me l'offrez déjà rien qu'en étant ici avec moi. Vous m'offrez quelque chose de spécial à chaque minute que je peux passer avec vous.

– Je veux être celle dont vous rêvez.

– Vous l'êtes déjà, ma chérie. Vous êtes absolument parfaite pour moi. (Il se rallonge en m'entraînant avec lui. Il passe la main dans mes cheveux.) Vous êtes si forte et résistante. Je crois en vous. Tout ira bien.

Ses paroles me bercent et me calment. Elles me redonnent de l'espoir.

– Fermez les yeux et dormez un peu. Nous avons une grosse journée, demain.

– Flynn ?

– Oui.

– Moi aussi, je vous aime.

Il me serre contre lui.

– Et voilà, encore un autre cadeau que vous me faites.

19
Flynn

Elle est endormie dans mes bras, mais le sommeil me fuit. Je suis submergé par mille émotions qui s'agitent implacablement en moi. Je suis soulagé de ne pas avoir à lui faire part de mes pensées et je suis furieux de ce qu'elle a été forcée de subir. Si l'homme qui lui a fait du mal est encore en vie, je veux le trouver et le tuer de mes propres mains.

En cet instant, je me rends compte que je serais prêt à tout pour elle, y compris un meurtre si cela pouvait lui apporter la paix qu'elle mérite tant. Et puis, je suis forcé de reconnaître que même si ce n'est pas la première fois que je le dis, je n'ai jamais été aussi sincèrement amoureux. Pas de cette manière, en tout cas. C'est à des années-lumière de ce que j'ai pu connaître jusqu'ici. C'est bien plus profond et enivrant.

Je songe à certaines répliques que j'ai prononcées au cinéma dans des rôles d'amoureux. Comme elles me semblaient stupides à l'époque. À présent, je les revois sous un nouveau jour, parce qu'il n'y a rien de stupide dans ce que j'éprouve pour Natalie. Et je me rends compte que c'est grâce à une petite chienne de dix kilos qu'elle est entrée dans ma vie. Ce jour-là, elle aurait pu traverser le square sans que je la remarque.

Elle aussi m'aime. J'en suis soulagé, mais ce que je lui cache me ronge. Pourtant, quelle importance ? Si je suis prêt à me priver de certaines choses pour en posséder d'autres, soit. La vie est faite de compromis et de moyens termes. Je peux faire cela pour elle, ou du moins, c'est ce que je me dis.

À vrai dire, je ne sais pas si je peux abandonner pour toujours le mode de vie que j'ai choisi il y a plus de dix ans. Mais je suis prêt à essayer si cela me donne une chance de vivre avec Natalie. Après ce qui s'est passé ce soir, il est évident qu'elle et moi ne pourrons pas partager ces pratiques.

Et si le choix est de vivre sans ces pratiques ou sans elle, eh bien, je sais ce qu'il en est. Elle m'est essentielle comme jamais ne l'a été rien ni personne. Je ferai le nécessaire pour que cela marche entre nous, même si cela implique d'abandonner quelque chose qui a beaucoup compté pour moi.

Ce ne sera pas comme lorsque j'étais avec Val. Ce mode de vie était nouveau pour moi et j'explorais encore mes limites. Je l'ai poussée trop loin. Je le sais, à présent. Elle s'est vengée en couchant avec le réalisateur du film que nous tournions à l'époque. Je me suis vengé en couchant avec sa meilleure amie. Toute cette histoire a été aussi moche que malheureuse. Rétrospectivement, je reconnais ma part de responsabilité dans le naufrage de notre couple.

Ce sera différent avec Natalie parce que je l'aime déjà plus que je n'ai jamais aimé Val, qui était d'une ambition sans nom, prête à toutes les bassesses pour obtenir ce qu'elle voulait, c'est-à-dire le statut de superstar. Elle y a réussi, c'est certain, mais à quel prix ? Au moins, moi, contrairement à elle, je n'ai pas vendu mon âme pour faire carrière.

Je n'aime pas penser à elle ni à la fin douloureuse et humiliante de notre mariage. Le divorce s'est si mal passé que j'ai publiquement renoncé au mariage, déclaration qui a beaucoup peiné ma mère, comme elle me l'a dit plus tard. Ces jours ont été les pires de ma vie, et Hayden a raison de me rappeler à quel point.

Je n'ai aucun désir de revivre quoi que ce soit de ce genre, et c'est pour cela que je renoncerai à mes pratiques plutôt que d'essayer de forcer Natalie à les accepter, car elle ne pourrait pas les supporter. Tandis qu'elle dort dans mes bras cette nuit, je prends la décision et je parviens à me détendre suffisamment pour m'endormir.

Je suis de nouveau torturé dans mon sommeil par les rêves érotiques où je me retrouve avec Natalie dans le donjon où elle se montre un partenaire enthousiaste de tous les scénarios que je concocte. Elle les adore autant que moi. Elle aime être dominée et forcée à retenir son plaisir jusqu'à ce que je l'autorise à le prendre.

Je la fais se pencher sur le banc de fessée, ses mains sont attachées et son cul redressé est une invitation à lui faire toutes sortes de choses. Elle est à moi, entièrement et totalement. Elle me fait implicitement confiance. Je l'aime follement. Je désire son délicieux corps et j'ai envie de repousser les limites de mon imagination pour l'emmener là où je ne suis jamais allé avec aucune autre partenaire.

J'abats ma main sur sa peau douce et blanche et le claquement résonne dans la vaste salle. Natalie pousse un petit cri puis gémit quand je masse la marque rouge. La douleur laisse la place au plaisir sous ma caresse.

Je recommence, inlassablement, jusqu'à ce que ses fesses soient rouge vif et qu'elle commence à haleter. Sa chatte devient luisante et elle mouille jusque à l'intérieur des cuisses, preuve qu'elle apprécie cela tout autant que moi.

Après avoir enduit mes doigts de lubrifiant, je lui caresse l'anus, lui arrachant un long gémissement.

– Quel est le mot de code ?

– Flocon, souffle-t-elle.

– Flocon quoi ?

– Maître. Flocon, Maître.

Je ravale les émotions qui montent en moi en l'entendant m'appeler ainsi et en sachant que je la possède corps et âme. C'est le plus beau cadeau que l'on m'ait jamais fait.

– C'est bien.

Je glisse mes doigts dans son anus et les retire immédiatement pour les remplacer par mon plus gros plug. Voyant qu'elle résiste à cette intrusion, je lui claque de nouveau le cul, détournant suffisamment longtemps son attention pour forcer sa résistance et enfoncer la portion la plus large.

Elle pousse un cri de douleur mêlé de plaisir et je caresse son clitoris pour lui faire oublier la pression de l'énorme plug dans son cul.

Je lui laisse une minute pour souffler et s'habituer, mais pas trop longtemps pour qu'elle ne perde pas sa concentration. Je la prends par les hanches, j'enfonce ma bite dans sa chatte et je suis obligé de me retenir un instant quand ses muscles se contractent. Je ferme les yeux, rassemble toute la maîtrise que je me targue de posséder, désireux de parvenir à une conclusion que ni elle ni moi n'oublierons jamais.

Je me sens serré étant donné le plug volumineux qu'elle a dans l'anus. C'est la dernière étape avant que je la prenne moi-même par-derrière. Le plaisir est sublime. C'est torride, grisant et d'autant plus gratifiant que je l'aime plus que moi-même. Je la pilonne violemment et rapidement, la forçant à me prendre tout entier, puis je donne un petit coup sur le plug et elle pousse un cri.

Sa chatte se contracte autour de ma bite et elle jouit si intensément que j'en suis tout étourdi. Savoir que je lui ai fait connaître cela suffit à me procurer du plaisir, même si ce mot est bien faible pour décrire ce moment que je partage avec la femme que j'aime.

Je me réveille en me rendant compte qu'une fois encore, j'ai joui dans mon sommeil. Ruisselant, je tremble encore de ce que je viens d'éprouver avec elle dans mon rêve. Avec précaution pour ne pas la réveiller, je m'écarte d'elle.

Je reste assis un long moment au bord du lit en me passant la main dans les cheveux, essayant de trouver une logique à ce qui m'arrive. Je suis terrifié à l'idée que ma vie finisse par se réduire à cela : des rêves humides où je possède ce que ne m'accorde pas la femme qui dort dans mes bras.

NATALIE

Le lendemain ressemble à un conte de fées. Tout commence quand je me réveille dans les bras de Flynn, puis Addie arrive avec coiffeur et maquilleur qui s'occupent de moi comme d'une princesse pendant deux heures. Comme ils ont l'air de savoir ce qu'ils font, je les laisse faire en essayant de me détendre.

Comme Flynn est à cran pour la soirée, je lui conseille d'aller courir. Quand il revient, les énormes rouleaux que j'ai dans les cheveux le font éclater de rire et il sort son téléphone.

– Flynn ! Pas de photos !

– Pourquoi ? Vous êtes tellement mignonne.

– Pas de photos.

Nous déjeunons sur la terrasse pendant qu'Addie et l'équipe déjeunent à l'intérieur.

– Aucune femme ne devrait laisser l'homme de sa vie la voir se préparer pour une soirée de ce genre, dis-je entre deux bouchées de la délicieuse salade de poulet qu'Addie a fait livrer.

Il s'immobilise et pose sur moi ce regard intense qui me fait immanquablement chavirer.

– Je suis l'homme de votre vie, Natalie ?

– Je crois que vous l'êtes devenu dès l'instant où vous vous êtes précipité derrière moi samedi dernier en exigeant que je vienne dîner avec vous.

– C'est effectivement ce que j'ai fait, dit-il avec un sourire satisfait.

– Vous avez été insupportable, et j'ai adoré cela.

– Moi aussi. (Il se penche pour m'embrasser et l'un des rouleaux le cogne en plein visage.) C'est très sexy, ma chérie, dit-il en riant.

– On m'a dit que le résultat valait la peine.

– Mmm, fait-il tout en m'embrassant. J'ai hâte.

FLYNN

Je n'ai jamais été ébloui autant que par Natalie moulée dans cette élégante robe noire Gucci Couture, avec sa cascade d'énormes boucles sexy – et encore, je ne la vois que de dos. La peur me noue l'estomac quand je songe aux paparazzis qui vont l'avaler toute crue.

J'ai donné instruction à mon attachée de presse, Liza, de ne donner que son prénom sans aucune autre information à quiconque demanderait – et ils seront nombreux. Je vais faire tout mon possible pour protéger sa vie privée, mais cela ne m'empêche pas de me dire que je me suis conduit en salaud égoïste en tenant à ce qu'elle m'accompagne à la plus grosse soirée de ma carrière.

J'entre dans la grande chambre alors qu'Addie et Tenley mettent la dernière touche à sa tenue.

– Où en êtes-vous, Mesdames ?

Natalie se retourne et j'ai le souffle coupé en la voyant, tellement elle est belle et rayonnante.

Tenley l'étreint délicatement en lui murmurant à l'oreille quelques mots qui la font sourire.

– Merci, Tenley, lui dis-je au passage quand elle sort.

– Tout le plaisir était pour moi. Vraiment.

– Vous avez une de ces allures, dit Addie à Natalie. Une véritable apparition toute en noir. Vous allez être parmi les femmes les plus élégantes de la soirée.

– C'est seulement grâce à vous, Tenley et les autres.

– C'était un vrai bonheur de le faire.

– Merci encore, Addie. Pour tout, lui dis-je avec un sourire chaleureux.

– Il ne faut pas la laisser filer, celle-là, me chuchote-t-elle au passage.

Je le sais déjà, évidemment. Je le sais depuis le début. En m'avançant vers Natalie, je vois son regard pétiller d'excitation.

– Il n'y a simplement pas de mots pour dire à quel point vous êtes époustouflante.

– Vous aussi, dit-elle en posant les mains sur les revers de mon smoking.

– J'ai peur de vous toucher. Vous êtes une déesse descendue du ciel.

– Vous voulez bien me faire une faveur ?

– Tout ce que vous voulez.

– Prenez une photo pour Leah. Je lui ai promis.

– J'en serais heureux, mais il faut que vous mettiez la toute dernière touche.

– Quelle dernière touche ? (Elle se retourne vers le miroir.) Tenley m'a dit que j'étais fin prête.

Je sors un écrin en velours bleu de la poche de ma veste et me retourne en le lui présentant dans le creux de ma paume.

– Elle n'était pas au courant de ce détail.

– *Flynn !* Qu'est-ce que c'est ?

– Ouvrez-le, vous saurez.

– Je ne peux pas. J'ai les mains qui tremblent trop.

– Alors laissez-moi faire.

Elle se tourne vers moi et me regarde ouvrir l'écrin où repose un magnifique collier de diamants avec pendants d'oreilles assortis, prêtés par mon beau-frère Hugh, un des joailliers les plus en vue de Beverly Hills.

– Vous… Ces… Ce ne sont pas des vraies, n'est-ce pas ?

– Ma chérie, dis-je en riant de sa charmante ingénuité. Bien sûr qu'elles sont vraies.

– Je ne peux pas les porter, dit-elle en reculant. Et si jamais je les perdais ?

– Vous ne le perdrez pas. Maintenant, ne bougez plus et laissez-moi vous mettre le collier.

– Flynn… je vous assure que je n'en ai pas besoin.

Comment pourrait-elle être plus adorable et plus charmante ?

– Je sais que non, mais je tiens à vous les offrir.

Je lui mets le collier et dépose un baiser sur son épaule nue.

– Mettez les boucles d'oreilles vous-même, dis-je en les lui tendant. (Elle s'exécute d'une main tremblante.) À présent, faites-moi voir.

Elle se tourne vers moi.

– Absolument parfaite, dis-je, admiratif. Tous les hommes vont m'envier, ce soir.

– C'est déjà le jour le plus excitant de ma vie. Merci.

– C'est moi qui vous remercie. Je suis tellement heureux que vous m'accompagniez.

– Vous tenez le coup ?

– À peu près. Cela m'agace d'avoir autant envie de gagner, cette fois. Je me sens tellement superficiel alors qu'il y a dans le monde des questions autrement plus importantes qu'une qu'un Golden Globe. J'ai déjà été récompensé en tant que producteur, mais pas comme acteur.

– Que diriez-vous de laisser de côté tous les problèmes du monde et d'accorder à Flynn Godfrey le droit d'être une star de cinéma égocentrique qui mérite de remporter une grande victoire ?

– Eh bien, vu sous cet angle… Vous avez tout le nécessaire ?

Je lui ai dit dans la matinée que nous ne rentrerions pas à la maison ce soir.

– Oui. Mon sac est dans votre chambre.

– Je vais aller le chercher.

– Flynn ?

– Oui ?

– Le collier et les pendants d'oreilles sont splendides. Merci beaucoup.

– Tout le plaisir est pour moi, ma chérie. J'arrive dans un instant.

20
NATALIE

DURANT TOUT LE CHEMIN jusqu'en ville à l'arrière d'une limousine que Flynn m'affirme ne pas être à lui, je n'arrête pas de vérifier que j'ai toujours au cou le collier hors de prix. Je n'en reviens pas qu'il ait fait cela.

– Tout va bien. Il ne va pas s'envoler. Et quand bien même, il est assuré, alors ne vous faites pas de souci.

– S'il est tellement cher qu'il faut l'assurer, je vais m'en faire.

Il me saisit les deux mains pour que j'arrête de les porter à mon cou.

– Quand nous serons arrivés, les journalistes vont m'arrêter pour demander des interviews et poser des questions. Quand on me demandera qui vous êtes, je répondrai simplement que vous êtes mon amie Natalie, d'accord ?

– Bien sûr, pas de problème.

– Vous êtes bien plus que cela pour moi, mais ils n'ont pas à le savoir. Pas encore, en tout cas. Ils vont demander ce que vous portez, vous pouvez répondre, mais vous pouvez ignorer toutes les autres questions dont on vous bombardera.

– OK.

– Je ne vous quitterai pas d'une semelle, alors ne paniquez pas.

– Je tiendrai bon. (Je lâche ses mains et passe mon bras sous le sien en posant précautionneusement la tête sur son épaule.) Ne vous inquiétez pas pour moi, j'ai bien l'intention de savourer chaque seconde.

– Vous avez envoyé la photo à Leah ?

– Oui oui. Elle veut en voir une avec vous aussi.

– Faites un selfie.

– Bonne idée. (Je sors mon téléphone de la pochette que Tenley a choisie pour aller avec ma robe et je le braque sur nous.) Prêt ?

– Quand vous voulez.

Nous prenons une série de clichés en riant jusqu'à ce que nous en obtenions enfin un qui n'a pas l'air trop affreux. Je l'envoie illico à Leah.

Elle répond immédiatement. *Vous êtes super et je vais vous regarder à la télé. Bonne chance à Flynn !*

– Leah vous souhaite bonne chance pour ce soir.

– C'est gentil à elle. Et si vous l'envoyiez aussi à vos parents ? demande-t-il. Ça ne leur plairait pas de voir ce que vous vous apprêtez à faire ?

Je réponds la première chose qui me passe par la tête.

– Ils n'ont pas de portable.

À vrai dire, j'ignore quel genre de téléphone ils ont, mais je sais pertinemment qu'ils se fichent de savoir où je suis et avec qui. Étant donné que j'ai gâché leur vie.

Espérant qu'il va laisser tomber la question, je regarde le paysage défiler par la vitre. J'adore ces palmiers et ce ciel bleu. Addie et Tenley parlent de la « mousson » qui a gâché les Golden Globes de l'an dernier et du défi que cela a représenté pour que les invités défilent sur le tapis rouge sans avoir l'air de chiens mouillés.

– J'ai dit une bêtise en parlant de vos parents ? demande-t-il à mi-voix.

– Non… je… nous… Je ne leur parle pas.

– Jamais ?

C'est le dernier sujet que j'ai envie d'aborder, que ce soit maintenant ou à un autre moment, mais je ne vais pas pouvoir l'esquiver.

– Non.

– Depuis combien de temps ?

– Huit ans.

– Depuis vos quinze ans, donc, Natalie.

– Je sais depuis quand. (Je me retourne vers lui et je vois qu'il est troublé par ce que je viens de dire.) On pourrait ne pas parler de ça ?

– Natalie…

– Je vous en prie, Flynn. Je n'ai vraiment pas envie d'en parler. Cela fait partie des sujets que j'évite systématiquement. Je vous en prie.

J'insiste en voyant qu'il a du mal à se résigner.

– D'accord, mais j'espère que vous savez que rien de ce que vous pourriez me dire ne changerait ce que j'éprouve pour vous.

– Je le sais, et j'apprécie cela plus que je ne pourrais le dire, mais j'ai tourné la page il y a longtemps. Et je ne souhaite pas revenir en arrière.

Un silence gêné s'abat sur nous alors que nous nous joignons à la file de limousines qui se dirigent vers le Beverly Hilton. Je suis furieuse que mon affreux passé soit revenu me hanter au moment le plus important pour Flynn.

– Allons, dis-je en lui prenant la main.

Il me sourit, mais ce n'est pas son aveuglant sourire hollywoodien que j'ai appris à adorer.

– Bonne chance pour ce soir. Quoi qu'il arrive, pour moi, vous êtes le meilleur de tous. Et de loin.

Il se penche pour me faire un baiser.

– Merci de ce compliment et de m'accompagner.

– Merci de m'avoir invitée. Jamais je n'oublierai cette soirée.

– Espérons-le. C'est juste la première de nombreuses autres du même genre.

– Ce serait bien.

Je ne vois vraiment pas comment la vie qu'il imagine pour nous pourrait s'organiser, mais je n'ai pas besoin de m'en préoccuper pour l'instant, puisqu'il y a d'abord un tapis rouge à remonter au bras de l'homme dont je suis tombée amoureuse.

Une clameur dans la foule massée devant l'hôtel accueille Flynn lorsqu'il émerge de la limousine. Il me tend la main et m'aide à descendre avant de saluer ses fans d'un grand signe.

– On t'adore, Flynn !

Il sourit et les salue, puis nous nous dirigeons vers l'hôtel en nous arrêtant en chemin pour parler aux journalistes.

L'une d'elles, une liane blonde, l'accueille d'un baiser sur la joue.

– Nous sommes à présent avec Flynn Godfrey, qui a été nominé pour les Golden Globes. Comment vous sentez-vous ce soir, Flynn ?

– En pleine forme. C'est toujours un bonheur d'être nominé par l'association de la presse étrangère d'Hollywood.

Pendant qu'il parle, je reste à ses côtés à contempler toutes les stars de télé et de cinéma qui passent. J'ai beau faire des efforts, j'ai du mal à ne pas les dévisager comme la petite nouvelle que je suis.

– Tout le monde dit que cela va être votre année. Qu'en pensez-vous ?

– Elle a été géniale. Quoi qu'il arrive ce soir ou dans les prochaines semaines, je n'ai aucune raison de me plaindre.

– Qui vous accompagne ce soir ?

– Mes parents sont quelque part, et je suis avec mon amie Natalie.

– Ravie de faire votre connaissance.

– De même.

– Que portez-vous ce soir, Natalie ?

– Gucci Couture.

– Eh bien, bonne chance pour ce soir, Flynn. Nous sommes avec vous.

– Merci, Debra. C'était un plaisir de vous parler.

Les journalistes postés le long de l'entrée nous arrêtent encore à quatre reprises pour nous poser le même genre de questions. Le dernier essaie de convaincre Flynn de parler plus en détail de nous, mais il esquive avec son charme et son humour habituels. Alors que nous poursuivons, je vois que Flynn est agacé.

– Désolé de cela, dit-il.

– Ce n'est rien. Vous vous en êtes parfaitement sorti.

– Ils s'imaginent qu'ils ont le droit de connaître tout de ma vie privée sous prétexte que mon travail est public.

– Oh, mon Dieu, chuchoté-je. Il y a Johnny Depp !

Son rire dissipe la tension sur son visage.

– Je dois être jaloux ?

– Pas du tout, mais c'est *Johnny Depp*.

J'aimerais partager cette soirée avec mes sœurs, qui n'en reviendraient pas que j'aie vu ces gens en chair et en os.

C'est tout le gotha d'Hollywood réuni en un seul et même endroit. Et je me retrouve au beau milieu en Gucci et diamants au bras de Flynn Godfrey, qui m'aime. Il faut que quelqu'un me pince pour que je sois sûre que je ne rêve pas.

Flynn fait signe à Johnny de nous rejoindre, et les deux hommes s'étreignent.

– Je te présente ma copine, Natalie. C'est une grande fan.

À ma grande surprise, Johnny Depp me serre dans ses bras moi aussi. Je vais m'évanouir. Sans rire. Je ne sais pas ce qui est le plus excitant – rencontrer Johnny Depp ou entendre Flynn me présenter comme sa petite amie.

– Ça suffit, maintenant, grommelle-t-il en voyant que l'étreinte se prolonge.

– Quel rabat-joie, hein ? fait Johnny.

– Euh là, pour le coup, oui.

Les deux hommes éclatent de rire et se serrent la main, puis Johnny me fait un baiser sur la joue.

– Tu es un veinard, Godfrey. Bonne chance pour ce soir.

– Merci, Johnny. À tout à l'heure.

– C'est le deuxième truc le plus génial de ma vie qui me soit arrivé, dis-je à Flynn alors que nous reprenons notre chemin.

– Je peux savoir quel est le premier ?

– Vous avoir rencontré, évidemment.

– C'est une excellente réponse, ma chérie.

– Vous venez de me présenter comme votre petite amie.

– C'est vrai.

– Ne faites pas l'innocent.

– Je dois vraiment vous aimer pour vous présenter aux gens comme ma petite amie, dit-il en me prenant par la taille et en m'embrassant sur la tempe.

J'ai l'impression de flotter dans un rêve alors que nous entrons dans la vaste salle remplie de tout le gratin d'Hollywood. Où que je me tourne, je découvre quelqu'un de connu et, dans bien des cas, des gens que j'admire depuis toujours. C'est totalement irréel.

Tout le monde accueille Flynn chaleureusement et il est évident qu'il est très apprécié par ses pairs, qui lui souhaitent presque tous de gagner ce soir. Il me présente à tout le monde comme Natalie, sans autre précision. Quand Meryl Streep me complimente sur ma robe, je reste tellement sans voix que j'arrive à peine à couiner un *merci*.

Nous sommes assis aux tables les plus proches de la scène avec les autres nominés. En tant que producteurs du film *Camouflage*, Marlowe Sloane et Hayden Roth sont à notre table. Je n'ai pas oublié la manière dont Hayden m'a parlé le jour de notre rencontre, mais il a l'air un petit peu moins effrayant en smoking avec sa crinière brune domptée. Il est en tout point aussi beau gosse que Flynn, mais je n'éprouve pas la moindre attirance pour lui. Ma première impression est tenace et il va falloir qu'il se donne beaucoup de mal pour me convaincre de changer d'avis.

Marlowe m'étreint comme si nous étions de vieilles amies et s'extasie sur ma robe. Elle est en blanc, ce qui contraste avec son léger hâle. Ses longs cheveux roux sont ramenés en une coiffure très élaborée et elle est tout excitée.

– Cela va être une grande soirée pour Quantum, les garçons, dit-elle. Je le sens.

– Tais-toi, Mo, se renfrogne Flynn. Tu vas nous porter la poisse.

Elle lève les yeux au ciel.

– Les jeux sont déjà faits, alors calme-toi.

Flynn la fusille du regard tout en touchant superstitieusement la table.

Cela me plaît qu'il ne prenne rien pour acquis. Cette simplicité est l'une de ses plus séduisantes qualités.

La soirée commence en grande pompe avec l'entrée en scène de Tina Fey et Amy Poehler qui souhaitent la bienvenue à tout le monde. Je me demande si Leah est déjà devant sa télé, et j'ai des papillons dans le ventre en pensant aux millions de gens qui regardent l'émission depuis chez eux. Les deux présentatrices, déchaînées, annoncent les nominés.

– Et regardez Flynn Godfrey, déclare Tina Fey, méprisante. Mais comment quelqu'un d'aussi hideux peut-il être une star aussi adulée ?

Je suis effondrée en entendant ce commentaire cruel, quand je vois Flynn éclater de rire à côté de moi.

– Et son sourire, ajoute Amy. Mais quelle horreur !

– Immonde, déclare Tina. Mais qui peut avoir envie de l'embrasser ? Il n'y a que sa mère pour pouvoir supporter une telle épreuve.

Le visage rieur d'Estelle Flynn apparaît sur les écrans et toute la salle se joint à elle quand elle lui souffle un baiser.

Flynn secoue la tête devant les deux présentatrices qui se félicitent de leur petit succès.

Je ne sais pas trop ce qui me prend quand je me penche pour embrasser ce « visage immonde ». Je me rends compte que la salle tout entière nous a vus sur les écrans géants quand retentissent des applaudissements assourdissants. Flynn me fait un tel sourire que je comprends que j'ai fait exactement ce qu'il fallait.

La soirée continue, de récompense en récompense, avec des discours de remerciements touchants et des numéros musicaux. Je suis éblouie par les robes, les bijoux, la beauté des femmes et des hommes.

Je sens Flynn se raidir à mesure que nous approchons de sa catégorie : meilleur acteur de film dramatique. Il ne m'abandonne que quelques minutes pour remettre avec Marlowe le Globe du meilleur scénario. Une salve d'applaudissements enthousiastes les accueille quand ils montent sur scène.

En les voyant ensemble, je suis frappée par le couple magnifique qu'ils forment. L'alchimie qu'ils expriment régulièrement sur le grand écran apparaît avec évidence tandis qu'ils récitent leurs textes.

Il revient durant la pause publicitaire en s'arrêtant en chemin pour saluer des amis. Le régisseur réclame le silence lorsque la pause se termine et que doit reprendre la cérémonie avec le Globe du meilleur acteur de film dramatique.

Je lui prends la main et la serre dans les miennes.

Il sourit en remerciement de mon soutien. J'ai tellement envie qu'il gagne que j'ai l'estomac noué.

Le moment arrive enfin et Dustin Hoffman entre en scène pour annoncer les nominés. Quand j'entends prononcer le nom de Flynn, il me faut une seconde pour comprendre que Flynn a vraiment gagné. Oh, mon Dieu, *il a gagné !* C'est alors qu'il se penche sur moi pour m'embrasser avant de monter sur la scène.

Je me lève d'un bond en applaudissant et en larmoyant, tout en serrant dans mes bras Marlowe qui verse une larme elle aussi.

– Ça commençait à bien faire, me murmure-t-elle à l'oreille.

Les applaudissements durent suffisamment longtemps pour que Flynn finisse par réclamer le silence en prenant la parole.

– Je remercie l'association de la presse étrangère d'Hollywood de me faire cet incroyable honneur. (Il marque une pause et contemple le piédestal de marbre surmonté d'un globe doré et secoue la tête, l'air incrédule.) Je suis vraiment fier du travail que nous avons fait sur *Camouflage* et je veux remercier les hommes et les femmes handicapés de Walter Reed pour nous avoir si aimablement raconté leur histoire. (De mémoire, il énumère leurs noms et grades, déclenchant un nouveau tonnerre d'applaudissements.) Je remercie sincèrement toute l'équipe de Quantum ainsi que mon équipe personnelle. (Les seuls noms que je reconnais dans cette longue liste sont ceux d'Addie et de son attachée de presse, Liza.) Je m'en voudrais d'oublier de remercier chaleureusement Max Godfrey et Estelle Flynn, sans qui je ne serais rien et que j'adore de tout mon cœur, ainsi que mes agaçantes sœurs. Ian, India, Ivy, Connor, Mason et Garrett: votre oncle Flynn vous adore aussi. Maintenant, c'est l'heure d'aller au lit. Je désire remercier Natalie de m'avoir accordé sa présence ce soir et d'avoir changé ma vie du tout au tout. (Il me souffle un baiser qui me met de nouveau la larme à l'œil.) Enfin, nous sommes redevables aux hommes et aux femmes blessés et à leurs familles qui ont tout sacrifié pour que nous puissions vivre en paix et dans la prospérité. Je vous demande à tous de ne jamais manquer une occasion de les remercier pour tout ce qu'ils font et de donner du travail aux anciens combattants. C'est le moins que nous puissions faire après ce qu'eux ont fait pour nous. Merci encore pour cette extraordinaire récompense.

Tout le monde se lève de nouveau pour l'acclamer alors qu'il quitte la scène, puis Marlowe m'étreint en piaillant d'excitation.

– Je suis tellement contente pour lui. Depuis le temps qu'il le méritait. Vous savez ce que ça veut dire, n'est-ce pas ?

– Non, quoi ?

– C'est lui le favori pour les Oscars, maintenant.

– Oh mon Dieu, c'est fou.

Je me demande comment je vais supporter le suspense en attendant de savoir s'il est nominé pour un Oscar, puis de savoir s'il l'a remporté.

Comme il m'a déjà dit qu'il serait absent un certain temps s'il gagne ce soir, Marlowe, Hayden et moi reprenons nos places pour savourer le reste de la soirée. Flynn revient peu après sur la scène, rejoint par Hayden et Marlowe et les acteurs de *Camouflage* pour recevoir le Globe du meilleur film dramatique.

C'est Hayden qui prend la parole cette fois et remercie l'association de la presse étrangère d'Hollywood ainsi que l'équipe de Quantum et tous ceux qui ont participé au tournage.

– Flynn, mon plus vieil et cher ami, tu as été plus que stupéfiant dans ce film. Tu nous as portés sur tes épaules et je ne pourrai jamais te remercier assez de m'avoir aidé à rester sain d'esprit durant ce tournage.

Flynn lui donne une tape dans le dos. Il rayonne de plaisir en voyant que leur travail a été récompensé.

La soirée touche à sa fin et je me demande ce que je dois faire quand Flynn vient me chercher et me prend par la main pour m'emmener dans les coulisses l'accompagner pour les interviews. Avant que nous allions à la salle de presse, il m'entraîne dans un coin sombre et me serre contre lui.

Je l'étreins, vaincue par un mélange d'excitation, d'enthousiasme et de fierté.

Il respire un bon coup, puis il me libère lentement. Je sens que c'est la première fois de la journée qu'il se détend.

– Je suis tellement heureuse pour vous.

– Merci de m'avoir accompagné. (Il scande chaque mot d'un délicieux baiser qui m'étourdit de plaisir, tellement je suis heureuse d'être avec lui.) Finissons-en avec ces conneries de presse pour pouvoir aller faire la fête.

– Je vous suis.

Il me passe la main sous son bras.

– Absolument.

Tous les journalistes l'interrogent sur moi, mais il esquive habilement les questions en recentrant les interviews sur le film.

Une heure plus tard, nous sommes enfin libérés et nous pouvons aller dans les grandioses fêtes remplies de célébrités. Partout où je me tourne, je vois un visage connu. Flynn est un cavalier attentif qui me présente à tout le monde, y compris Elton John, et s'assure que mon verre est toujours plein. La soirée où nous sommes à présent déborde de monde, mais on nous trouve une table pour que nous puissions nous asseoir et manger un peu.

– Quelle soirée, lui dis-je une fois que nous nous retrouvons seuls. Mes jambes et mes pieds me font mal tellement je suis restée longtemps debout en talons.

– Elle est d'autant plus agréable que vous êtes là.

– Je suis ravie et je ne serais pas plus excitée si c'était moi qui avais gagné le Globe.

– Il faut que nous allions nous montrer dans deux autres fêtes, et ensuite, nous filons. D'accord ?

– Tout ce que vous voulez. C'est votre soirée. Moi, je suis.

Avec un sourire, il m'embrasse devant tout le monde.

Je n'ai jamais été aussi heureuse de ma vie qu'en cet instant.

21
FLYNN

QUELLE SOIRÉE ! C'est seulement maintenant que j'ai le trophée en main que je peux m'avouer combien je le convoitais. Et avoir Natalie à mes côtés pour partager cette soirée magique n'a fait que la rendre plus merveilleuse. Liza n'a cessé de m'envoyer des textos, me questionnant sur Natalie, qui est devenue une star avec le baiser qui a suivi les taquineries de Tina et Amy.

Tout le monde veut savoir qui elle est et ce qu'elle représente pour moi, maintenant que j'en ai dévoilé un peu plus durant mon discours de remerciement. Mais je m'en tiens à ce que j'avais décidé et je refuse de répondre aux questions sur elle et nous. J'ai donné consigne à Liza d'en faire autant et d'aller prendre un verre au lieu de m'envoyer des textos.

Cela ne lui a pas beaucoup plu.

Nous retrouvons enfin mes parents à la troisième soirée. Ils sont ravis de ma grande victoire. Ils prennent Natalie dans leurs bras comme si elle faisait déjà partie de la famille. Je les adore et je suis heureux d'avoir fait leur fierté, car cela a toujours été très important pour moi.

Tous les quatre, nous passons une heure à fêter l'événement en buvant du champagne. Je n'ai jamais vu Natalie aussi excitée et animée. Elle savoure chaque seconde de sa grande soirée à Hollywood et c'est merveilleux de voir comment elle se comporte avec chaque nouvelle personne qu'on lui présente.

Je ne suis pas très fier de le dire, mais j'aurais volontiers arraché les yeux de Johnny Depp quand il l'a serrée dans ses bras un petit peu trop longtemps. C'est un ami et il n'a rien fait de mal. Mais cela m'irrite que Natalie le trouve séduisant. Et je suis conscient que c'est totalement irrationnel, puisque la plupart des femmes – y compris mes trois sœurs – le trouvent irrésistible.

Quand arrivent 2 heures du matin, ma mère estime qu'elle en a eu assez.

– Rentrons, Max.

– Comme tu veux, mon amour, lui répond-il. Voilà, maintenant, tu sais quel est le secret d'un mariage heureux et qui dure, ajoute-t-il en me faisant un clin d'œil.

Ils proposent de nous déposer au Beverly Hilton, où j'ai réservé une suite à deux chambres pour la nuit. Étant donné les rêves agités que j'ai faits ces dernières nuits, j'ai l'intention de prendre la deuxième. Je suis incapable de dormir à ses côtés sans la toucher. Je ne suis pas de bois. Pendant que nous attendons que le chauffeur de mon père amène leur voiture, je me rends compte que je suis plus qu'un peu éméché et que Natalie ne vaut pas mieux. Elle s'appuie sur moi avec une désinvolture que je trouve furieusement excitante. Mais qu'est-ce que je m'imagine ? Tout ce qu'elle fait m'excite furieusement.

Et notre complicité sensuelle n'a pas échappé à mes parents. J'ai remarqué qu'ils nous observaient sans dissimuler leur amusement. Ils savent tout autant que moi que notre relation n'est pas une passade. Le chauffeur s'arrête devant l'entrée principale du Beverly Hilton. Mes parents descendent pour nous souhaiter bonne nuit.

– Je suis fier de toi, mon garçon, dit mon père d'un ton bourru en m'étreignant.

– Merci, Papa, dis-je, ému par son compliment.

– Quant à vous, Natalie, vous avez été absolument splendide ce soir, ajoute-t-il en la serrant dans ses bras. J'espère que nous nous reverrons bientôt.

– Je l'espère aussi, M. Godfrey.

– Je vous en prie, appelez-moi Max.

– Je vous remercie, Max.

Nous embrassons ma mère, puis nous les regardons partir. Je prends la main de Natalie et l'entraîne dans le hall, encore plein de monde malgré l'heure très avancée. Je suis accaparé par des gens qui me complimentent et me demandent des autographes. Je les expédie pour pouvoir monter rapidement avec Natalie.

Comme nous sommes seuls dans l'ascenseur, je m'affale contre la paroi du fond et elle s'appuie sur moi. Je l'enlace et l'embrasse dans le cou.

– Mes pieds me tuent. Je n'avais pas porté des talons de dix centimètres depuis… au moins une éternité.

– Je vais vous les masser. (Elle pousse un petit gémissement impatient qui suffit à me faire bander aussitôt.) Vous étiez la plus belle femme de la soirée.

– Mais oui ! se moque-t-elle.

– Je n'ai remarqué que vous. (Je lui tends le trophée que je n'ai pas lâché de toute la nuit.) Vous voulez bien me le tenir ?

– Bien sûr.

J'adore son petit cri de surprise quand je la soulève dans mes bras et la porte dans le long couloir qui mène à notre suite.

– Flynn… mais que faites-vous ?

– Vous avez mal aux pieds. Je vous porte, tout simplement. Vous pouvez prendre la carte magnétique dans ma poche ? (Elle fouille dans la poche intérieure de ma veste et finit par trouver la clé qu'elle brandit avec un sourire béat.) Vous êtes ivre.

– Pas du tout. Je suis agréablement pompette.

Je la dépose devant la porte, le temps d'ouvrir. Elle entre la première et j'adore sa réaction devant l'élégante suite.

– Mais c'est génial !

– Je suis content que cela vous plaise. Votre sac est dans cette pièce.

Je lui désigne la plus grande des deux chambres que je lui ai réservée. Addie a veillé à tous les détails, comme d'habitude.

Natalie enlève ses chaussures d'un coup de pied et, soulagée d'être libérée de ce carcan, pousse un petit gémissement qui m'excite terriblement.

– Vous voulez bien baisser ma fermeture-Éclair ?

Je la rejoins devant la fenêtre qui donne sur Beverly Hills et Hollywood au loin. Je descends la fermeture sous son bras droit jusqu'à sa hanche, bavant presque à la vue de cette peau douce et soyeuse que découvre l'étoffe.

Incapable de résister à la tentation, je laisse ma main droite caresser ses flancs. Elle renverse la tête en arrière et la pose sur mon épaule.

– Flynn…

– Quoi donc, ma chérie ?

– Vous voulez bien me mettre au lit ?

– Vous avez des principes, ma chérie. Des principes qui sont importants pour vous.

– Ils servaient à me protéger. Je n'en ai pas besoin avec vous.

– Je ne veux pas que vous m'en vouliez après.

– Jamais je ne vous en voudrai. Je vous aime trop pour vous en vouloir.

– Ce qui s'est passé hier soir…

C'est alors qu'elle se retourne et lève vers moi ses yeux immenses qui s'ouvrent comme des fenêtres sur son âme.

– Tout ira bien pour moi, parce que je suis avec vous et que vous m'aimez.

– Oui, je vous aime, dis-je, désarmé par sa confiance. Je vous aime tellement.

J'ai envie d'ajouter que je suis prêt à changer pour elle, mais je me tais. J'en ai suffisamment dit.

– Montrez-moi.

Je fais glisser de ses épaules la robe qui tombe à ses pieds. Elle ne porte plus qu'un soutien-gorge noir sans bretelles et un string assorti. Je la soulève dans mes bras pour la porter dans la chambre. Elle se blottit délicatement contre moi en passant ses bras autour de mon cou et en posant sa tête sur ma poitrine.

Je la dépose à côté du lit et commence à déboutonner ma chemise. Natalie m'écarte les mains et entreprend de le faire à ma place. Une fois le dernier bouton dégrafé, elle écarte les pans de la chemise et enfouit son visage dans les poils de ma poitrine. Je suis en feu. Mais avant que je puisse céder au désir qui s'est emparé de nous, il faut régler certains détails pratiques.

– Attendez juste une seconde, ma chérie.

– Qu'y a-t-il ?

– Rien du tout. Mais nous devons nous protéger. J'en ai pour une seconde.

Je l'embrasse et je file dans la chambre voisine. J'ai emporté une boîte de préservatifs dans mes bagages au cas où ils seraient nécessaires. Cela dit, je ne pensais pas en avoir besoin ce soir. Je prends une seconde – pas davantage, car elle m'attend – pour recouvrer le sang-froid nécessaire pour que tout se passe bien pour elle. Je redoute plus que tout de réveiller ses plus grandes peurs. Pas question que cela arrive, alors qu'elle me confie ce qu'elle a de plus précieux. J'enlève ma veste, ma chemise et mon pantalon que je laisse en tas par terre tant je suis pressé de la retrouver. Quand je reviens dans l'autre chambre, je la trouve allongée sur le lit, la tête soutenue d'une main. Elle a allumé sur la table de chevet des bougies qui baignent la chambre d'un halo romantique et sensuel. Elle tapote le lit à côté d'elle, et ce geste signe ma perte. Le peu d'hésitation qui me restait s'envole devant cette invitation sans équivoque. Il ne me reste plus qu'à espérer que ni l'un ni l'autre nous ne regretterons cela demain.

– Vous êtes sûre que vous n'êtes pas ivre ?

– Absolument certaine.

– Et que vous vous souviendrez de cela demain ?

Son rire rauque et sexy résonne jusque dans mon entrejambe.

– J'espère bien !

Elle est insensée. C'est comme si tous mes rêves avaient pris vie pour s'incarner dans une seule et unique femme parfaite qui m'aime apparemment autant que je l'aime. Je m'efforce de ne pas songer à ce à quoi je renonce pour être avec elle. Cette nuit, ce n'est ni le lieu ni le moment.

Je monte sur le lit et me glisse auprès d'elle. Elle se rapproche et nos lèvres s'unissent dans un baiser avide et passionné qui me fait basculer. La température qui monte entre nous depuis le premier jour menace d'atteindre le point d'ébullition tandis que nous nous enlaçons dans ce baiser sauvage et brûlant. Sa bouche embaume le vin et le miel. Elle est si suave que je pourrais m'y noyer et mourir heureux. Je n'ai jamais désiré rien ni personne autant qu'elle. Je veux la posséder, la faire mienne et l'aimer si complètement qu'elle ne regardera jamais aucun autre homme de toute sa vie. Je dégrafe son soutien-gorge et l'écarte, impatient de l'avoir totalement nue. Le string cède peu après et je prends le temps de savourer le spectacle magnifique que m'offre le corps de Natalie, étendue sur le couvre-lit blanc. Je n'arrive pas à décider ce que j'ai envie de toucher en premier. Chaque centimètre de sa personne m'excite : ses seins généreux aux tétons rouges comme des fruits mûrs, le creux de son ventre, la courbe saillante de ses hanches, ses longues jambes sensuelles entre lesquelles s'offre un délicieux abricot. Je m'agenouille et commence par ses pieds avec le massage que je lui ai promis et qui lui arrache un gémissement sexy. Une fois que je me suis occupé des deux, je lui relève les jambes par-dessus les miennes de manière à l'ouvrir à moi. J'aimerais lui dire de renverser les bras en arrière et de se cramponner fermement à la tête de lit, mais cette nuit, il n'est pas question de domination, mais d'amour et de respect. Cette nuit lui est dédiée.

Je me baisse pour engloutir un premier téton que je titille et mordille jusqu'à ce qu'il enfle et se dresse. Puis je fais subir le même sort à l'autre sein. Natalie se tord sous moi, se cambre et m'implore en silence de ne pas en rester là. Je passe les bras sous ses genoux et lui soulève les jambes en les écartant pour qu'elle s'offre à ma langue. Je n'oublierai jamais le gémissement sourd et suppliant qu'elle laisse échapper la première fois que ma langue effleure son clitoris.

J'y entends la satisfaction sans mélange d'une femme qui me supplie d'aller plus loin. Je ne me fais pas prier. Ses jambes reposent maintenant sur mes épaules et je l'ouvre à ma langue, la léchant d'avant en arrière avant de m'attarder sur son clitoris. Elle jouit sur-le-champ en se tortillant dans un râle tandis que je la retiens prisonnière en continuant implacablement de la lécher, jusqu'à ce que ses cuisses tremblent et qu'elle approche d'un nouvel orgasme.

– Ah, mon Dieu, Natalie, dis-je en enfonçant mes doigts en elle. Je veux sentir cette petite chatte qui jouit sur ma bite. J'en ai tellement envie. (Un bref instant, je panique à l'idée que j'aie pu l'offenser en parlant aussi crûment.) Pardon. Je n'aurais pas dû parler ainsi.

– J'adore que vous me disiez ce dont vous avez envie. Vous le ferez à chaque fois ?

Je déglutis péniblement en essayant de balayer la culpabilité qui me gagne quand je songe à tout ce que je ne lui ai pas dévoilé.

– Oui, je vous le promets. Je vous le dirai toujours.

D'une main tremblante, je déroule le préservatif. Je tiens à ce que ce soit un moment parfait pour elle, pour nous deux. Cela fait longtemps que je n'ai pas attendu cet instant avec autant d'impatience et d'inquiétude. Mais pour moi, rien n'a jamais été aussi important qu'elle. Cette nuit, je recherche la perfection. Pas question de viser moins. Je me baisse vers elle, les mains de chaque côté de son beau visage.

– Tout va bien ?

– On ne peut mieux.

– Vous en êtes absolument sûre, Nat ? Nous ne sommes pas obligés de…

Elle me pince les lèvres pour me faire taire et soulève les hanches pour me faire comprendre ce qu'elle attend précisément de moi. Je me dis que j'aurais dû prendre plus de temps pour les préliminaires, mais je ne peux plus attendre. Je saisis mon sexe d'une main et le glisse dans le creux humide de ses cuisses. C'est tout juste si je parviens à me retenir de jouir quand il frôle pour la première fois sa chair brûlante et trempée. Je me mords la lèvre en espérant que je vais pouvoir me maîtriser tandis que je commence à m'enfoncer en elle, lentement, tout en guettant sur son visage le moindre signe d'inconfort. Mais je ne vois que du plaisir. Les pupilles dilatées, elle entrouvre les lèvres et je m'enfonce encore, avide de la posséder tout entière. Elle mouille de plus belle, et elle est si brûlante et serrée que je suis au paradis.

– Parlez-moi, ma chérie. Dites-moi ce que vous éprouvez.

– C'est si bon, dit-elle dans un souffle. N'arrêtez pas.

– Jamais je ne cesserai de vous aimer. Jamais.

Je me retiens aussi longtemps que je peux pour lui laisser le temps de s'habituer, tout en essayant de garder la tête froide. Je vais et viens en elle, lentement, avec insistance, tout en prenant garde de ne pas réveiller des souvenirs douloureux. Ses mains glissent le long de mon dos et empoignent mes fesses. Je perds la tête. Totalement. Je commence à ruisseler de sueur et j'accélère la cadence, cherchant à sentir cette chatte si serrée se refermer sur ma bite. Me soutenant sur un seul bras, de l'autre main, je vais titiller son clitoris et je suis récompensé par une brutale contraction qui manque de m'achever.

– Natalie… Bon Dieu, c'est tellement bon. Je vous aime tant. Je veux vous voir jouir, ma chérie.

Je continue de lui caresser le clitoris jusqu'à ce que je la sente partir. La crispation de ses muscles est insoutenable pour moi qui me consume de désir depuis des jours. Avec un long cri, elle jouit et crispe les doigts sur mes fesses pour m'attirer davantage en elle et m'entraîner avec elle dans un orgasme qui jaillit du plus profond de moi. J'ai l'impression qu'il dure une éternité, ce plaisir intense comme aucun autre qui me secoue de spasmes à tel point que je manque d'air. En cet instant, je suis sincèrement convaincu que je peux vivre en renonçant à cette autre sexualité qui est la mienne. Si c'est ce qu'elle peut m'offrir, c'est plus que suffisant. C'est du moins ce que je me répète…

Je redoute presque de relever la tête, de la regarder en face, tant j'ai peur de ce que je pourrais y voir. Est-elle en train de revivre les moments les plus douloureux de sa vie ? A-t-elle des regrets ? Se dit-elle déjà qu'elle n'aurait jamais dû faire cela ? Veut-elle revenir à ces principes selon lesquels elle avait décidé de vivre ? Si je vois cela, je crois que je serai anéanti. Mais je dois savoir. Lentement, je soulève la tête de sa poitrine et la trouve les yeux clos, un léger sourire sur les lèvres. Je suis tellement soulagé que j'en suis tout étourdi. Elle est heureuse. Elle est satisfaite. Elle sourit. J'embrasse ce charmant sourire et elle ouvre les yeux.

– Waouh, murmure-t-elle.

– C'est exactement ce que je me disais. Comment te sens-tu ?

– Merveilleusement bien. Et toi ?

– Pareil, dis-je en l'embrassant dans le cou. Jamais je ne me suis senti aussi bien. La plus belle nuit de toute ma vie, et de loin. Et au cas où tu te poserais la question, ce moment que nous vivons en ce moment est le plus beau de la plus belle nuit de ma vie. Et de loin.

Son sourire me réchauffe et me nourrit. Il me dit que tout ira bien. Elle ne va pas avoir de regrets demain matin.

Bon sang, c'est presque déjà le matin et elle n'a pas l'air de regretter quoi que ce soit. De l'index, elle caresse le pli entre mes sourcils.

– De quoi t'inquiètes-tu ?

– Je redoute que tu regrettes ce qu'on vient de faire.

– Jamais. C'était parfait. À vrai dire, j'ai hâte de recommencer.

– Donne-moi dix minutes pour me remettre et on recommencera. Autant de fois que tu voudras.

– Mmm. (Elle bâille.) Dix minutes.

Et en moins de cinq, la voilà endormie. Je me retire précautionneusement en maintenant le préservatif pour ne prendre aucun risque. Je l'abandonne, le temps d'aller le jeter, puis je reviens la retrouver. J'ai prévu un vol de retour dans l'après-midi afin que nous puissions dormir, comme je le lui ai promis. Blotti contre la chaleur de son corps, je revis chaque seconde de cette incroyable soirée. Remporter un Golden Globe a été fantastique, mais faire l'amour à Natalie… voilà qui a changé ma vie.

22
NATALIE

JE ME RÉVEILLE dans le soleil qui coule à flots par les fenêtres dont nous n'avons pas tiré les rideaux la veille. Une douleur sourde dans les tempes me rappelle la quantité de champagne que j'ai bue la nuit dernière. Puis, quand je me tourne pour trouver une position plus confortable, une autre douleur entre mes cuisses me rappelle qu'il est arrivé autre chose. J'ai fait l'amour avec Flynn Godfrey et j'ai adoré chaque seconde. Il dort auprès de moi, et ses traits taillés à la serpe sont adoucis par le sommeil. Sa mâchoire est semée d'une barbe qui ne fait que le rendre encore plus sexy. Il est tellement beau, à tous égards, que je suis totalement accro. Sa grande main posée sur mon ventre remonte sur mon sein et me titille le téton. Il n'en faut pas plus pour que j'aie de nouveau envie de lui, malgré mon entrejambe endolori. Je chuchote :

– Tu es réveillé ?

– Mmm… à peine. J'ai mal à la tête.

– Moi aussi.

– Maudit champagne, grommelle-t-il. C'est toujours délicieux quand on le boit, mais cela vous flanque une gueule de bois d'enfer.

– Il devrait y avoir une mise en garde sur les bouteilles.

– Ne bouge pas, ma chérie, j'ai le remède qu'il te faut.

Il se lève et je le regarde aller et venir dans la pièce, fascinée par son corps nu. J'ai envie de le graver dans ma mémoire dans ses moindres détails pour ne jamais oublier de quoi il a l'air le matin. Au bout de quelques minutes, il revient avec un grand verre de jus d'orange et un flacon de comprimés. C'est là que je remarque l'énorme érection qui monte plus haut que son nombril. Je ne peux pas en détourner mon regard. Et je la fixe toujours quand il s'assied à côté de moi sur le lit en me tendant le verre et les analgésiques.

Flynn pose le verre sur la table de chevet à côté des bougies totalement consumées. Les mains de chaque côté de moi, il baisse les yeux vers moi, ses cheveux retombant sur ses yeux. Je le recoiffe d'un geste.

Il m'attrape la main et dépose un baiser dans le creux de ma paume.

– C'était incroyable, hier soir.

– Pour moi aussi.

– Pas de regrets ?

– Je n'ai aucun regret. J'espère que tu le sais… (Brusquement, je suis tout intimidée de lui avouer mes pensées les plus intimes.) Je n'aurais pas pu le faire avec quelqu'un d'autre que toi.

– Tu as intérêt à ne jamais le faire avec personne d'autre.

– Flynn… Tu m'as très bien comprise.

Il me prend dans ses bras et se recouche.

– J'ai très bien compris et je suis vraiment touché d'avoir reçu un cadeau aussi précieux.

Enhardie par cette confiance toute neuve, je laisse descendre ma main jusqu'à sa queue dressée.

– Je me suis endormie avant que nous puissions recommencer.

– En effet.

– Tu as quelque chose de prévu, là ?

Il s'esclaffe. J'adore le faire rire.

– Tu as encore mal, ma chérie. Il vaudrait mieux y aller doucement aujourd'hui.

– Je n'ai pas envie d'y aller doucement.

– Il faut que tu me fasses confiance. Sauf si tu veux passer une journée pénible demain, nous devrions attendre que tu te remettes avant de recommencer. Et tu vas avoir besoin de repos, car tu vas être très occupée, crois-moi.

– C'est vrai ?

– Mais oui, dit-il tout en me couvrant la joue de baisers et en me mordillant. Cela m'ennuie de le dire, mais nous devons nous lever et nous bouger. Il faut que tu sois rentrée pour aller travailler demain.

Je pousse un gémissement. Ces trois jours ont passé tellement vite.

– Quelque chose me dit que l'hiver new-yorkais ne va pas me paraître aussi magique, maintenant que j'ai goûté à celui du sud de la Californie.

– Il n'y a que toi pour dire que l'hiver new-yorkais est « magique ».

Son téléphone sonne et il se fige.

– Qu'est-ce qui t'arrive ?

– C'est Addie. Et elle ne m'appellerait pas aujourd'hui si elle n'avait pas absolument besoin de moi.

– Comment tu sais que c'est elle ?

– Elle a programmé elle-même une sonnerie rien que pour elle, afin que je sache quand elle m'appelle.

– C'est génial. Je l'adore.

– Moi aussi. Mais ce matin, je ne vais pas l'adorer autant. (Il prend son téléphone.) Oui, Miss ?

Je n'entends pas ce qu'elle dit, mais je la vois s'assombrir et sa mâchoire se crisper. Quelque chose ne va pas.

– Tu as contacté l'hôtel ? Qu'est-ce qu'on t'a dit ? (Il passe la main dans ses cheveux hirsutes.) Oui, ça ira. Je les appellerai quand on sera prêts. Merci, Addie.

– Qu'est-ce qui se passe ?

– L'hôtel est cerné par la presse, et les journalistes veulent tout savoir sur toi. Liza est noyée sous les coups de fil. *Merde !*

– On savait que ça allait arriver, alors ne te stresse pas. Ils se lasseront dans un jour ou deux en voyant qu'ils n'ont rien à se mettre sous la dent.

– Je ne crois pas qu'ils vont se lasser aussi vite. D'après Addie, ils sont avides de détails sur la bombasse qui m'a embrassé devant toute la salle et qui a changé ma vie. Il va falloir qu'on passe par l'entrée de service pour leur échapper.

– Je sais que tu es contrarié et inquiet pour moi, mais que ça ne gâche pas ce qui a été la plus belle nuit de ma vie. Je recommencerais sans hésiter. C'était…

– Pour moi aussi, ma chérie.

Il m'embrasse et nous nous levons pour aller prendre une douche avant de quitter l'hôtel. Une fois que nous sommes prêts, la sécurité de l'hôtel nous amène avec efficacité à la Cadillac Escalade commandée par Addie. Flynn ne se détend que lorsque nous arrivons sans encombre sur la route de l'aéroport. Il passe une bonne partie du trajet au téléphone avec Addie pour vérifier que l'équipe de gardes du corps, qu'un certain Gabe a engagée pour moi, nous attendra effectivement à New York. J'espère que ce ne sera que temporaire, jusqu'à ce que l'on se désintéresse de nous.

Je prends le temps de lire les textos de Leah, qui me dit que j'étais SEN-SA-TION-NELLE et d'Aileen, qui est ravie que j'aie embrassé Flynn après le couplet de Tina et Amy. *Bravo*, déclare Aileen. *Vous étiez magnifique (et lui aussi, ha ha!).* Toutes deux me demandent de transmettre leurs félicitations à Flynn pour sa grande victoire.

Nous sommes déjà dans l'avion quand Flynn termine sa conversation téléphonique avec Addie, satisfait que tout soit maintenant en place pour notre retour à New York.

– Désolé de tout ça, dit-il en fourrant le téléphone dans sa poche.

– Ce n'est pas ta faute.

– Eh bien si, un peu. Je savais que si je t'amenais hier soir, ça ferait des vagues. Mais d'après ce que dit Addie, c'est encore pire que nous le pensions.

– J'étais prévenue, alors ne t'inquiète pas. J'ai passé une merveilleuse soirée. Cela valait la peine de subir quelques inconvénients.

L'expression le fait rire.

– Des inconvénients, oui, on peut voir ça comme ça. J'espère que tu comprends que je veuille te protéger au mieux.

Je lui lance un regard oblique :

– Tu as l'intention d'être mon garde du corps attitré ?

– Je vais le garder, ton joli petit corps, tu peux y compter.

Le grondement sourd qui accompagne ses paroles me fait frissonner.

– Tu peux commencer maintenant, si tu veux.

Je me demande bien qui est cette nouvelle Natalie, mais je ne peux pas nier qu'elle me plaît.

– J'en serais ravi, mais je ne te touche pas tant que tu n'as pas eu le temps de te remettre de la nuit dernière. Je ne supporterais pas de te faire du mal.

– Jamais tu ne pourrais.

– Tu aurais mal si nous faisions l'amour aujourd'hui, donc nous allons attendre, et ce n'est pas négociable.

– Ce n'est pas toi le chef, dis-je avec un sourire taquin.

– Sur ce sujet-là, si.

Alors que l'avion roule sur la piste d'envol, je lui prends la main et la serre pendant le décollage.

– Merci de m'avoir offert le plus beau week-end de ma vie.

Il me baise la main.

– Pour moi aussi. Merci d'être venue.

Nous nous installons sur le canapé dès que nous pouvons et, après quelques baisers enflammés, nous nous assoupissons et dormons jusqu'à l'arrivée. Je peux affirmer sans mentir que j'adore dormir dans ses bras. Il neige à New York et la descente sur Teterboro est mouvementée. Flynn ne me lâche pas la main et je pousse un soupir de soulagement quand nous atterrissons. Le froid et la neige me rappellent sans ménagements que nous ne sommes plus en Californie. Je suis tout abattue en me rendant compte que ma grande aventure est terminée et que c'est le retour à la réalité. Ma classe de cours moyen est affreusement loin de Gucci Couture.

– C'est sûrement ce que Cendrillon a éprouvé quand son carrosse s'est transformé en citrouille, dis-je à Flynn alors que nous roulons dans la neige fondue et la glace.

– Tu traites ma Bugatti de citrouille ?

– Jamais je n'oserais. C'était une métaphore pour le temps et la fin de cette grandiose escapade.

– La première de nombreuses autres que nous vivrons ensemble, ma chérie, tu peux y compter.

Nous arrivons peu après chez moi. Nous sommes accueillis par Flocon, qui est si heureuse de me voir qu'elle remarque à peine la présence de Flynn. Comme Leah n'est pas là, nous nous installons pour attendre l'équipe de sécurité. Une heure plus tard arrivent quatre colosses qui ont tous l'air de connaître Flynn.

Il me présente à chacun d'eux et m'informe qu'au moins un sera en permanence avec moi à partir de maintenant.

– Et quand je serai en cours ?

– Nous serons à l'extérieur pour veiller à ce que personne ne puisse arriver jusqu'à vous.

Je n'arrive pas à y croire.

– Ils essaieraient d'entrer dans l'école ?

– Nous avons appris à faire face à toutes les éventualités.

– Ils te conduiront également entre l'école et chez vous quand je ne serai pas en mesure de le faire moi-même, ajoute Flynn.

– Eh bien, ça ne sera pas mal, quand on voit le temps qu'il fait en ce moment.

– L'un de nous sera auprès de vous en permanence, dit Dylan, le chef du quatuor, en me tendant un objet noir avec un bouton rouge au milieu. C'est un bip. En cas de panique, n'hésitez pas à appuyer. On arrivera en quelques secondes.

Je déglutis péniblement en songeant au genre de situation qui nécessiterait leur intervention.

– C'est noté, merci.

– Nous vous laissons vous reposer et nous vous retrouverons demain matin pour vous emmener à l'école.

Votre colocataire peut venir aussi si elle le souhaite. Je crois savoir qu'elle travaille dans la même école.

– Oui, en effet. Merci, elle sera contente.

– Bonsoir, dans ce cas.

Ils s'inclinent respectueusement avant de s'éclipser.

– Tu t'accommoderas de tout cela ? demande Flynn.

– Il faudra bien, je pense. C'est un peu bizarre, mais je crois que je m'habituerai.

– Je suis désolé que ce soit nécessaire, mais je ne veux pas prendre de risques avec ta sécurité et ton bien-être. (Je lui passe les bras autour de la taille. Il m'attire contre lui.) Tu veux que je rentre pour te laisser te préparer pour demain ?

– Non, je ne veux pas.

– Bonne réponse.

Nous sortons promener Flocon, puis nous nous préparons un dîner à la bonne franquette avec des pâtes et des légumes. Il insiste pour que nous nous couchions de bonne heure étant donné que je dois me lever à l'aube. Dans le lit, il me serre contre lui, mais il refuse ne serait-ce que de m'embrasser pour ne pas être tenté de me faire l'amour. J'ai beau tout essayer, rien ne le convainc de changer d'avis.

– Tu n'arriveras pas à me faire craquer, dit-il. Je suis inflexible.

Flocon, qui a réussi à grimper dans le lit entre nous, se met à gronder.

– Gentille, Flocon, dis-je en la caressant. Dis-lui que s'il veut dormir dans notre lit, il faut qu'il suive notre règlement.

– Étant donné que demain soir, tu seras dans le mien et que tu devrais suivre le mien, tu ferais bien de te taire.

J'ai à peine le temps de me rendre compte que le réveil sonne et que Flynn proteste en gémissant. Je passe par-dessus Flocon pour l'embrasser.

– Rendors-toi un peu. Je te dirai quand je pars.

– Attends, est-ce que tu vas d'abord sortir Flocon ?

– C'est ce que je fais généralement.

– Pas aujourd'hui. Je m'en charge, dit-il en se levant péniblement. Cinq heures du matin ? Non, mais tu rigoles, Nat ?

– Il me faut un peu de temps pour me mettre en route. C'est mon rituel du matin.

– Tu as un rituel de merde.

– Et toi tu es grincheux, le matin.

– On n'est pas le matin ! On est en plein milieu de la nuit !

Je me moque de lui tout en ramassant mes vêtements et en allant prendre ma douche.

– Flocon, sois gentille avec Flynn. Il va te sortir. Et tu ne trouves pas ça mignon que vous ayez tous les deux un nom qui commence par FL ? Vous faites un couple de rêve.

– Tu es obligée d'avoir autant d'entrain en plein milieu de la nuit ?

Je ris encore quand j'entre dans la douche. J'adore son côté grincheux du matin et ses cheveux en pétard qui lui donnent l'air de tout sauf d'une star de cinéma. À vrai dire, il ressemble plutôt à l'homme que j'aime de tout mon cœur. Il est en train de bavarder avec Leah quand je sors de la salle de bains, habillée et prête pour le travail.

– Euh, Nat, il y a une star de cinéma dans l'appartement, dit-elle en me souriant par-dessus sa tasse.

Je lui fais un clin d'œil :

Mais non, c'est juste Flynn.

Et il est grincheux le matin.

– Ce n'est pas le matin, c'est le milieu de la nuit.

– Je suis bien d'accord, dit Leah.

Nous partons tous ensemble, Flynn pour rentrer chez lui pendant que les gardes du corps nous emmènent à l'école,

Leah et moi. Elle est ravie que nous ayons notre propre chauffeur. Flynn m'embrasse sur le trottoir et attend que nous ayons démarré pour monter dans sa voiture. Après ces quatre jours passés avec lui, il me manque déjà.

23
Flynn

En suivant du regard le gros 4x4 qui emmène Natalie et ses gardes du corps, je suis un peu mal à l'aise. Cela m'ennuie qu'elle ait besoin de cela simplement parce qu'elle sort avec moi, mais comme je le lui ai dit, pas question de lui faire prendre des risques.

Les sept heures me séparant de son retour de l'école sont une épreuve interminable que je vais devoir endurer pour pouvoir la retrouver. Ce soir, je l'emmène chez moi, et nous reprendrons là où nous en sommes restés hier matin. Franchement, j'ai hâte de la pénétrer à nouveau. Jamais je n'ai éprouvé plus délicieuse extase. Mais il n'est pas question que j'y pense en ce moment, sinon je vais me promener avec une érection toute la journée.

Je rentre chez moi prendre une douche et me changer avant de me rendre aux bureaux de Quantum travailler. J'ai délaissé un peu tout cela ces dix derniers jours et il est temps de m'y remettre. J'ai rendez-vous à 14 heures 30 avec Hayden pour discuter de la postproduction de notre nouveau film, auquel nous n'avons pas réussi à trouver de titre. C'est l'une des nombreuses décisions que nous devons prendre rapidement. Je ne fais pas traîner la réunion en longueur, car il est presque l'heure de retrouver Natalie. Elle doit donner un cours particulier à un élève, Myles, juste après la classe, mais à 16 heures, elle sera toute à moi.

Hayden m'appelle pile à l'heure.

– Comment tu vas ? demande-t-il.

– Super bien, et toi ?

– Encore tout étourdi de la soirée de dimanche. Je n'ose pas imaginer ce qu'il en est pour toi.

Je ne peux pas lui dire que le Globe que j'ai remporté n'est rien par rapport à la nuit qui a suivi.

– C'était une belle soirée.

– Natalie a eu l'air d'apprécier.

– Oui, elle a aimé.

– D'après Addie, les journalistes n'ont d'yeux que pour elle, tout le monde veut tout savoir.

– Liza s'en occupe.

– Tu ne vas pas pouvoir les tenir à distance éternellement, tu le sais.

– Je le ferai aussi longtemps que je pourrai.

– Alors c'est sérieux, vous deux ? Ce que tu as dit dans ton discours de remerciement…

– C'est sérieux. Je suis amoureux d'elle.

– Flynn… Bon sang, mais tu viens à peine de la rencontrer. Tu ne crois pas que tu devrais laisser passer un peu de temps avant de parler d'amour ?

– C'est vrai que tu t'y connais pour laisser passer le temps, toi.

– C'est censé vouloir dire quoi, ça ?

– Quand est-ce que tu vas admettre que tu amoureux d'Addie ?

Il reste si longtemps sans répondre que je me demande s'il est toujours là.

– Mais qu'est-ce que tu racontes ?

– J'ai des yeux, Hayden, et j'y vois bien. Cela fait un bout de temps que je sais que tu es amoureux d'elle.

– Tu es complètement cinglé ! Il suffit que tu tombes amoureux et voilà que soudain tu vois l'amour partout ?

– Ça n'a rien de soudain. Elle te plaît depuis des années, mais tu as bien trop peur pour agir. Alors ne viens pas me juger simplement parce que moi, j'ai agi.

– Je ne sais même pas quoi te dire, là. On a des tas de trucs à régler et tu me balances ça ?

– Je dis simplement que tu ferais mieux de balayer d'abord devant ta porte.

– Quel poète !

Un texto d'Addie fait biper mon portable. *999.* Notre code pour que je la rappelle toutes affaires cessantes. Mon ventre se noue et je pense immédiatement à Natalie ?

– Il faut que je te laisse. Je te rappelle.

– Flynn, attends.

Je raccroche le fixe du bureau et rappelle Addie sur le portable.

– On a un gros problème, dit-elle.

– Quoi ? Tu me fiches les jetons, là ?

– Je ne sais même pas comment te dire ça, mais le *Hollywood Star* raconte que Natalie est en réalité une certaine April Genovese, qui a accusé le gouverneur du Nebraska de l'avoir violée quand elle avait quinze ans. Ça s'est terminé par un procès où il a été reconnu coupable et condamné à vingt-cinq ans de prison.

Je suis pris d'une nausée.

– Je te rappelle.

Je file dans la salle de bains attenante à mon bureau et je vomis. Mon Dieu, j'ai attiré les feux de l'enfer sur ma douce Natalie. Il faut absolument que je la joigne. Au plus vite.

Je me passe de l'eau sur le visage, me brosse les dents et quitte le bureau en empoignant ma veste et mon téléphone. Dans l'ascenseur menant au parking, je suis submergé par la fureur et l'angoisse. Jamais elle ne me pardonnera pour cela. Je suis certain que toutes les chances que j'avais avec elle se sont envolées, à présent, mais cela ne m'empêchera pas d'essayer de faire tout ce que je peux pour arranger la situation.

Au volant de la Range Rover, je sors devant une nuée de journalistes massés au pied des bureaux qui réclament à grands cris une déclaration sur Natalie. J'écrase l'accélérateur sans me soucier d'en renverser un. Tout ce qui m'importe, c'est d'arriver auprès d'elle.

Liza m'appelle et je la prends, même si c'est la dernière personne à qui j'ai envie de parler.

– Flynn, mon Dieu ? C'est vrai ce qu'on raconte ?

– Nous ne faisons aucun commentaire sur le sujet, c'est clair ?

– Il va quand même falloir que tu dises *quelque chose.*

– Pas du tout. C'est une affaire personnelle et cela n'a rien à voir avec moi ou ma carrière. C'est zone interdite.

– Mais…

– Liza, si tu désires continuer à travailler pour moi, il faut que tu consacres toutes les ressources de ton agence à cette histoire. Je veux que tu les menaces de procès ou de tout ce que tu pourras trouver.

– Il est trop tard pour arrêter les rumeurs. C'est déjà en boucle sur Internet.

– Je ne peux pas m'en occuper pour le moment. Il faut que j'aille la retrouver. Fais ce que tu peux pour limiter les dégâts ?

– Est-ce que c'est vrai ?

– Je ne le sais même pas, mais ça n'a pas d'importance. Cela va lui faire du mal et je lui ai promis de ne jamais lui en faire.

– Ce n'est pas toi le coupable. Tu n'as rien à voir avec ça.

– Tu sais très bien que j'y ai *tout* à voir.

Après un rapide coup de fil à Dylan pour qu'il alerte les gardes du corps de Natalie, je balance le téléphone sur le siège passager et j'écrase l'accélérateur. Arriver jusqu'à elle, c'est tout ce qui m'importe.

NATALIE

Une Mme Heffernan au visage fermé m'attend quand je reviens de ma salle après avoir fait sortir mes élèves à la fin d'une longue journée.

– Nous avons un problème, Mlle Bryant.

– Quoi donc ?

– Des journalistes font le pied de grue devant la porte pour vous, et c'est eux qui nous apprennent que vous n'êtes pas celle que vous prétendez.

Le sol se dérobe sous mes pieds et pendant une terrifiante fraction de seconde, je crains de m'évanouir sous le choc.

– Vous n'avez rien à dire ? demande-t-elle d'un air tout content d'elle, comme si elle avait toujours su que je n'étais qu'un vaurien.

– Je… je suis exactement ce que je dis être.

– Et vous n'avez jamais été connue sous le nom d'April Genovese ?

Le nom prononcé par Mme Heffernan est un choc tout aussi violent que le précédent. Je suis suffoquée par la peur qui me rend muette. J'ai le souffle coupé, comme le jour où je suis tombée en me cognant à Flynn dans le square.

– Le contrat que vous avez signé est très clair, Mlle Bryant, Genovese ou je ne sais qui. Aucune fraude ne sera tolérée. Je dois malheureusement mettre fin à vos fonctions chez nous. Vous voudrez bien débarrasser votre bureau de vos affaires personnelles et quitter les lieux avant 17 heures, sinon je me verrai dans l'obligation de vous faire expulser par la police.

Je me fais licencier, et je ne peux rien y faire. Employée sous contrat dans une école privée, je ne bénéficie de la protection d'aucun syndicat. Je suis toute seule sur ce coup-là. Et je pense à ces enfants que j'ai adorés pendant les mois que nous avons passés ensemble.

Un sanglot me secoue.

– Vous ne pouvez pas me licencier, dis-je, la gorge serrée. Mon nom légal est Natalie Bryant. Je n'ai menti sur rien du tout.

– Rien de tout cela n'est apparu dans notre enquête préalable, ce qui m'amène à redouter que vous ayez d'autres choses à cacher. Nous ne pouvons pas prendre de risques avec la sécurité de nos élèves. La décision a été prise et votre contrat est résilié. Veuillez évacuer votre salle sur-le-champ.

Elle tourne les talons et sort en claquant la porte.

Je reste figée, essayant de digérer ce qu'elle vient de me dire. Puis je me remets à pleurer. Les sanglots montent du plus profond de moi alors que huit ans de durs efforts viennent de disparaître en fumée. Rien de tout ce que j'ai fait pour me cacher – me teindre les cheveux, changer de nom, de vie – ne m'a protégé. Mon travail, ma classe, mes élèves, ma nouvelle maison, ma nouvelle ville… Tout m'a été arraché et je ne peux rien y faire, parce qu'elle a dit vrai. J'ai menti durant l'enquête, mais seulement pour me protéger. Aucun de mes mensonges n'a fait courir de risques aux enfants. Jamais je n'aurais fait cela.

Mais quelle importance, désormais ?

Le pas lourd, je prends un carton dans le vestiaire et commence à le remplir des objets personnels que j'avais apportés pour égayer la salle. Je suis pratiquement aveuglée par les larmes. Je retrouve la carte de remerciements que Logan m'a donnée ce matin, et c'est comme un coup que je prends en plein ventre.

Merci, Mlle Bryant, d'avoir fait sourire ma maman. Vous êtes la meilleure maîtresse du monde et je vous adore. Logan.

Je tombe à genoux, déchirée par les sanglots. Je ne supporte pas l'idée de ne plus les revoir, lui et les autres. J'ai le cœur brisé.

Leah entre dans la salle et referme la porte.

– Mon Dieu, Natalie ! Garde-chiourme t'a vraiment *virée* ? (Je parviens tout juste à hocher la tête.) Mais elle n'a pas le droit ! Rien de tout ça n'est ta faute ! C'est une vraie salope. (Elle s'accroupit auprès de moi et me prend par l'épaule.) Allez, viens, on s'en va. Je viendrai rechercher tes affaires demain.

Je secoue la tête. Il me faut un peu de temps avant de pouvoir songer à sortir, affronter les journalistes qui assiègent l'école pour se disputer ma dépouille. Cela me rappelle tellement l'enfer que j'ai connu lors du procès, quand tout le monde s'acharnait sur moi.

– C'est bon, Leah. (J'essuie mes larmes, mais elles continuent de couler.) Rentre. Je te retrouve à la maison.

– Je ne peux pas te laisser dans cet état.

– Je t'en prie… Ça ira.

– Où est Flynn ? Il est au courant de tout ça ?

Flynn… j'ai honte de ne pas avoir pensé à lui depuis le départ de Mme Heffernan. Il doit être dans tous ses états s'il a appris la nouvelle. Le pauvre, il va s'en vouloir, alors que c'est ma faute et non la sienne.

La porte s'ouvre brusquement et il apparaît, haletant et magnifique. La fureur et l'angoisse se peignent sur son visage, mais c'est seulement de l'amour que j'y lis.

– Je me charge du reste, Leah.

Leah se lève et s'en va après l'avoir salué d'une petite tape au passage sur le bras.

– Natalie…

Il me rejoint, se laisse tomber auprès de moi et me prend dans ses bras puissants. Il me serre si fort que j'en aurais mal si je n'étais pas comme anesthésiée par le choc.

Tout ce que j'arrive à faire, c'est m'accrocher à lui.

– Filons d'ici.

– Il y a des journalistes.

– Laisse-moi m'en occuper, dit-il en se levant et en m'aidant à me mettre debout. Allons chercher ton manteau.

– Elle m'a licenciée, Flynn. Mme Heffernan m'a licenciée. Mes affaires…

– Leah reviendra les prendre.

Il ramasse mon sac et mon téléphone sur le bureau et me les tend. Puis il me prend par le bras et m'entraîne, comme s'il faisait cela tous les jours en me faisant passer devant la loge du concierge jusqu'à une sortie dont je ne connaissais même pas l'existence. L'équipe de sécurité attend dehors avec deux 4x4 noirs aux vitres fumées.

Je monte à l'arrière de celle que Flynn m'indique. Il monte avec moi et ne me lâche pas la main alors que nous partons en trombe, quittant cette école qui était comme ma maison depuis cinq mois.

– Il faut que je sache qui a pu te faire ça, Natalie, fulmine-t-il.

– Il n'y a qu'une seule personne qui pourrait, dis-je entre deux sanglots, me rendant compte que j'ai été trahie par quelqu'un en qui j'avais confiance. Ce type est le seul au monde qui me connaisse sous mes deux identités.

– Peu importe qui c'est, je vais lui arracher les noix et je vais le réduire en bouillie.

À SUIVRE…

DÉCOUVREZ LES SÉRIES NEW ROMANCE

CHRISTINA LAUREN

NOUVELLE SÉRIE : WILD SEASONS

SWEET FILTHY BOY
SAISON 1

DIRTY ROWDY THING
SAISON 2

DARK WILD NIGHT
SAISON 3

WICKED SEXY LIAR
SAISON 4
À PARAÎTRE EN FÉVRIER 2016

Hugo Roman